Dez coisas que eu amo em você

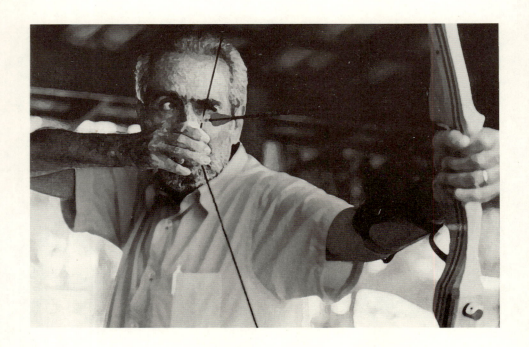

O Arqueiro

GERALDO JORDÃO PEREIRA (1938-2008) começou sua carreira aos 17 anos, quando foi trabalhar com seu pai, o célebre editor José Olympio, publicando obras marcantes como *O menino do dedo verde*, de Maurice Druon, e *Minha vida*, de Charles Chaplin.

Em 1976, fundou a Editora Salamandra com o propósito de formar uma nova geração de leitores e acabou criando um dos catálogos infantis mais premiados do Brasil. Em 1992, fugindo de sua linha editorial, lançou *Muitas vidas, muitos mestres*, de Brian Weiss, livro que deu origem à Editora Sextante.

Fã de histórias de suspense, Geraldo descobriu *O Código Da Vinci* antes mesmo de ele ser lançado nos Estados Unidos. A aposta em ficção, que não era o foco da Sextante, foi certeira: o título se transformou em um dos maiores fenômenos editoriais de todos os tempos.

Mas não foi só aos livros que se dedicou. Com seu desejo de ajudar o próximo, Geraldo desenvolveu diversos projetos sociais que se tornaram sua grande paixão.

Com a missão de publicar histórias empolgantes, tornar os livros cada vez mais acessíveis e despertar o amor pela leitura, a Editora Arqueiro é uma homenagem a esta figura extraordinária, capaz de enxergar mais além, mirar nas coisas verdadeiramente importantes e não perder o idealismo e a esperança diante dos desafios e contratempos da vida.

Título original: *Ten Things I Love about You*
Copyright © 2010 por Julie Cotler Pottinger
Copyright da tradução © 2020 por Editora Arqueiro Ltda.

Todos os direitos reservados. Nenhuma parte deste livro pode ser utilizada ou reproduzida sob quaisquer meios existentes sem autorização por escrito dos editores.

tradução: Roberta Clapp e Bruno Fiuza
preparo de originais: Flávia Midori
revisão: Sheila Louzada e Tereza da Rocha
diagramação: Abreu's System
capa: Ceara Elliot / LBBG
adaptação de capa: Ana Paula Daudt Brandão
imagens de capa: Yoco / Dutch Uncle
impressão e acabamento: Associação Religiosa Imprensa da Fé

CIP-BRASIL. CATALOGAÇÃO NA PUBLICAÇÃO
SINDICATO NACIONAL DOS EDITORES DE LIVROS, RJ

Q64d   Quinn, Julia, 1970-
       Dez coisas que eu amo em você/ Julia Quinn; tradução de
   Roberta Clapp, Bruno Fiuza. São Paulo: Arqueiro, 2020.
       288 p.; 16 x 23 cm.   (Bevelstoke; 3)

       Tradução de: Ten things I love about you
       ISBN 978-85-306-0166-9

       1. Ficção americana. I. Clapp, Roberta. II. Fiuza, Bruno.
   III. Título. IV. Série.

20-63332   CDD: 813
                                CDU: 82-31(73)

Todos os direitos reservados, no Brasil, por
Editora Arqueiro Ltda.
Rua Funchal, 538 – conjuntos 52 e 54 – Vila Olímpia
04551-060 – São Paulo – SP
Tel.: (11) 3868-4492 – Fax: (11) 3862-5818
E-mail: atendimento@editoraarqueiro.com.br
www.editoraarqueiro.com.br

Para minhas leitoras e meus leitores.
Sem vocês não seria possível ter o trabalho mais
bacana do mundo.

E também para Paul,
pelo mesmo motivo.

Famílias são complicadas.

Annabel Winslow tem um avô que se refere à mãe dela como "aquela idiota que se casou com aquele maldito idiota" e uma avó que prefere ver a decência como algo opcional.

Sebastian Grey tem primos que querem vê-lo casado e um tio que gostaria de vê-lo morto.

Com sorte, os dois desejos em breve serão realizados...

Prólogo

Alguns anos antes

Ele não conseguia dormir.

Não era novidade. Era de se esperar que àquela altura ele já teria se acostumado.

Mas não. Todas as noites Sebastian Grey fechava os olhos confiante em que logo pegaria no sono. Por que não seria assim? Era um sujeito perfeitamente saudável, perfeitamente feliz, perfeitamente são. Não havia nenhum motivo para não conseguir dormir.

Só que ele não conseguia.

Não era sempre assim. Vez por outra – ele não entendia por que – botava a cabeça no travesseiro e caía quase instantaneamente em um sono feliz. No mais das vezes, porém, ele se remexia, se revirava, se levantava para ler, tomava chá, se remexia, se revirava de novo, se sentava e ficava olhando pela janela, se remexia, se revirava, jogava dardos, se remexia, se revirava e, por fim, desistia e assistia ao nascer do sol.

Vira o amanhecer muitas vezes. Tantas que agora se considerava um especialista no nascer do sol das Ilhas Britânicas.

Inevitavelmente, a exaustão chegava e, pouco depois de clarear o dia, ele adormecia na cama, na cadeira ou, nos dias mais desagradáveis, com o rosto colado à janela. Isso não acontecia todos os dias, mas com uma frequência que o fizera ganhar fama de dorminhoco, o que ele achava bem engraçado. Não havia nada que apreciasse mais do que uma manhã fresca e animada, e, sem dúvida, nenhuma refeição era tão gratificante quanto o café da manhã inglês.

Por isso Sebastian se educou para conviver com esse transtorno da melhor forma possível. Tinha adquirido o hábito de tomar o desjejum na casa de seu primo Harry, em parte porque a empregada preparava uma belíssima refeição, mas também porque agora Harry passara a esperá-lo sempre. O que significava que, a cada dez vezes, Sebastian *tinha* que aparecer em nove. O que significava que ele não podia mais desmaiar às sete e meia todas as manhãs. O que significava que, na noite seguinte, sempre estava mais cansado do que o normal. Então, quando se arrastava até a cama e fechava os olhos, conseguia pegar no sono.

Em tese.

Não, aquilo não era justo, ele pensou. Não havia necessidade de ser sarcástico consigo mesmo. Seu plano não era perfeito, mas estava funcionando. Ele vinha dormindo um pouco melhor. Só naquela noite é que não.

Sebastian se levantou, foi até a janela e apoiou a cabeça na treliça. Estava frio lá fora, e uma brisa gelada atravessou o vidro. Ele gostava daquela sensação. Era grande. Enorme. O tipo de momento vívido que o lembrava de sua humanidade. Ele sentia frio, logo estava vivo. Sentia frio, logo não era invencível. Sentia frio, logo…

Sebastian se afastou da janela e bufou, enfastiado.

Sentia frio, logo sentia frio. Não havia nada além disso.

Ficou surpreso por não estar chovendo. Quando chegara em casa naquela noite, parecia que ia chover. Ele se tornara inusitadamente bom em prever o tempo durante sua estadia no continente.

Era provável que começasse a chover em breve.

Ele voltou para o meio do quarto e deu um bocejo. Talvez devesse ler um pouco. Isso às vezes o deixava com sono. Só que a questão não era estar com sono. Ele podia estar morto de sono e mesmo assim não dormir. Fechava os olhos, ajeitava o travesseiro e…

Nada.

Ficava ali esperando, esperando, esperando. Tentava esvaziar a mente, porque, sem dúvida, era o que precisava fazer. Uma tela em branco. Uma lousa limpa. Se conseguisse abraçar o nada absoluto, então dormiria. Tinha certeza disso.

Mas não deu certo. Porque, sempre que Sebastian Grey tentava abraçar o nada, a guerra voltava e cravava as garras *nele*.

Ele a via. Ele a sentia. Mais uma vez. Todas aquelas coisas pelas quais bastava ter passado uma única vez. Então abria os olhos. Porque assim tudo o que via era seu quarto um tanto comum, com sua cama um tanto comum. A colcha era verde, as cortinas eram douradas. A escrivaninha era de madeira.

Estava silencioso, também. Durante o dia havia ruídos típicos da cidade, mas à noite aquele trecho quase sempre mergulhava no silêncio. Era incrível, de verdade, apreciar o silêncio. Ouvir o som do vento e até o canto dos pássaros, sem ter que manter o ouvido atento aos passos ou aos tiros. Ou a coisas piores.

Talvez fosse de esperar que, em meio a um silêncio tão feliz, Sebastian conseguisse dormir.

Ele deu outro bocejo. Sim, talvez devesse ler um pouco. Tinha trazido alguns livros da coleção de Harry naquela tarde. Não havia muito que escolher – Harry gostava de ler em francês ou russo e, embora Sebastian conhecesse as duas línguas (a avó materna dos dois insistira nisso), elas não eram naturais para ele como eram para Harry. Ler em qualquer idioma que não fosse inglês era *trabalhoso*, e Seb só queria se distrair.

Era pedir demais de um livro?

Se *ele* fosse escrever um livro, haveria emoção. Vidas seriam perdidas, mas não muitas. E jamais as dos personagens principais. Seria muito deprimente.

Também haveria romance. E perigo. Perigo era uma coisa boa.

Talvez um toque exótico, mas não muito. Sebastian desconfiava que a maioria dos autores não pesquisasse de forma adequada. Fazia pouco ele lera um livro que se passava em um harém nas Arábias. E, se por um lado Seb achava a ideia de um harém, sem dúvida, interessante – *muito* interessante, na verdade –, para ele o autor não tinha captado os detalhes corretamente. Mesmo para Seb, que gostava de aventuras mais do que qualquer um, era difícil acreditar que a destemida heroína inglesa tivesse conseguido escapar pendurando uma cobra na janela e descendo por ela.

Para piorar, o autor nem mesmo descrevera qual espécie de cobra ela havia usado.

Sério, ele, com certeza, podia fazer melhor que aquilo.

Se fosse escrever um livro, a história se passaria na Inglaterra. Não haveria cobras.

E o herói não seria um dândi nervosinho, que só se interessava pelas próprias roupas. Se fosse escrever um livro, o herói seria heroico de verdade, oras.

Mas com um passado misterioso. Apenas para manter o suspense.

Deveria haver uma heroína também. Ele gostava de mulheres. Poderia escrever sobre uma. Qual seria o nome dela? Um nome comum. Joana, quem sabe. Não, soava valente demais. Mary? Anne?

Sim, Anne. Ele gostava de Anne. Tinha uma sonoridade marcante e adequada. Só que ninguém a chamaria de Anne. Se ele fosse escrever um livro, sua heroína seria solitária, sem família. Ninguém a chamaria pelo primeiro nome. E precisaria de um bom sobrenome. Algo fácil de lembrar. Algo agradável.

Sainsbury.

Sebastian fez uma pausa, para testá-lo mentalmente. Sainsbury. Parecia uma marca de queijo.

Isso era uma coisa boa. Ele gostava de queijo.

Anne Sainsbury. Um bom nome. Anne Sainsbury. Srta. Sainsbury. A Srta. Sainsbury e…

E o quê?

Já o herói… deveria ter uma carreira? Sebastian, sem dúvida, conhecia os modos da nobreza bem o suficiente para pintar um retrato acurado de um lorde indolente.

Mas aquilo seria sem graça. Se ele fosse escrever um livro, teria que ser uma história muito boa mesmo.

O herói poderia ser militar. Ele entendia disso, sem dúvida. Um major, talvez? A Srta. Sainsbury e o major misterioso?

Meu Deus, não. Quanta aliteração. Até mesmo ele achava aquilo um pouco demais.

Um general? Não, generais eram muito ocupados. Além disso, não andavam dando sopa por aí. Se fosse para escrever sobre tipos raros assim, ele também poderia acrescentar um duque ou dois.

Quem sabe um coronel? Uma patente alta transmitiria autoridade e poder. Poderia ser de boa família, com dinheiro, mas não muito. O caçula. Filhos mais novos sempre têm que se esforçar mais para construir uma trajetória de respeito.

A Srta. Sainsbury e o coronel misterioso. Isso mesmo: se ele fosse escrever um livro, daria esse título.

Mas Sebastian não ia escrever um livro. Ele bocejou. Onde arrumaria tempo? Olhou para sua pequena escrivaninha, completamente vazia exceto por uma xícara de chá que havia esfriado. E papel?

O sol já estava começando a nascer. Ele deveria voltar para a cama e tentar dormir algumas horas antes de ir até a casa de Harry para o café da manhã.

Olhou para a janela, onde os raios oblíquos da luz da alvorada ondulavam através do vidro.

Fez uma pausa. A frase tinha soado bem.

Os raios oblíquos da luz da alvorada ondulavam através do vidro.

Não, não estava claro. Escrito daquela forma, ele poderia estar se referindo a uma taça de conhaque.

Os raios oblíquos da luz da alvorada ondulavam através da vidraça.

Assim estava melhor. Mas ainda precisava de algo mais.

Os raios oblíquos da luz da alvorada ondulavam através da vidraça e a Srta. Anne Sainsbury estava encolhida debaixo de seu cobertor fino, imaginando, como era de costume, onde conseguiria dinheiro para sua próxima refeição.

Estava muito bom. Até ele queria saber o que tinha acontecido com a Srta. Sainsbury, e era ele quem estava inventando a história.

Sebastian mordeu o lábio inferior. Deveria escrever aquilo. E dar um cachorro a ela.

Ele se sentou à escrivaninha. Papel. Precisava de papel. E de tinta. Tinha que haver um pouco de tinta em alguma gaveta.

Os raios oblíquos da luz da alvorada ondulavam através da vidraça e a Srta. Anne Sainsbury estava encolhida debaixo de seu cobertor fino, imaginando, como era de costume, onde conseguiria dinheiro para sua próxima refeição. Ela olhou para sua fiel collie, deitada em silêncio no tapete ao lado da cama, e soube que havia chegado a hora de tomar uma decisão crucial. A vida de seus irmãos dependia daquilo.

Veja só. Era um parágrafo inteiro. E ele não havia demorado quase nada para escrevê-lo.

Olhou de novo pela janela. Os raios oblíquos da luz da alvorada ainda ondulavam através da vidraça.

Os raios oblíquos da luz da alvorada ondulavam através da vidraça e Sebastian Grey estava feliz.

Capítulo um

Mayfair, Londres
Primavera de 1822

— O segredo de um casamento bem-sucedido – pontuou lorde Vickers – é não se intrometer na vida da esposa.

Uma declaração como aquela normalmente teria pouca influência na vida e na sorte da Srta. Annabel Winslow, mas dez fatores fizeram o pronunciamento de Vickers atingir dolorosamente o coração dela.

Um: ele era seu avô materno, ou seja, **dois:** a esposa em questão era sua avó, que **três:** pouco antes havia decidido arrancar Annabel de sua vida pacata e feliz em Gloucestershire para, em suas palavras, "dar um jeito nela e lhe arrumar um marido".

Além disso, **quatro:** lorde Vickers falara aquilo para lorde Newbury, que **cinco:** havia se casado uma vez, aparentemente com sucesso, mas **seis:** sua esposa falecera e agora ele era viúvo, e ainda por cima **sete:** seu filho morrera no ano anterior, deixando-o sem herdeiros.

O que significava que **sete:** Newbury estava à procura de uma nova esposa e **oito:** acreditava que uma aliança com Vickers era uma boa saída, então **nove:** ele estava de olho em Annabel porque **dez:** ela tinha quadris largos.

Céus! Ela havia listado dois itens sete?

Annabel deu um suspiro, o mais próximo de afundar na cadeira que lhe era permitido. Na verdade, isso não significava propriamente que havia onze fatores em vez de dez: os quadris largos eram *dela*, mas naquele momento lorde Newbury estava ponderando se seu herdeiro passaria nove meses aconchegado ali.

– A mais velha de oito, foi o que você disse? – murmurou Newbury, encarando Annabel, pensativo.

Pensativo? Talvez não fosse a palavra certa. Ele parecia prestes a lamber os beiços. Annabel olhou para a prima, lady Louisa McCann, com cara de nojo. Louisa fora até lá para uma visita vespertina, e as duas estavam se divertindo bastante até lorde Newbury fazer sua inesperada aparição. Louisa tinha o semblante perfeitamente sereno, como era a regra em ocasiões sociais, mas Annabel percebeu que os olhos dela se arregalavam em cumplicidade.

Se a prima, cujos modos e atitudes eram sempre adequados em todo tipo de situação, não conseguia disfarçar seu horror, Annabel, sem dúvida, estava em apuros.

– E todos, sem exceção, nasceram saudáveis e fortes – acrescentou lorde Vickers, com orgulho.

Ele ergueu o copo em um brinde silencioso à filha mais velha, a fecunda Frances Vickers Winslow, a quem, Annabel não pôde evitar lembrar, ele geralmente se referia como Aquela Idiota que se Casou com Aquele Maldito Idiota.

Lorde Vickers não ficou nada satisfeito quando a filha se casou com um cavalheiro do campo de recursos limitados. Até onde Annabel sabia, esse sentimento jamais mudara.

A mãe da prima Louisa, por outro lado, havia se casado com o caçula do duque de Fenniwick apenas três meses antes de o filho mais velho dar um salto estúpido com um garanhão mal-adestrado e quebrar seu nobre pescoço. Isso acontecera, nas palavras de lorde Vickers, "num momento mais do que oportuno".

Para a mãe de Louisa, sem dúvida; para o herdeiro morto, não. Nem para o cavalo.

Não era de surpreender, portanto, que os caminhos de Annabel e Louisa só tivessem se cruzado raras vezes antes daquela primavera. Os Winslows, com sua numerosa prole espremida em uma casa simples, tinham pouco em comum com os McCanns, que, quando não estavam em sua mansão palaciana em Londres, moravam em um antigo castelo bem na fronteira com a Escócia.

– O pai de Annabel tinha nove irmãos – disse lorde Vickers.

Annabel virou-se para encará-lo com mais atenção. Era o mais próximo que seu avô havia chegado de um verdadeiro elogio a seu pai, que Deus o tivesse.

– É mesmo? – rebateu lorde Newbury, voltando-se para Annabel com os olhos mais reluzentes ainda.

Annabel passou a língua pelos lábios, juntou as mãos sobre o colo e se perguntou como poderia dar a entender que era infértil.

– E, é claro, nós temos sete – complementou Vickers, fazendo um gesto que indicava modéstia, mas que na verdade os homens fazem quando não estão sendo nada modestos.

– Parece que o senhor às vezes se intrometia na vida de lady Vickers – comentou lorde Newbury, dando uma risadinha.

Annabel engoliu em seco. Quando Newbury ria, ou melhor, quando fazia qualquer movimento, suas mandíbulas pareciam bater e chacoalhar. Era uma visão terrível, que lembrava a geleia de mocotó que a governanta lhe empurrava goela abaixo quando ela ficava doente. Sem dúvida, o suficiente para uma jovem perder o apetite.

Ela tentou estipular quanto tempo teria que ficar sem comer para reduzir o tamanho de seus quadris, de preferência até uma largura considerada inapta à maternidade.

– Pense nisso – retrucou lorde Vickers, dando um tapinha cordial nas costas do velho amigo.

– Ah, estou pensando mesmo – disse lorde Newbury.

Ele se virou para Annabel, os olhos azul-claros reluzindo de desejo.

– Estou definitivamente pensando.

– As pessoas dão demasiada importância aos pensamentos – declarou lady Vickers, então ergueu uma taça de xerez em um brinde a ninguém em especial e bebeu.

– Esqueci que estava aí, Margaret – comentou Newbury.

– Eu não esqueço nunca – resmungou lorde Vickers.

– Estou me referindo aos cavalheiros, é claro – arrematou ela, estendendo a taça para que um dos homens lhe servisse outra dose. – Uma dama deve pensar o tempo todo.

– Neste ponto, discordamos – disse Newbury. – Minha Margaret guardava os pensamentos para si. Tivemos um casamento esplêndido.

– Ela não se intrometia na sua vida, não é? – perguntou lorde Vickers.

– Como eu falei, foi um casamento esplêndido.

Annabel olhou para Louisa, sentada graciosamente na cadeira ao lado. Sua prima era esguia, com ombros estreitos, cabelos castanho-claros e olhos de um verde bem claro. Annabel sempre se achara meio monstruosa comparada a ela. Seus cabelos eram escuros e ondulados, sua pele era do tipo que ficava bronzeada se ela se expusesse por muito tempo ao sol e sua aparência atraía uma atenção indesejada desde sua 12ª primavera.

Mas nunca – jamais – a atenção havia sido mais indesejada do que naquele momento em que lorde Newbury a fitava como quem está prestes a devorar uma guloseima.

Annabel ficou sentada em silêncio, procurando agir como Louisa, sem deixar que seus pensamentos a traíssem. Sua avó sempre a repreendera por ser expressiva demais. "Pelo amor de Deus" era um chavão familiar. "Pare de sorrir como se *soubesse* das coisas. Cavalheiros não querem uma dama que sabe das coisas. Não como esposa, pelo menos."

Então lady Vickers tomava um gole de sua bebida e acrescentava: "Depois que estiver casada, você pode saber de muitas coisas. De preferência, com um cavalheiro que não seja o seu marido."

Se Annabel não sabia das coisas antes, sem dúvida ficou sabendo naquele momento. Por exemplo, o fato de que pelo menos três dos filhos dos Vickers provavelmente não eram Vickers. Sua avó, Annabel percebia, tinha, além de um vocabulário notavelmente blasfemo, uma visão bem duvidosa de moralidade.

Gloucestershire começava a parecer um sonho. Tudo em Londres era tão… brilhante. Não literalmente, claro. Na verdade, Londres era bastante cinzenta, coberta por um verniz de fuligem e sujeira. Annabel não sabia ao certo por que "brilhante" era a palavra que lhe vinha à mente. Talvez porque nada ali parecesse simples. Nem descomplicado. As coisas eram, ela diria, até um pouco instáveis.

Annabel se pegou desejando um copo de leite, como se algo fresco e saudável pudesse restaurar seu equilíbrio. Nunca se considerara particularmente distinta, e só Deus sabia que ela era a Winslow com maior probabilidade de cochilar durante a missa, mas cada dia na capital parecia trazer uma nova surpresa, um novo acontecimento que a deixava confusa e perplexa.

Já fazia um mês que estava em Londres. Um mês! E ainda agia como se pisasse em ovos, sem nunca ter certeza de estar fazendo ou falando a coisa certa.

Ela *odiava* isso.

Em casa, sentia-se segura. Nem sempre estava certa, mas quase sempre estava segura. Em Londres, as regras eram diferentes. E, pior, todo mundo conhecia todo mundo. Quando as pessoas não se conheciam pessoalmente, conheciam as *histórias*. Era como se a alta sociedade inteira soubesse de alguma fofoca da qual Annabel não estava a par. Cada conversa continha um significado subliminar, mais profundo e sutil. E Annabel – que, além de ser a Winslow com maior probabilidade de cochilar durante a missa, era a Winslow com maior probabilidade de falar o que pensava – tinha a sensação de não poder dizer nada, temendo ofender alguém.

Ou constranger a si mesma.

Ou constranger outra pessoa.

Ela não suportava essa ideia. Simplesmente não conseguia nem pensar em comprovar ao avô que a mãe era mesmo uma idiota, que o pai era mesmo um maldito idiota e que ela era a mais maldita idiota de todos.

Havia mil maneiras de fazer papel de idiota, e novas oportunidades surgiam todos os dias. Era exaustivo ter que se esquivar delas o tempo inteiro.

Annabel se levantou e fez uma mesura quando o conde de Newbury se despediu, fingindo não perceber que os olhos dele se demoraram em seu decote. O avô o acompanhou até a porta, deixando-a sozinha com Louisa, a avó e uma garrafa de xerez.

– Sua mãe ficará muito satisfeita – anunciou lady Vickers.

– Com o quê? – perguntou Annabel.

A avó lançou-lhe um olhar cansado, com um quê de incredulidade e enfado.

– Com o conde. Quando concordei em recebê-la aqui, não imaginava que conseguiria nada acima de um barão. Que sorte a sua ele estar desesperado.

Annabel sorriu com sarcasmo. Como era agradável ser o objeto do desespero de alguém.

– Xerez? – ofereceu a avó.

Annabel recusou.

– Louisa? – Lady Vickers se virou para a outra neta, que fez que não com a cabeça. – Ele não é muito atraente, é verdade – continuou –, mas era bonito quando jovem, portanto seus filhos não serão feios.

– Que ótimo – disse Annabel baixinho.

– Várias amigas minhas tentaram fisgá-lo, mas ele só tinha olhos para Margaret Kitson.

– Suas amigas – murmurou Annabel.

As contemporâneas da avó haviam desejado se casar com lorde Newbury. As contemporâneas da *avó* haviam desejado se casar com o homem que provavelmente se casaria com *ela*.

Meu Deus.

– E vai morrer logo – argumentou a avó. – Nada poderia ser melhor do que isso.

– Acho que vou aceitar o xerez – anunciou Annabel.

– Annabel... – disse Louisa com um suspiro, lançando à prima um olhar inquisidor.

Lady Vickers assentiu e lhe serviu uma taça.

– Não diga nada a seu avô – pediu ela. – Ele não acha de bom-tom que mulheres com menos de 30 anos bebam.

Annabel tomou um longo gole. Desceu queimando pela garganta, mas ela conseguiu não engasgar. Nunca tinha bebido xerez em casa, pelo menos não antes do jantar. Só que ali, *naquele momento*, sentiu que precisava de algo revigorante.

– Lady Vickers – chamou o mordomo –, a senhora me pediu que a lembrasse quando fosse hora de partir para o encontro com a Sra. Marston.

– Ah, claro – disse lady Vickers, gemendo ao se levantar. – Ela é uma velha maçante e tagarela, mas sabe bem como servir uma bela mesa.

Annabel e Louisa ficaram de pé enquanto a avó deixava o aposento e, assim que ela saiu, afundaram de volta nas cadeiras.

– *O que* aconteceu enquanto eu estive fora? – indagou Louisa.

– Suponho que você esteja se referindo a lorde Newbury – retrucou Annabel com um leve suspiro.

– Passei apenas quatro dias em Brighton. – Louisa lançou um rápido olhar em direção à porta, para se certificar de que não havia ninguém por perto, depois sussurrou com impaciência: – E agora ele quer se *casar* com você?

– Ele não falou muito a respeito – respondeu Annabel, tentando manter o pensamento positivo.

A julgar pela atenção que lorde Newbury tinha lhe dispensado naqueles quatro dias, ele partiria para a Cantuária a fim de obter uma licença especial de matrimônio antes mesmo de a semana acabar.

– Você conhece a história dele? – perguntou Louisa.

– Acho que sim – respondeu Annabel. – Em parte.

Certamente não tanto quanto Louisa. A prima já estava em sua segunda temporada em Londres e, o mais importante, tinha nascido naquele universo. O pedigree de Annabel podia até incluir um avô visconde, mas ela ainda era filha de um cavalheiro do campo. Louisa, por sua vez, passara todos os verões e primaveras de sua vida na capital. A mãe dela, Joan, tia de Annabel, falecera muitos anos antes, mas o duque de Fenniwick tinha várias irmãs, todas elas ocupando posições de destaque na sociedade. Louisa podia ser tímida, podia ser a última pessoa que alguém esperaria que fosse espalhar fofocas e boatos, mas *sabia* de tudo.

– Ele está desesperado por uma esposa – afirmou Louisa.

Annabel deu de ombros, num gesto supostamente autodepreciativo.

– Eu também estou desesperada por um marido.

– Não *tão* desesperada assim.

Annabel não a contradisse, mas a verdade era que, se ela não arrumasse logo um bom casamento, só Deus sabia o que seria de sua família. Nunca tinham sido ricos, mas haviam conseguido sobreviver com dignidade enquanto seu pai era vivo. Ela não sabia direito como arcaram com as mensalidades da escola dos quatro irmãos, mas todos eles estavam onde deveriam: em Eton, recebendo uma educação digna de cavalheiros. Annabel *não seria* responsável por terem que sair de lá.

– A esposa dele morreu… não sei quantos anos atrás – continuou Louisa. – Isso não importava, já que ele tinha um filho perfeitamente saudável. E o filho teve duas filhas, portanto a esposa dele não era infértil.

Annabel assentiu, se perguntando por que era sempre a mulher que era infértil. Um homem não poderia ser infértil também?

– Então o filho dele morreu. Foi uma febre, eu acho.

Annabel já havia tomado conhecimento dessa parte, mas com certeza Louisa sabia mais, por isso Annabel perguntou:

– Ele não tem nenhum outro herdeiro? Deve haver um irmão ou um primo por aí.

– Um sobrinho – confirmou Louisa. – Sebastian Grey. O problema é que lorde Newbury o *odeia*.

– Por quê?

– Não sei – respondeu Louisa, dando de ombros. – Ninguém sabe. Inveja, talvez? O Sr. Grey é absurdamente bonito. Todas as damas se jogam aos seus pés.

Eu gostaria de ver isso, fantasiou Annabel, imaginando a cena: um Adônis louro, os músculos apertados contra o colete, atravessando um mar de mulheres que desmaiavam. Melhor ainda se algumas delas estivessem meio acordadas, talvez agarrando a perna dele, tentando derrubá-lo...

– Annabel!

Ela despertou de seu devaneio. A prima falava com uma impaciência atípica, e seria bom que ela prestasse atenção.

– Annabel, isso é importante.

Annabel assentiu, e uma sensação desconhecida tomou conta dela – talvez de gratidão, com certeza de amor. Praticamente acabara de conhecer a prima, mas já havia entre elas um profundo vínculo, e ela sabia que Louisa faria tudo que estivesse ao seu alcance para impedir que Annabel fizesse uma escolha lamentável.

Infelizmente, o conhecimento de Louisa naquele tema específico era limitado. E ela não entendia – ou melhor, era *incapaz* de entender – as pressões que sofria a filha mais velha de uma família pobre.

– Ouça – implorou Louisa. – O filho de lorde Newbury morreu deve fazer... hã... pouco mais de um ano. E o homem começou a procurar uma esposa antes mesmo de o corpo esfriar.

– A esta altura ele já não deveria ter encontrado uma?

Louisa balançou a cabeça.

– Ele quase se casou com Mariel Willingham.

– Quem? – Annabel tentou associar o nome à pessoa.

– Isso mesmo, você nunca ouviu falar dela. Ela morreu.

Annabel arregalou os olhos. Sem dúvida, era um jeito bastante insensível de dar uma notícia tão trágica.

– Dois dias antes do casamento, ela pegou um resfriado.

– E morreu em dois dias? – perguntou Annabel.

Era um pouco mórbido, mas, oras, ela precisava saber.

– Não. Lorde Newbury insistiu em adiar a cerimônia. Argumentou que era para o bem dela, que ela estava doente demais para suportar, mas todos sabiam que na verdade ele queria ter certeza de que ela era saudável o suficiente para lhe dar um filho.

– E então?

– Bem, então ela morreu. Resistiu por cerca de duas semanas. Foi muito triste, muito mesmo. Mariel sempre foi muito gentil comigo. – Louisa balançou a cabeça de leve, depois continuou: – Lorde Newbury escapou por pouco. Se tivesse se casado com ela, teria que ficar de luto. Já havia sido um escândalo ele procurar uma esposa logo após a morte do filho. Se a Srta. Willingham não tivesse morrido antes do casamento, ele teria que guardar luto por mais um ano.

– Quanto tempo ele esperou antes de recomeçar a busca? – indagou Annabel, temendo a resposta.

– Não mais que duas semanas. Acho que não teria esperado nem isso se houvesse alguma chance de passar despercebido. – Louisa espiou ao redor, e seus olhos pararam no xerez de Annabel. – Preciso de um chá.

Annabel se levantou e tocou a sineta, para evitar que Louisa interrompesse a história.

– Depois que retornou a Londres – prosseguiu a prima –, ele começou a cortejar lady Frances Sefton.

– Sefton – murmurou Annabel.

Ela conhecia aquele nome, mas não sabia de onde.

– Sim – confirmou Louisa animadamente. – Isso mesmo. O pai dela é o conde de Brompton. – Ela inclinou o corpo para mais perto de Annabel. – Lady Frances é a terceira de nove filhos.

– Meu Deus.

– A Srta. Willingham era a mais velha de quatro, mas ela... – Louisa se conteve, visivelmente sem saber como falar aquilo de forma polida.

– Ela se parecia comigo? – arriscou Annabel.

Louisa assentiu, com a expressão sombria.

– Suponho que ele nunca tenha olhado duas vezes para você – comentou Annabel com uma careta irônica.

Louisa analisou a si mesma, com seus meros 50 quilos.

– Nunca. – E, em uma rara manifestação de blasfêmia, acrescentou: – Graças a *Deus*.

– O que aconteceu com lady Frances? – perguntou Annabel.

– Fugiu. Com um *lacaio*.

– Deus do céu. Ela devia ter uma relação antiga com ele, não? Ninguém fugiria com um lacaio apenas para evitar se casar com um conde.

– Você acha que não?

– Bem, acho – respondeu Annabel. – Não seria nada prático.

– Não creio que ela estivesse preocupada em ser prática. Deve ter pensado apenas em como poderia não se casar com aquele... aquele...

– Por favor, não termine a frase.

Louisa assentiu.

– Se o objetivo era evitar o casamento com lorde Newbury – continuou Annabel –, é provável que existissem maneiras mais apropriadas do que fugir com um lacaio. A menos, é claro, que ela estivesse apaixonada por ele. Isso muda tudo.

– Não foi nem uma coisa nem outra. Ela debandou para a Escócia e nunca mais ninguém ouviu falar dela. Àquela altura, a temporada social havia acabado. Tenho certeza de que lorde Newbury vem procurando uma noiva desde então, mas acredito que seja muito mais fácil durante a temporada, quando estão todos reunidos. Além disso – acrescentou Louisa, como se a ideia só tivesse lhe ocorrido naquele instante –, se ele estivesse atrás de outra dama, dificilmente eu teria ficado sabendo. Ele mora no sul, em Hampshire.

Louisa certamente havia passado o inverno na Escócia, tremendo de frio em seu castelo.

– E agora ele está de volta – afirmou Annabel.

– Sim, e agora que perdeu um ano inteiro, quer encontrar alguém o mais rápido possível. – Louisa olhou para a prima com uma expressão terrível, metade pena, metade resignação. – Se ele estiver interessado em você, não perderá tempo com cortejos.

Annabel sabia disso, e também sabia que, se lorde Newbury a pedisse em casamento, seria muito difícil recusar. Seus avós já haviam insinuado que apoiavam a união. A mãe permitiria que Annabel declinasse, mas ela se encontrava a mais de 100 quilômetros de distância. E Annabel sabia exatamente qual seria a reação da mãe ao assegurar que a filha não precisava se casar com o conde.

Haveria amor, mas também preocupação. Nos últimos tempos, sempre havia preocupação no olhar de sua mãe. No primeiro ano depois da morte do pai, ela ficara de luto, mas agora restava apenas preocupação. Annabel acreditava que a mãe estava tão preocupada em sustentar a família que não havia sobrado tempo para o luto.

Se lorde Newbury de fato desejasse se casar com ela, proveria apoio financeiro suficiente para aliviar o peso nas costas de sua mãe. Ele poderia pagar pela educação dos irmãos dela. E providenciar os dotes para as irmãs.

Annabel não aceitaria se casar a menos que ele concordasse em arcar com essas obrigações. Por escrito.

Mas ela estava se precipitando. Ele não tinha pedido sua mão em casamento. E ela não tinha decidido aceitar. Ou tinha?

Capítulo dois

Na manhã seguinte

— Newbury está de olho em uma nova pretendente.

Sebastian Grey deu uma espiada em seu primo, Edward, que estava sentado na frente dele, comendo algo que parecia uma torta e cujo cheiro repulsivo chegava ao outro lado do aposento. Sua cabeça latejava (champanhe em excesso na noite anterior) e ele chegou à conclusão de que gostava mais do cômodo no escuro.

Fechou os olhos.

– Acho que desta vez é sério – acrescentou Edward.

– Era sério nas últimas três vezes – retrucou Sebastian.

– Hum, sim – ressoou a voz do primo. – Que azar o dele. Morte, fuga, e o que aconteceu com a terceira?

– Apareceu grávida no altar.

Edward riu.

– Ele deveria ter ficado com essa. Pelo menos já sabia que era fértil.

– Desconfio – começou Sebastian, mudando de posição para acomodar melhor suas pernas compridas no sofá – que até eu seja uma opção melhor do que o filho de outro homem. – Ele desistiu de tentar encontrar uma posição confortável e pôs as duas pernas no braço do sofá, deixando os pés balançando para fora. – Embora seja difícil acreditar.

Sebastian pensou no tio por um instante, depois tentou afastá-lo da mente. O conde de Newbury sempre o deixava de mau humor, e sua cabeça já o incomodava o suficiente. Eles sempre tiveram suas diferenças, tio e sobrinho, mas isso não havia tido muita importância até um ano e meio antes, quando o primo de Sebastian, Geoffrey, morreu. Assim que ficou claro que a barriga da viúva de Geoffrey não estava crescendo e que Sebastian era o herdeiro presuntivo do condado, Newbury partiu depressa para Londres em busca de uma nova esposa, afirmando que preferiria morrer a permitir que Sebastian herdasse suas posses.

O conde, aparentemente, não percebera a incongruência daquela afirmação em termos lógicos.

Sebastian, desse modo, encontrava-se em uma posição inusitada e precária. Se o conde conseguisse se casar e gerar outro filho – e, Deus era testemunha, ele estava tentando bastante –, o sobrinho seria apenas mais um cavalheiro respeitado sem título algum. Se, por outro lado, Newbury não conseguisse procriar, ou pior, se viesse a ter apenas filhas, Sebastian herdaria quatro casas, uma montanha de dinheiro e o oitavo condado mais antigo daquelas terras.

Tudo isso significava que ninguém sabia direito o que fazer com ele. Seria Sebastian o solteiro mais disputado do mercado casamenteiro ou apenas mais um caçador de fortunas? Não havia como saber.

Isso era muito divertido. Pelo menos para Sebastian.

Ninguém podia se dar ao luxo de agir como se ele *não* fosse se tornar conde, por isso era convidado para todos os eventos sociais, o que era sempre bastante oportuno para um homem que gostava de boa comida, boa música e boa conversa. As debutantes estavam sempre à sua volta, proporcionando diversão infinita. E quanto às mulheres mais maduras… essas eram livres para encontrar prazer com quem bem entendessem…

Bem, na maioria das vezes, era *ele* quem elas escolhiam. O fato de ser bonito era uma bênção. O fato de ser um excelente amante era um deleite. O fato de que um dia poderia se tornar o conde de Newbury…

Isso fazia dele um homem irresistível.

Naquele momento, porém, com a cabeça doendo e o estômago revirado, Sebastian estava se sentindo muito resistível. Ou, no mínimo, *resistente*. A própria Afrodite poderia descer dos céus flutuando em uma concha, nua a não ser por algumas flores estrategicamente posicionadas, que ele vomitaria aos pés dela.

Não, não, ela teria que estar nua em pelo. Se era para testemunhar a presença de uma deusa bem ali naquele aposento, ela deveria estar completamente nua.

Ainda assim, vomitaria aos pés dela.

Ele bocejou, deslocando o peso do corpo um pouco mais para a esquerda. Desejou conseguir dormir. Não tinha pregado o olho na noite anterior (champanhe), nem na anterior à anterior (por nenhum motivo específico), e o sofá de seu primo não era pior do que qualquer outro lugar. O aposento não estava claro demais, desde que ele mantivesse os olhos fechados, e o único som que ouvia era a mastigação de Edward.

A mastigação.

Era impressionante quão alto lhe parecia o som, agora que ele tinha parado para observar.

Sem mencionar o fedor. Torta de carne. Quem é que comia torta de carne na frente de alguém naquele estado?

Sebastian deixou escapar um gemido.

– O que foi? – indagou Edward.

– Sua comida – resmungou Seb.

– Quer um pedaço?

– Por Deus, não.

Sebastian ficou de olhos fechados, mas praticamente ouviu o primo dar de ombros. Não seria nem um pouco misericordioso com ele naquela manhã.

Então Newbury estava desesperado por uma mulher para parir um filho macho. Sebastian não via motivo para surpresa. Diabo, *não estava* surpreso. Era só que...

Era só que...

Ora, que inferno. Ele não sabia. Mas havia algo.

– Quem é desta vez? – perguntou, porque não estava *completamente* desinteressado.

Houve uma pausa enquanto Edward engolia.

– A neta de Vickers.

Sebastian considerou a informação. Lorde Vickers tinha um monte de netas. O que fazia sentido, afinal ele e a esposa tiveram algo em torno de quinze filhos.

– Bem, bom para ela – resmungou.

– Você a viu? – indagou Edward.

– Você já? – devolveu Seb.

Ele chegara à cidade quase no fim da temporada. Se a garota estivesse fazendo sua estreia, não havia como conhecê-la.

– Garota do campo, ouvi dizer, e tão fértil que os pássaros cantam quando ela se aproxima.

Aquilo merecia um olho aberto. Os dois olhos, na verdade.

– Pássaros – repetiu Sebastian em tom de desdém. – Pelo amor de...

– Acho que é um bom modo de dizer – retrucou Edward, um pouco na defensiva.

Com um gemido, Sebastian se empertigou.

– Se a jovem dama é mesmo imaculada como a neve, como Newbury certamente afirma, como alguém poderia garantir que é fértil?

Edward deu de ombros.

– É evidente. Os quadris dela... – As mãos dele fizeram um movimento estranho no ar e os olhos começaram a parecer vidrados. – E os *seios*...

Edward praticamente se tremeu todo, e Sebastian não ficaria surpreso se o pobre garoto começasse a babar.

– Controle-se, Edward – ordenou Sebastian. – Você está recostado no sofá recém-estofado de Olivia, caso não se lembre.

Edward lançou um olhar contrariado para Sebastian e voltou a se concentrar na comida em seu prato. Eles estavam na sala de estar de sir Harry e lady Olivia Valentine, onde podiam ser encontrados com frequência. Edward era irmão de Harry, portanto morava ali. Sebastian tinha aparecido para tomar o café da manhã. A cozinheira mudara sua receita de ovo poché, com um resultado delicioso (Sebastian desconfiava que o segredo era pôr mais manteiga; tudo ficava melhor com mais manteiga). Ele não perdia um único café da manhã em La Casa de Valentine havia uma semana.

Além disso, apreciava a companhia.

Harry e Olivia – que, aliás, não eram espanhóis; Sebastian simplesmente gostava de dizer "La Casa de Valentine" – tinham ido passar duas semanas no campo, provavelmente tentando escapar de Sebastian e Edward. Os rapazes logo começaram a se comportar como típicos solteiros, indo dormir depois da meia-noite, almoçando na sala de estar e pendurando um alvo de dardos na porta do segundo quarto de hóspedes.

Sebastian estava liderando naquele momento, por 14 a 3.

Por 16 a 1, na verdade. Tinha ficado com pena de Edward no meio da disputa. E isso tornara tudo *mais* interessante. Era mais difícil perder de forma convincente do que ganhar. Mas ele havia conseguido. Edward não suspeitara de nada. A 18ª partida seria realizada naquela noite. Sebastian estaria presente, é claro. Praticamente havia se mudado para lá. Dizia a si mesmo que era porque alguém tinha que ficar de olho no jovem Edward, mas a verdade era que...

Seb balançou a cabeça mentalmente. Aquela verdade bastava.

Ele deu um bocejo. Deus do céu, estava muito cansado. Não sabia por que tinha bebido tanto na noite anterior. Havia séculos que não fazia isso. Fora se deitar cedo, mas não conseguiu dormir, então se levantou, mas não conseguiu escrever porque...

Porque não. Era irritante. Simplesmente não conseguia escrever. As palavras não vinham, mesmo tendo deixado sua pobre heroína escondida debaixo de uma cama. Com o herói *em cima* da cama. Seria a cena mais inapropriada de todas. Era de esperar que fosse fácil escrevê-la, justamente por seu caráter inusitado.

Só que não. A Srta. Spencer ainda estava debaixo da cama, seu escocês ainda estava em cima e Sebastian continuava tão distante do fim do capítulo quanto na semana anterior.

Depois de duas horas sentado à escrivaninha olhando para a folha de papel em branco, ele finalmente desistira. Não conseguia dormir e não conseguia escrever, então, mais por pirraça do que por qualquer outra razão, ele se levantou, se vestiu e foi para o clube.

Lá havia champanhe. Alguém estava comemorando alguma coisa, e teria sido rude não participar da festa. Havia também umas mulheres muito bonitas, embora Sebastian não entendesse muito bem o que faziam lá.

Ou talvez elas não estivessem lá. Será que ele tinha ido para outro lugar depois?

Meu bom Deus, estava ficando velho para tudo aquilo.

– Talvez ela diga não – falou Edward, de repente.

– O quê?

– A garota dos Vickers. Talvez ela diga não a Newbury.

Sebastian voltou a se recostar e pressionou as têmporas com os dedos.

– Ela não vai dizer não.

– Pensei que você não a conhecesse.

– Não conheço. Mas os Vickers vão apoiar a união com Newbury. Eles são amigos e Newbury tem dinheiro. A menos que a garota tenha um pai extremamente indulgente, terá que fazer o que o avô mandar. Isto é... – Ele arqueou as sobrancelhas, como se o gesto o ajudasse a raciocinar melhor. – Se for a garota dos Fenniwicks, vai dizer não.

– *Como* você sabe de tudo isso?

Seb deu de ombros.

– Eu sei das coisas.

Na maioria das vezes, quase acrescentou. Era notável a quantidade de coisas que se podia descobrir sobre outro ser humano simplesmente observando. E ouvindo. E agindo com tamanho encanto que as pessoas esqueciam que ele tinha cérebro.

Sebastian raramente era levado a sério, e gostava que fosse assim.

– Não – continuou, visualizando em sua mente uma coisinha tão magra que desaparecia quando se virava de lado. – Não pode ser a garota dos Fenniwicks. Ela não tem seios.

Edward comeu a última garfada de sua torta de carne. Infelizmente, o cheiro não se dissipou.

– Estou certo de que você não sabe disso em primeira mão – concluiu ele.

– Sou um ótimo analista das formas femininas, mesmo a distância – afirmou Sebastian.

Ele olhou ao redor, procurando alguma bebida não alcoólica. Chá. Chá poderia ajudar. Sua avó sempre dizia que era a melhor coisa para se tomar, depois de vodca.

– Enfim – disse Edward, observando Sebastian se levantar e atravessar a sala para chamar o mordomo –, se ela aceitar, você perderá o condado.

Seb se jogou de volta no sofá.

– O condado nunca foi meu.

– Poderia ser – retrucou Edward, inclinando-se para a frente. – Poderia ser seu. Provavelmente eu sou o 39º na linha de sucessão para qualquer coisa importante, mas você… você pode se tornar o conde de Newbury.

Sebastian engoliu de volta o bolo amargo que subia por sua garganta. O *conde de Newbury* era seu tio, aquele homem enorme e barulhento, com mau hálito e um temperamento ainda pior. Era difícil se imaginar ostentando aquele mesmo título.

– Honestamente, Edward – disse ele, lançando ao primo o olhar mais franco possível –, eu não dou a mínima, aconteça o que acontecer.

– Você não está falando sério.

– Estou, sim – murmurou Seb.

Edward encarou-o como se ele tivesse enlouquecido. Sebastian preferiu reagir retomando sua posição horizontal no sofá. Fechou os olhos, determinado a mantê-los assim até que o mordomo trouxesse o chá.

– Não estou dizendo que não apreciaria as conveniências que acompanham o título – argumentou ele –, mas vivi 30 anos sem isso, e 29 sem ter nem mesmo a possibilidade de herdá-lo.

– Conveniências – repetiu Edward, aparentemente apegado à palavra. – *Conveniências?*

Seb deu de ombros.

– Eu acharia a parte financeira extremamente conveniente.

– Conveniente – disse Edward, abismado. – Só você chamaria isso de conveniente.

Sebastian ficou calado e tentou tirar um cochilo. Parecia conseguir pegar no sono assim, em pequenos intervalos aqui e ali, em sofás, cadeiras ou qualquer outro lugar, com exceção de sua própria cama. Mas sua mente se mostrou teimosa, recusando-se a esquecer das fofocas mais recentes sobre seu tio.

De fato não lhe importava se herdaria ou não o condado. As pessoas tinham dificuldade em acreditar naquilo, mas era verdade. Se o tio se casasse com a garota dos Vickers e tivesse um filho com ela… bem, que bom para o tio. E Sebastian não herdaria o título. Não fazia sentido se importar com a perda de algo que na verdade nunca tivera.

– A maioria das pessoas – disse Sebastian, aproveitando que apenas Edward estava na sala e ele podia parecer um palhaço falastrão – já *sabe* se vai herdar um condado. Uma delas é o herdeiro aparente. A menos que alguém consiga matá-lo antes, é ele quem vai receber a herança.

– Hã?

– Alguém podia mudar o termo para "herdeiro *óbvio*" – murmurou Seb, pensativo.

– Você sempre dá aulas de semântica depois que bebe demais?

– Filhote. – É o apelido que Seb dera a Edward, e, desde que ficasse restrito ao âmbito familiar, o jovem primo parecia não se importar.

Edward riu.

– Está bem, não falo mais nada – disse Sebastian, mas continuou: – Quando se fala em herdeiro presuntivo, tudo parece mera presunção.

– Você vai me contar algo que eu não saiba? – perguntou Edward sem sarcasmo aparente. Era mais uma questão de saber se deveria ou não prestar atenção.

Sebastian o ignorou.

– Alguém, *presumidamente*, é o herdeiro, a menos que, no meu caso, Newbury consiga se impor a uma pobre jovem de quadris largos e seios fartos.

Edward deu um suspiro sonhador.

– Pare com isso – disse Seb.

– Se você a tivesse visto, saberia do que estou falando.

O primo tinha um tom tão cheio de luxúria que Sebastian sentiu a necessidade de encará-lo.

– Você precisa de uma mulher.

Edward deu de ombros.

– Arranje uma para mim. Não me importo se ficar com as suas sobras.

Ele merecia mais do que isso, mas Sebastian não queria entrar naquela discussão, não de estômago vazio.

– Eu preciso muito de um chá.

– Acho que você precisa de algo mais que isso.

Seb ergueu uma sobrancelha.

– Você parece meio irritado com a instabilidade da sua situação – explicou Edward.

Sebastian refletiu sobre aquilo.

– Não, irritado, não. No máximo, ligeiramente incomodado.

Edward pegou o jornal e um silêncio amigável se instalou entre os dois. Sebastian olhou pela janela, do outro lado do aposento. Sua visão sempre fora excelente, e ele conseguia ver as belas damas que passeavam do outro lado da rua. Ficou observando-as por um tempo, pensando alegremente em nada de importante. O azul-celeste parecia ser a cor da moda naquela temporada. Uma ótima escolha – caía bem na maioria das mulheres. Já sobre as saias, ele não podia dizer o mesmo; pareciam um pouco rígidas e cônicas demais. Atraentes, sim, mas muito mais desafiadoras para o homem desejoso de ver o que havia por baixo.

– Chá – anunciou Edward, interrompendo os pensamentos de Sebastian.

Uma criada pousou a bandeja na mesa, e por um instante eles apenas encararam o delicado bule, aqueles dois homens grandes com mãos grandes.

– Onde está nossa querida Olivia quando precisamos dela? – perguntou Seb.

Edward deu um sorriso irônico.

– Preciso me lembrar de contar a ela que você a valoriza por suas habilidades em servir.

– Esta é, provavelmente, a razão mais lógica para se arrumar uma esposa. – Sebastian se debruçou e examinou a bandeja, procurando o pequeno jarro de leite. – Você quer?

O primo balançou a cabeça.

Seb derramou um pouco de leite em sua xícara e concluiu que precisava demais beber alguma coisa para esperar que fosse servida adequadamente. Então acrescentou o chá, inalando o aroma que se espalhava pelo ar. Foi notável a eficácia daquilo em acalmar seu estômago.

Talvez ele devesse ir para a Índia. A terra prometida. A terra do chá.

Tomou um gole e sentiu o calor escorrer garganta abaixo em direção ao estômago. Era perfeito, simplesmente perfeito.

– Você já pensou em ir para a Índia? – perguntou ao primo.

Edward o olhou com as sobrancelhas levemente arqueadas. Era uma mudança brusca de assunto, mas ele já estava bastante habituado a Sebastian para se assustar.

– Não – respondeu ele. – Muito quente.

Seb refletiu.

– Talvez você esteja certo.

– Além da malária – acrescentou Edward. – Vi um homem com malária uma vez. – Ele teve um calafrio. – Não é uma visão agradável.

Sebastian tinha visto a malária de perto quando integrara o 18º Regimento de Hussardos que combatera em Portugal e na Espanha. *Não é uma visão agradável* era um eufemismo e tanto.

Além disso, seria difícil continuar sua carreira clandestina de escritor. Seu primeiro romance, *A Srta. Sainsbury e o coronel misterioso*, fora um sucesso estrondoso. Tanto que Sebastian escrevera *A Srta. Davenport e o marquês sombrio*, *A Srta. Truesdale e o cavalheiro mudo*, além do best-seller *A Srta. Butterworth e o barão louco*.

Todos assinados por pseudônimos, é claro. Se viesse a público que ele escrevia romances góticos...

Seb ficou pensando naquilo por um momento. *O que* aconteceria se viesse a público? Os membros mais abastados da sociedade o rechaçariam, o que seria uma bênção. O restante das pessoas iria se deliciar. Ele seria reverenciado por semanas.

Mas haveria questionamentos. E pessoas pedindo que ele escrevesse a história *delas*. Seria enfadonho demais.

Ele gostava de ter um segredo. Nem mesmo sua família sabia. Se por acaso alguém tinha a curiosidade de saber de onde ele tirava sua renda, nunca havia perguntado. Harry devia presumir que ele recebia uma mesada da mãe. E que tomava café da manhã na casa dele todos os dias a fim de economizar.

Além disso, Harry não gostava dos livros que Seb escrevia. Ele os traduzia para o russo (e estava recebendo uma fortuna por isso, provavelmente mais do que Sebastian ganhava por escrever os originais), mas não gostava deles. Achava que eram bobos. Repetia isso com frequência. Sebastian nunca tivera coragem de lhe dizer que Sarah Gorely, a autora, era na verdade Sebastian Grey, seu primo.

Isso deixaria Harry muito constrangido.

Sebastian continuou tomando seu chá e observou Edward ler o jornal. Se ele se esticasse um pouco, conseguiria ler a parte virada para si. Sua visão sempre fora assustadoramente aguçada.

Bem, na verdade não aguçada o suficiente. O *London Times* usava letras muito pequenas. Mesmo assim, ele tentou. As manchetes eram legíveis, pelo menos.

Edward pousou o jornal e olhou para ele.

– Você está mesmo *tão* entediado?

Seb bebeu o restante do chá.

– Extremamente. E você?

– Bastante, visto que não consigo ler o jornal com você me encarando.

– Estou incomodando tanto assim? – Seb deu um sorriso divertido. – Que maravilha.

Edward balançou a cabeça e lhe estendeu o periódico.

– Quer?

– Por Deus, não. Ontem à noite acabei ficando preso em uma conversa com lorde Worth sobre as novas tarifas alfandegárias. Ler um artigo inteiro sobre isso seria apenas um pouco mais agradável do que arrancar minhas unhas dos pés.

Edward olhou para o primo.

– Sua imaginação beira o macabro.

– Apenas beira? – murmurou Seb.

– Eu estava tentando ser educado.

– Ah, jamais tente fazer isso por minha causa.

– Tem razão.

Seb ficou em silêncio por tempo suficiente para que Edward achasse que ele havia deixado a conversa de lado e então falou:

– Você está ficando meio chato com o avanço da idade, filhote.

Edward franziu as sobrancelhas.

– O que faz de você...

– Um ancião, mas um ancião interessante – respondeu Sebastian com um sorrisinho.

Fosse pelo chá ou pelo prazer de implicar com seu jovem primo, ele estava começando a se sentir melhor. Sua cabeça ainda doía, mas pelo menos não achava mais que iria arruinar o tapete.

– Pretende comparecer à recepção na casa de lady Trowbridge hoje à noite?

– Em Hampstead? – perguntou Edward.

Seb assentiu, servindo-se de mais chá.

– Creio que sim – respondeu Edward. – Não tenho nada melhor para fazer. E você?

– Algo me diz que tenho um encontro marcado no bosque com a adorável lady Cellars.

– No *bosque*?

– Sempre gostei da natureza – retrucou Sebastian. – Preciso apenas descobrir uma forma de levar um cobertor para a festa sem que ninguém note.

– Então você não gosta da natureza em todo o seu esplendor.

– Apenas do ar fresco e da aventura. Mas poderia passar sem os galhos e sem a grama pinicando.

Edward se levantou.

– Bem, se existe alguém capaz de dar um jeito nisso, é você.

Seb ergueu os olhos, surpreso, talvez um pouco decepcionado.

– Aonde você vai?

– Tenho um compromisso com Hoby.

– Ah.

Ele não tinha como detê-lo. Ninguém decepcionava o Sr. Hoby e ninguém poderia se meter entre um cavalheiro e suas botas.

– Você vai estar aqui quando eu voltar? – perguntou Edward, já à porta. – Ou planeja ir para casa?

– Provavelmente ainda estarei aqui – respondeu Sebastian, tomando um último gole de chá antes de se deitar novamente no sofá.

Mal tinha dado meio-dia e ainda havia muitas horas até que ele precisasse voltar para casa a fim de se arrumar para lady Trowbridge e lady Cellars.

Edward assentiu e partiu. Sebastian fechou os olhos e tentou dormir, mas depois de dez minutos desistiu e pegou o jornal.

Era muito difícil dormir quando estava sozinho.

Capítulo três

Mais tarde naquela noite

Ela não podia se casar com ele. Pelo bom Deus, não podia.

Annabel disparou pelo corredor escuro, sem se dar ao trabalho de pensar aonde estava indo. Tentara cumprir seu dever. Tentara ter o comportamento que esperavam dela. Mas agora estava enjoada, com o estômago revirado, e precisava de ar fresco mais do que de qualquer outra coisa.

A avó tinha insistido que comparecessem à recepção anual de lady Trowbridge e, depois que Louisa explicou que o evento aconteceria um pouco longe da cidade, mais precisamente em Hampstead, Annabel ficou empolgada. Lady Trowbridge mantinha um jardim esplêndido, que se abria para o famoso bosque de Hampstead, e, se fizesse tempo bom, provavelmente espalharia tochas e enfeites por ele, permitindo que a festa se estendesse para fora da casa.

No entanto, antes mesmo que Annabel pudesse explorar além do salão de baile, lorde Newbury a encontrou. Ela fez uma mesura e sorriu, agindo como se estivesse honrada pelas atenções que ele lhe dedicava. Dançou com ele – duas vezes – e não reclamou quando o conde pisou em seu pé.

Nem quando a mão dele deslizou até suas nádegas.

Bebeu limonada com ele no canto do salão, procurando entabular uma conversa, torcendo e rezando para que algo – qualquer coisa – interessasse a ele mais do que a visão de seus seios.

E então lorde Newbury investiu contra ela no corredor. Annabel não entendeu direito como ele conseguiu fazer isso. Algo sobre um amigo e uma mensagem que precisava ser transmitida e, antes que ela pudesse perceber, estava em um canto escuro, acuada contra a parede.

– Bom Deus – gemeu ele, agarrando um dos seios dela com a mão carnuda. – Nem cabe inteiro entre meus dedos.

– Lorde Newbury! – gritou Annabel, tentando se desvencilhar dele. – Pare, por favor...

– Passe suas pernas em volta de mim – ordenou ele, pressionando seus lábios contra os dela.

– *O quê?* – ela tentou dizer, na verdade gritar, mas mal conseguiu abrir a boca.

O conde grunhiu e avançou, o membro duro e raivoso contra o ventre dela. Agarrou-a pelas coxas, tentando colocar a perna dela na posição que queria.

– Levante a saia se precisar. Quero ver até onde suas pernas se abrem.

– Não – ofegou ela. – Por favor. Eu não posso.

– A moral de uma dama e o corpo de uma meretriz. – Ele deu uma risadinha e apertou o mamilo dela através do tecido fino de seu vestido. – A combinação perfeita.

O pânico crescia no peito de Annabel. Ela já havia lidado com investidas indesejadas antes, mas nunca de um nobre. E jamais do homem com quem se casaria.

Era por isso que ele esperava que ela lhe desse esse tipo de liberdade? Antes mesmo de pedir sua mão?

Não, não era possível. Ele podia ser um conde, acostumado a ter todas as suas ordens atendidas, mas isso não significava que pudesse comprometer a reputação de uma jovem e respeitável dama.

– Lorde Newbury – disse ela, em tom de reprovação. – Solte-me. Imediatamente.

Ele apenas sorriu e tentou beijá-la mais uma vez. O conde fedia a peixe, suas mãos eram grandes e flácidas, e ela não conseguia suportar aquilo. Não era para ser daquele jeito. Não que esperasse romantismo, amor verdadeiro ou... Meu Deus, ela não sabia o que estava esperando. Mas não aquilo. Não aquele homem pavoroso encurralando-a contra a parede na casa de uma estranha.

Não queria aquilo para si. Simplesmente não queria.

Annabel não sabia de onde tirara forças; ele devia pesar mais de 100 quilos. Conseguiu colocar as mãos entre eles dois e o empurrou.

Ele cambaleou e praguejou ao bater em uma mesa e quase perder o equilíbrio. Annabel teve tempo suficiente para erguer a saia e correr. Não fazia ideia se lorde Newbury a estava seguindo; não parou para olhar para trás até atravessar um conjunto de portas francesas e chegar ao que parecia ser um jardim lateral. Apoiou-se no exterior de pedra da casa e tentou recuperar o fôlego. Seu coração batia acelerado e uma fina camada de suor cobria sua pele, fazendo-a tremer no ar frio.

Annabel se sentia suja. Não por dentro. Lorde Newbury não era capaz de fazê-la duvidar de seus próprios valores e sua consciência estava limpa. Mas se sentia suja por fora, em sua pele, onde ele a havia tocado...

Queria tomar banho. Queria pegar uma toalha e uma grande barra de sabonete e apagar cada traço de lembrança dele. Mesmo naquele momento, tinha uma impressão estranha no seio direito, no ponto onde ele havia encostado. Não era dor. Apenas uma reação inadequada que se espalhava por todo o seu corpo. Nada doía. Era apenas uma sensação indescritível de inadequação.

Ao longe, ela podia ver a luz das tochas no jardim dos fundos, mas ali o breu era quase absoluto. Obviamente, aquela parte da propriedade não tinha sido destinada aos convidados. Ela não deveria estar ali, isso era evidente, mas também não conseguiria retornar à festa. Pelo menos ainda não.

Havia um banco de pedra no meio do gramado, então ela se aproximou e se sentou, deixando escapar um sonoro "Ufa!" ao fazê-lo. Era um ruído nada feminino, associado a um tipo nada elegante de comportamento que ela não se permitia ter quando estava em Londres.

O tipo de coisa que fazia o tempo todo quando brincava despreocupadamente com os irmãos em Gloucestershire.

Sentia saudades de casa. Sentia saudades de sua cama, de seu cachorro e das tortas de ameixa de Cook.

Sentia saudades da mãe, e mais ainda do pai, mas, acima de tudo, da terra sólida sob seus pés. Annabel sabia quem ela era em Gloucestershire. Sabia o que esperavam dela. Sabia o que esperar dos outros. Seria pedir demais querer sentir que sabia o que estava fazendo? Era um desejo bem razoável.

Annabel olhou para o alto, tentando identificar as constelações. Havia muitas luzes oriundas da festa, ofuscando o céu noturno, mas as estrelas ainda brilhavam aqui e ali.

Elas tinham que atravessar a poluição, Annabel pensou, para brilhar. Era uma poluição de luz, de brilho.

Por algum motivo, não parecia certo.

– Cinco minutos – disse ela em voz alta.

Em cinco minutos retornaria à festa. Em cinco minutos teria recuperado a compostura. Em cinco minutos seria capaz de colocar um sorriso de volta no rosto e fazer mesuras ao homem que havia acabado de violá-la.

Em cinco minutos diria a si mesma que poderia se casar com ele.

E, com sorte, em dez minutos conseguiria acreditar nisso de verdade.

No entanto, até lá, ainda tinha quatro minutos para si mesma.

Quatro minutos.

Ou não.

Annabel aguçou os ouvidos ao notar um sussurro e, franzindo a testa, virou-se sem se levantar e olhou em direção à casa. Viu duas pessoas saindo pelas portas francesas, um homem e uma mulher, a julgar pelas silhuetas, e deu um grunhido baixo. Eles deviam estar se esgueirando para um encontro furtivo. Não havia outra explicação. Se tinham procurado o jardim lateral e escolhido sair por ali, só podiam estar tentando evitar serem vistos.

Annabel não queria ser a pessoa que arruinaria tudo.

Ficou de pé e tentou encontrar uma rota alternativa para voltar à festa, mas o casal avançava rápido e, se quisesse evitá-lo, não havia o que fazer senão se embrenhar nas sombras. Ela se moveu com agilidade, não exatamente correndo, mas fazendo algo que era mais rápido do que andar, até que chegou à cerca viva que marcava os limites da propriedade. Não apreciou a ideia de se meter entre os arbustos, portanto foi se esgueirando para a esquerda, onde podia enxergar na sebe uma abertura que supostamente levava ao bosque.

O bosque. O enorme, maravilhoso e glorioso espaço que simbolizava tudo o que Londres não era.

Ela não deveria estar ali. Definitivamente, não. Louisa ficaria horrorizada. Seu avô ficaria furioso. E sua avó...

Bem, sua avó provavelmente daria risada, mas havia muito Annabel percebera que não devia pautar seus julgamentos morais pelas atitudes da avó.

Será que haveria outro caminho que ligasse o bosque ao gramado de lady Trowbridge? Era uma propriedade imensa; sem dúvida, haveria diversas passagens na sebe. Mas enquanto isso...

Ela ficou observando aquela imensidão. Era incrível encontrar tanta natureza assim tão perto da cidade. Era selvagem e escuro, e o ar tinha um frescor do qual ela não se dera conta de que sentia falta. Não era apenas o fato de ser limpo e fresco – disso ela *sabia* que sentia saudades desde o primeiro dia que respirara a atmosfera ligeiramente opaca de Londres. Havia uma pungência no ar dali, algo meio frio, penetrante. Cada lufada fazia seus pulmões formigarem.

Era como o paraíso.

Annabel olhou para o céu, imaginando que as estrelas estariam mais nítidas lá fora. Não estavam, não mais que antes, mas ela manteve o rosto erguido, caminhando devagar para trás enquanto admirava o fino traço da lua pendendo tropegamente acima da copa das árvores.

Era o tipo de noite que deveria ter sido mágica. E teria sido, caso ela não tivesse sido apalpada por um homem com idade suficiente para ser seu avô. Teria sido, caso pudesse usar vermelho, o que favorecia sua tez muito mais do que o rosa-claro.

A noite teria sido mágica se o vento tivesse soprado no ritmo de uma valsa. Se o farfalhar das folhas soasse como castanholas e se um príncipe encantador a aguardasse em meio à névoa.

Não havia névoa, é claro, mas também não havia príncipe. Havia apenas um velho horroroso que queria fazer coisas horrorosas com ela. E em algum momento ela teria que permitir essas coisas.

Annabel fora beijada três vezes na vida. A primeira por Johnny Metham, que agora insistia em ser chamado de John, mas ele tinha apenas 8 anos quando seus lábios tocaram os dela – definitivamente, ainda um Johnny. A segunda por Lawrence Fenstone, que lhe roubara um beijo na Festa da Primavera, três anos antes. Estava escuro, e alguém havia colocado rum nas duas tigelas de ponche. O vilarejo todo perdeu os sentidos. Annabel ficou surpresa, mas não com raiva – inclusive soltou uma gargalhada quando ele tentou enfiar a língua em sua boca.

Parecia *apenas* a coisa mais engraçada do mundo.

Lawrence não achou aquilo nada engraçado e se deteve, seu orgulho viril aparentemente abalado demais para insistir. Ele não lhe dirigiu a palavra por um ano inteiro, até que voltou de Bristol com uma noivinha buliçosa – loura, franzina e burra. Tudo o que Annabel não era e, como ficou aliviada ao perceber, tampouco queria ser.

O terceiro beijo acontecera naquela noite, quando lorde Newbury apertou seu corpo contra o dela e depois fez o mesmo com a boca.

De repente, todo aquele episódio com a língua de Lawrence Fenstone não parecia mais tão divertido. Lorde Newbury fizera a mesma coisa, tentando forçar a língua por entre os lábios dela, mas Annabel cerrou os dentes com tanta força que achou que sua mandíbula fosse quebrar. E depois fugiu. Sempre associara fuga a covardia, mas naquele momento, depois de ela própria ter precisado fugir, percebeu que às vezes era a única atitude prudente, ainda que agora se encontrasse sozinha num bosque, com um casal de amantes bloqueando seu caminho de volta ao salão de baile. Era quase cômico.

Quase.

Ela inspirou fundo, depois expirou, ainda caminhando lentamente de costas. Que noite. Não havia sido nada mágica. Não havia sido...

– Ops!

O calcanhar dela bateu em alguma coisa – meu Deus, era uma perna? – e ela caiu para trás. Tudo em que conseguia pensar (por mais macabra que fosse aquela perspectiva) era que tinha tropeçado em um cadáver.

Ou, pelo menos, torcia para que fosse isso. Um cadáver certamente provocaria menos danos à sua reputação do que alguém vivo.

Sebastian era um homem paciente e não se importava em ter que esperar vinte minutos para que ele e Elizabeth pudessem retornar separadamente ao salão de baile, de modo a manter as aparências. Ainda que ele não tivesse uma reputação a zelar, a adorável lady Cellars tinha. Não que a ligação dos dois fosse segredo. Elizabeth era jovem e bonita, já dera dois filhos ao marido e, se Sebastian havia entendido bem, lorde Cellars estava muito mais interessado em seu secretário particular do que na esposa.

Ninguém esperava que lady Cellars fosse fiel. Ninguém.

Mas as aparências precisavam ser mantidas, e Sebastian ficou esperando sobre o cobertor (diligentemente contrabandeado por um lacaio) enquanto apreciava o céu noturno.

Era bastante sossegado ali no bosque, ainda que pudesse ouvir o zum-zum-zum da festa trazido pelo vento. Ele não tinha ido muito além dos limites da propriedade de lady Trowbridge; Elizabeth não era tão aventureira assim. De todo modo, sentia-se incrivelmente solitário.

O mais estranho era que gostava daquela sensação.

Sebastian não apreciava muito a solidão. Na verdade, quase nunca. Só que havia algo de encantador em estar no bosque, ao ar livre. Aquilo lhe lembrava a guerra, todas as noites sem nada acima de sua cabeça além do dossel formado pelas copas das árvores.

Ele odiava aquelas noites.

Não fazia muito sentido que essas lembranças da guerra lhe dessem agora tanto contentamento, mas quase nada do que acontecia dentro da cabeça dele fazia sentido. Não parecia haver muito propósito, portanto, em se questionar.

Seb fechou os olhos. O interior de suas pálpebras era de um preto-acastanhado que em nada se assemelhava ao arroxeado denso da noite. A escuridão podia ter tantas cores. Era meio esquisito e talvez até um pouco perturbador, mas...

– Ops!

Um pé bateu em sua panturrilha esquerda e ele abriu os olhos bem a tempo de ver uma mulher caindo.

Diretamente em seu cobertor.

Ele sorriu. Os deuses ainda o amavam.

– Boa noite – disse ele, apoiando-se nos cotovelos.

A mulher não respondeu – o que não era de surpreender, pois ainda estava querendo entender como havia caído de repente. Ele ficou observando enquanto ela tentava se levantar. Não estava sendo muito fácil. O chão sob o cobertor era irregular, e ela havia ficado desorientada, a julgar por sua respiração acelerada.

Talvez ela também tivesse um encontro marcado. Talvez houvesse outro cavalheiro ali no bosque escuro, espreitando a distância, esperando para dar o bote.

Sebastian inclinou a cabeça de lado, observando a dama bater a sujeira do vestido, então concluiu: era bem provável que não. Ela não tinha aquele típico olhar furtivo. Além disso, usava branco, rosa-claro ou algum outro tom virginal. Debutantes *podiam* ser seduzidas – não que Sebastian já tivesse feito aquilo; ele obedecia a certo código moral, ainda que ninguém lhe desse crédito por isso –, mas, até onde ele sabia, as virgens precisavam ser cortejadas *in situ*. Era improvável que alguém conseguisse convencer uma delas a atravessar um jardim e um bosque em direção à própria ruína. Até a mais estúpida das garotas voltaria a si antes de chegar ao seu destino.

A menos que...

Isso, sim, poderia ser interessante. Talvez aquela desajeitada dama *já* tivesse sido deflorada. Talvez ela tivesse ido encontrar seu amante. O prestimoso cavalheiro devia ter feito um trabalho *muito* bom na primeira vez para ter obtido a chance de repetir o encontro. Sebastian sabia melhor do que ninguém que era raro uma garota apreciar a primeira vez.

Por outro lado, sua estatística podia não ser das mais precisas. Todas as mulheres com quem dormira nos últimos tempos tinham tido sua primeira vez com o marido. Que eram, quase por definição, ruins de cama. Do contrário, por que suas esposas iriam procurar a atenção de Sebastian?

De um jeito ou de outro, por mais delicioso que fosse ficar ali conjecturando, era extremamente improvável que aquela dama estivesse a caminho de se encontrar com um amante. A virgindade era a única *commodity* de que dispunham mulheres jovens e solteiras, e elas não costumavam desperdiçá-la.

O que ela estava fazendo ali então? Completamente sozinha? Ele sorriu. Adorava um bom mistério. Quase tanto quanto um bom melodrama.

– Posso ajudá-la de alguma forma? – perguntou ele, já que ela não havia respondido à sua saudação anterior.

– Não – disse ela, balançando a cabeça rapidamente. – Sinto muito. Vou seguir meu rumo. Não posso de jeito nenhum... – Ela olhou para ele e engoliu em seco.

Ela o conhecia? Sem dúvida, dera a impressão de tê-lo reconhecido. Ou talvez apenas o tivesse visto como ele era, um tipo libertino, alguém com quem ela não deveria estar a sós.

Sebastian não a culpava por aquela reação.

Ele não *a* conhecia, disso tinha certeza. Raramente esquecia um rosto, e com certeza não teria esquecido o dela. A mulher era encantadora de um jeito selvagem, quase como se pertencesse ao bosque. Seu cabelo era escuro e provavelmente encaracolado; os poucos cachos que escapavam do penteado formavam pequenas molas que roçavam seu pescoço. Ela parecia ser bem-humorada, um pouco desbocada – mesmo naquele estado, visivelmente desconcertada e envergonhada.

Acima de tudo, ela parecia... *quente*.

Ele ficou intrigado por escolher aqueles adjetivos. Não lembrava se os tinha usado antes, pelo menos para se referir a uma completa estranha. Mas ela parecia quente, como se sua personalidade fosse quente, e sua risada devia ser quente, bem como sua amizade.

E na cama... Ela seria quente lá também.

Não que ele estivesse pensando nisso. Apesar de todo aquele calor, ela irradiava virgindade.

O que significava que estava além do proibido.

Não havia nenhum interesse por parte dele. Nenhum. Sebastian não podia nem ser amigo das virgens, porque alguém interpretaria mal, então viriam as censuras ou, pior, as expectativas, e ele teria que se recolher em alguma cabana no meio da Escócia só para ficar longe daquilo tudo.

Sebastian sabia o que deveria fazer. Sempre sabia. A parte difícil – para ele, pelo menos – era propriamente fazer.

Ele *poderia* se levantar, como o cavalheiro que era, e encaminhá-la de volta para a casa.

Poderia, mas qual seria a graça disso?

Capítulo quatro

Quando o cadáver deu boa-noite, Annabel teve que encarar a sombria realidade de que ele não estava tão morto quanto ela esperava.

Ficou feliz por *ele*, é claro, não estar morto e tudo o mais, mas quanto a si mesma, bem, a não morte dele era muito inconveniente.

Meu bom Deus – ela teve vontade de grunhir –, *o que mais falta acontecer esta noite?*

Annabel recusou educadamente a oferta de ajuda e de alguma forma conseguiu ficar de pé sem causar mais constrangimentos.

– O que a traz ao bosque? – perguntou o sujeito nada morto em tom casual, como se estivessem conversando dentro de uma igreja, da forma mais recatada possível.

Ela baixou os olhos. Ele ainda estava deitado no cobertor... O cobertor! Ele tinha um cobertor?

Aquilo não era nada bom.

– Por que o senhor quer saber? – Annabel se ouviu perguntar.

O que lhe pareceu uma prova de que havia perdido de vista a sanidade. Ela indiscutivelmente deveria ter dado a volta nele e corrido para a casa. Ou passado por cima dele. Ou em cima. De todo modo, não deveria estar ali falando com ele. Ainda que esbarrasse com os amantes no jardim, isso certamente seria menos perigoso para sua reputação do que ser vista a sós com um estranho no bosque.

No entanto, se ele planejava pular em cima dela e violentá-la, não estava com nenhuma pressa. Apenas deu de ombros e respondeu:

– Curiosidade.

Annabel o encarou por um instante. O homem não lhe era familiar, mas estava *muito* escuro. E falava com ela como se já tivessem sido apresentados.

– Eu conheço o senhor? – indagou ela.

– Acho que não – retrucou ele, com um sorriso misterioso.

– Eu deveria?

Ao ouvir aquilo, ele riu e disse, com convicção:

– Com certeza, não. Mas isso não significa que não possamos ter uma conversa perfeitamente agradável.

Diante daquela resposta, Annabel deduziu que ele era um pervertido e que sabia muito bem disso, uma companhia inadequada para uma dama solteira, sem sombra de dúvida. Ela olhou na direção da casa. Precisava ir. Precisava mesmo ir.

– Eu não mordo – assegurou ele. – Nem faço nada com que deva se preocupar. – O homem se sentou e deu um tapinha no cobertor ao lado dele. – Sente-se.

– Prefiro ficar de pé – respondeu Annabel.

Porque ainda não tinha perdido completamente o juízo. Pelo menos esperava que não.

– Tem certeza? – Ele abriu um sorriso sedutor. – É muito mais confortável aqui embaixo.

Disse a aranha para a mosca. Annabel conseguiu segurar uma risadinha de nervosismo.

– A senhorita está evitando alguém? – questionou ele.

Ela tinha voltado a olhar na direção da casa, mas aquela pergunta a fez se virar.

– Pode acontecer com qualquer um – continuou ele, quase em tom de desculpas.

– *O senhor* está evitando alguém então?

– Não exatamente – admitiu ele, inclinando a cabeça de um jeito que era quase como dar de ombros. – O mais correto seria dizer que estou esperando a minha hora.

Annabel queria *muito* parecer impassível, mas sentiu que seus olhos se arregalavam.

Ele a encarou, os lábios curvados num ligeiro sorriso. Não havia nenhuma perversão no semblante dele, mas isso não mudou o modo como ela se sentia, um arrepio de ansiedade, uma pitada de excitação atravessando seu corpo.

– Eu poderia lhe dar mais detalhes – murmurou ele –, mas desconfio que não seja adequado.

Nada naquela noite tinha sido adequado. Dificilmente ficaria pior.

– Não tenho a intenção de presumir nada – continuou ele, numa voz suave –, mas, com base na cor do seu vestido, só posso deduzir que a senhorita não seja casada.

Ela assentiu rapidamente.

– O que significa que em circunstância alguma eu deveria lhe contar que estava aqui com uma mulher que não é minha esposa.

Ah, ela *deveria* ficar escandalizada. Deveria mesmo. Mas não conseguiu. Ele era tão *charmoso*. Transbordava charme. Estava sorrindo para ela agora, como se tivesse contado uma piada que só eles entendiam, e Annabel não conseguiu evitar – queria fazer parte daquilo. Queria fazer parte do clube, do grupo, de qualquer coisa em que ele também estivesse. Havia algo naquele homem – um carisma, um magnetismo –, e ela sabia, tinha *certeza*, que se pudesse viajar no tempo e no espaço, digamos, para Eton ou onde quer que ele tivesse estudado, ele seria o garoto de quem todo mundo queria estar perto.

Algumas pessoas simplesmente nasciam assim.

– Quem a senhorita está evitando? – perguntou ele. – O candidato mais provável é um pretendente muito ansioso, mas isso não explicaria uma fuga até aqui. É muito mais fácil se perder em meio à multidão, além de ser muito menos perigoso para a reputação.

– Não posso dizer – murmurou ela.

– Não, é claro que não – concordou ele. – Seria indiscreto. Só que vai ser muito mais divertido se o fizer.

Annabel mordeu o lábio, tentando conter um sorriso.

– Alguém vai dar pela sua falta? – indagou ele.

– Em algum momento, sim.

Ele assentiu.

– A pessoa que a senhorita está evitando?

Annabel pensou em lorde Newbury e em seu orgulho ferido.

– Julgo que ainda tenho algum tempo antes que ele comece a procurar por mim.

– *Ele?* – disse o cavalheiro. – Esse enredo está ficando cada vez melhor.

– Enredo? – repetiu ela, com uma careta. – Não é uma boa palavra. Ninguém gostaria de ler esse livro. Pode acreditar.

O homem riu e, em seguida, deu outro tapinha no cobertor.

– Sente-se. Ofende absolutamente todos os meus princípios cavalheirescos que a senhorita esteja aí em pé enquanto estou aqui quase deitado.

Ela fez sua melhor encenação de autoconfiança.

– Talvez o senhor devesse se levantar.

– Ah, não, eu não poderia. Isso tornaria tudo formal demais, não acha?

– Levando em conta que não fomos apresentados, formalidade pode ser o correto.

– Ah, *não* – objetou ele. – A senhorita entendeu errado.

– Então eu é que deveria ter me apresentado?

– Não faça *isso* – retrucou ele, com um toque sutil de drama. – Aconteça o que acontecer, não me diga seu nome. É provável que isso desperte minha consciência, e essa é a última coisa que queremos.

– O senhor tem uma consciência?

– Infelizmente, sim.

Aquilo era um alívio. Ele não iria arrastá-la para o meio da escuridão e não iria violentá-la como lorde Newbury. Mas, independentemente disso, ela precisava retornar à festa. Com consciência ou não, ele não era o tipo de cavalheiro com quem uma jovem solteira deveria ficar a sós. Disso ela estava absolutamente certa.

Voltou à sua mente a lembrança de lorde Newbury, que *era* o tipo de homem com quem ela deveria estar.

Annabel se sentou ao lado do cavalheiro.

– Excelente decisão – comemorou ele.

– Apenas por um instante – murmurou ela.

– Naturalmente.

– Não é por sua causa – disse ela, sentindo-se um pouco atrevida. Não queria que ele pensasse que decidira ficar ali por causa dele.

– Não é?

– Lá. – Ela apontou para o jardim lateral, abanando ligeiramente a mão. – Há um homem e uma mulher... bem...

– Desfrutando da companhia um do outro?

– Exato.

– Ou seja, a senhorita não pode voltar para a festa.

– Eu preferiria não ter que interrompê-los.

– Seria constrangedor. – O cavalheiro assentiu, consternado.

– Indiscutivelmente.

Ele franziu o cenho, pensativo.

– Se fossem dois homens, seria ainda mais constrangedor, acredito.

Annabel bufou, apesar de não ter sentido a indignação que achava que deveria. Era inebriante demais estar perto dele, compartilhar de seus chistes.

– Ou duas mulheres. *Isso* eu não me incomodaria de testemunhar.

Annabel se virou, tentando instintivamente esconder o rubor, depois se sentiu boba porque era provável que ele não conseguisse ver, de tão escuro que estava.

Ou talvez conseguisse. Ele parecia ser o tipo de homem que sabia quando uma mulher corava com base no aroma do vento ou no alinhamento estelar.

Era um homem que conhecia as mulheres.

– Não acredito que a senhorita não tenha dado uma boa olhada neles – disse ele, e então acrescentou: – Em nossos amigos enamorados.

Annabel balançou a cabeça.

– Eu estava mais preocupada em fugir.

– Claro. Muito sensato de sua parte. Muito triste, também. Se eu soubesse quem são, poderia ter uma noção melhor de quanto tempo vão levar.

– Sério?

– Nem todos os homens vêm iguais ao mundo, sabe? – disse ele, modestamente.

– Desconfio que eu não deva tentar averiguar essa afirmação – retrucou ela, ousada.

– Não, se a senhorita for mesmo sensata.

Ele voltou a sorrir para ela, e, Deus do céu, era de tirar o fôlego.

Quem quer que fosse aquele homem, devia ser amigo dos deuses da odontologia. Seus dentes eram brancos e uniformes e seu sorriso era largo e contagiante.

O que não era nada justo. Os dentes inferiores dela estavam todos desordenados, assim como o de todos os seus irmãos. Um cirurgião dissera uma vez que poderia consertá-los, mas, quando ele foi atrás dela com um boticão, Annabel saiu correndo.

Mas aquele homem – ele tinha um sorriso que chegava até os olhos, iluminava o rosto, iluminava todo o aposento. O que era algo ridículo de se dizer, porque estavam ao ar livre. E estava escuro. Ainda assim, Annabel seria capaz de jurar que o ar ao redor deles tinha começado a brilhar e reluzir.

Ou ela havia bebido ponche da tigela errada. Havia uma para as jovens damas e outra para os demais, e Annabel tinha certeza de que... ou talvez quase certeza. Fora a tigela da direita. Louisa dissera que era a da direita, não?

Bem, tinha cinquenta por cento de chance, na pior das hipóteses.

– O senhor conhece todo mundo? – perguntou ela, porque, honestamente, foi *impossível* evitar. E fora ele que havia puxado o assunto.

Ele arregalou os olhos, confuso.

– Perdão, não entendi.

– O senhor pediu uma descrição do casal – explicou Annabel. – Conhece todo mundo ou apenas aqueles que se comportam de forma inapropriada?

Ele riu alto.

– Não, não conheço todo mundo, mas, infelizmente, mais infeliz até do que o fato de eu ter uma consciência, eu conheço *quase* todo mundo.

Annabel refletiu sobre algumas das pessoas que conhecera nas semanas anteriores e deu um sorriso espirituoso.

– Compreendo quanto isso pode ser desanimador.

– Uma dama com inteligência e bom julgamento – disse ele. – Meu tipo preferido.

Ele estava *flertando* com ela. Annabel lutou contra o prazer que pareceu reverberar em suas veias. O cavalheiro era realmente muito bonito. Seus cabelos eram escuros, entre o castanho e o chocolate, eriçados e rebeldes de um jeito que todos os jovens gastariam horas tentando alcançar. Seu rosto era... Bem, Annabel não era artista e nunca havia aprendido a descrever um rosto, mas o dele era de alguma forma assimétrico e perfeito ao mesmo tempo.

– Estou muito feliz que o senhor tenha consciência de seus atos – sussurrou para si mesma.

Ele olhou para ela e até se inclinou de leve para a frente, os olhos brilhando em divertimento.

– O que disse?

Ela se sentiu corar, e dessa vez *sabia* que ele podia ver. O que deveria falar agora? *Estou muito feliz que o senhor tenha consciência de seus atos porque, se tentasse me beijar, tenho certeza absoluta de que eu permitiria* – isso?

O homem era tudo o que lorde Newbury não era. Jovem, bonito, espirituoso. Um pouco atrevido, tanto quanto perigoso. Era o tipo de cavalheiro que jovens damas juravam querer evitar, mas com o qual sonhavam em segredo. E, por mais alguns minutos, ela o teria só para si.

Apenas mais alguns minutos. Ela se permitiria por mais alguns minutos. Somente isso.

Ele devia ter percebido que ela não iria repetir o que dissera. Então perguntou (mais uma vez, como se fosse uma conversa casual):

– Esta é sua primeira temporada?

– É, sim.

– Está se divertindo?

– Depende do ponto de vista.

Ele deu um sorriso sarcástico.

– Uma verdade incontestável. Está se divertindo agora?

O coração de Annabel pulava dentro do peito.

– Deveras – disse ela, incrédula diante da placidez em sua voz.

Ela estava cada vez melhor nas encenações que faziam parte da conversa na cidade.

– Fico feliz em ouvir isso. – Ele inclinou-se ligeiramente na direção dela, sua cabeça caindo de lado em um gesto quase autodepreciativo. – Tenho muito orgulho de ser um excelente anfitrião.

Annabel observou o cobertor, depois o encarou outra vez, hesitante.

Ele a admirava calorosamente.

– De fato, é preciso ser um bom anfitrião, por mais humildes que sejam as dependências.

– Certamente o senhor não está tentando me convencer de que mora aqui neste bosque.

– Por Deus, não. Prezo muito minhas regalias para isso. Mas seria divertido, não acha, por um dia ou dois?

– Por algum motivo, desconfio que toda a graça dessa novidade desapareceria ao primeiro raio de sol.

– Não – ponderou ele.

Seus olhos assumiram uma expressão distante.

– Talvez um pouco depois – disse ele, após um instante –, mas não logo ao primeiro raio de sol.

Ela desejou perguntar o que ele queria dizer com aquilo, mas não sabia como. O homem parecia tão perdido em pensamentos que seria quase rude interrompê-lo. Portanto, Annabel aguardou, observando-o com curiosidade. Sabia que, se ele se virasse, conseguiria ler a pergunta nos olhos dela.

Ele não se voltou para ela, mas, depois de um minuto mais ou menos, explicou:

– De manhã é diferente. A luz é mais uniforme. Mais avermelhada. A luz se mistura à névoa, quase como se viesse das profundezas. Tudo fica diferente – disse ele suavemente. – Tudo.

Annabel perdeu o fôlego. Ele parecia tão melancólico... Isso a fez desejar ficar ali, exatamente onde estava, no cobertor, ao lado dele, até que o sol começasse a despontar no horizonte. Ele a fizera desejar ver como era o bosque sob a luz da alvorada. Ele a fizera desejar ver como *ele* era sob a luz da alvorada.

– Eu gostaria de me banhar nela – murmurou ele. – Na luz da alvorada, e nada mais.

Aquilo deveria ter soado ultrajante, mas Annabel percebeu que ele não estava se referindo a ela. Durante toda a conversa ele a cutucara e a provocara, testando até onde conseguiria ir antes de ela se encher de brio e sair correndo. Mas aquilo... aquilo talvez tivesse sido a coisa mais sugestiva que ele havia dito, e ela sabia que...

Não tinha sido para ela.

– Acho que o senhor é um poeta – disse ela com um sorriso, porque, por algum motivo, tudo aquilo lhe proporcionava uma enorme alegria.

Ele deixou escapar uma risadinha.

– Seria incrível se fosse verdade.

O homem a encarou novamente, e Annabel soube que o momento havia se perdido. Quaisquer que fossem os recônditos de seu ser nos quais tinha mergulhado, ele os havia guardado de volta numa caixa bem fechada e retornado ao papel de audacioso conquistador, o homem que todas as garotas desejavam.

O homem que todos os homens desejavam ser. E ela nem mesmo sabia o nome dele.

Melhor assim, no entanto. Um dia acabaria descobrindo quem ele era, e vice-versa, e então ele sentiria pena dela, a pobre garota forçada a se casar com lorde Newbury. Ou talvez a desprezasse, julgando que o casamento era por interesse, o que obviamente era.

Ela se sentou sobre as pernas dobradas, não propriamente ajoelhada, mas jogando o peso no lado direito do corpo. Era seu jeito preferido de se sentar, absolutamente inapropriado em Londres, mas indiscutivelmente a forma como seu corpo gostava de ficar. Olhou para a frente e notou que estava olhando na direção oposta à casa. Havia algo de bom naquilo. Não tinha certeza da direção para a qual uma bússola apontaria; estaria ela virada para oeste, na direção de Gloucestershire? Ou para leste, na direção do continente, aonde ela nunca fora e provavelmente jamais iria? Lorde Newbury não parecia o tipo de pessoa que gostava de viajar, e, como o interesse dele por ela se limitava aos seus talentos para engravidar, Annabel duvidava muito que ele permitiria que ela se aventurasse sem ele.

Ela sempre quisera conhecer Roma. Era bem provável que isso jamais acontecesse, mesmo que lorde Newbury não estivesse cobiçando seus quadris largos, mas a possibilidade sempre existiria.

Annabel fechou os olhos por um momento, quase como de luto. Já tinha começado a encarar o casamento como um fato consumado. Vinha dizendo a si mesma que ainda poderia recusar a proposta, mas isso era apenas um cantinho desesperado de seu cérebro tentando se impor. O restante dele já havia se resignado.

Então era isso. Ela ia mesmo se casar com lorde Newbury, se ele pedisse sua mão. Por mais repulsiva e aterrorizante que fosse a perspectiva daquilo, ela o faria.

Annabel deu um suspiro, sentindo-se completamente derrotada. Nada de Roma, nem romantismo, nem centenas de outras coisas das quais ela nem conseguia mais se lembrar. Por outro lado, sua família seria sustentada e, como sua avó dissera, talvez Newbury morresse em breve. Era perverso, imoral, torcer por isso, mas ela achava que não seria capaz de embarcar naquele casamento sem se apegar a esse pensamento como uma tábua de salvação.

– A senhorita parece meio distraída – disse a voz cálida bem junto dela.

Annabel assentiu lentamente.

– Uma moeda por seus pensamentos.

– Estava só pensando – disse ela, com um sorriso melancólico.

– Em todas as coisas que deve fazer – ele tentou adivinhar.

– Não. – Ela ficou em silêncio por um momento, e então disse: – Em todas as coisas que eu nunca vou fazer.

– Entendo. – Ele ficou em silêncio por um momento, depois disse: – Sinto muito.

Ela se virou de repente, esfregando os olhos e encarando-o com uma expressão de curiosidade.

– Já esteve em Roma? É uma pergunta sem sentido, eu sei, porque nem mesmo sei o seu nome e não *quero* saber, pelo menos não esta noite, mas... Já esteve lá?

Ele fez que não com a cabeça.

– E a senhorita?

– Não.

– Estive em Paris – disse ele. – E Madri.

– O senhor era um soldado – afirmou ela.

O que mais ele poderia ter sido para visitar essas cidades naqueles tempos? Ele deu de ombros.

– Não é a maneira mais agradável de conhecer o mundo, mas já é alguma coisa.

– Este lugar aqui é o mais longe de casa que já estive – comentou Annabel.

– Aqui? – Ele olhou para ela, piscou, depois apontou para baixo. – Neste bosque?

– Neste bosque – confirmou ela. – Acho que Hampstead fica mais longe de onde moro do que Londres. Ou talvez não.

– Que diferença faz?

– Toda – disse ela, surpreendendo-se com sua resposta, porque obviamente não fazia diferença *nenhuma*.

Ainda assim, tinha a sensação de que fazia.

– Não há o que contra-argumentar diante de tamanha certeza – concluiu ele em um murmúrio sorridente.

Ela sentiu um sorriso se abrir no próprio rosto.

– Gosto muito de ter certeza.

– Quem não gosta?

– As pessoas espertas, com certeza – disse ela maliciosamente, entrando na brincadeira.

– Há quem diga que é uma estupidez estar certo o tempo todo.

– É mesmo? Quem?

– Ah, não eu – assegurou ele.

Ela riu, uma risada verdadeira, que vinha lá do fundo. Uma risada alta e deselegante, mas a sensação foi *maravilhosa*.

Ele riu também, e então perguntou:

– Roma, imagino, está na lista de coisas que nunca vai fazer?

– Sim – respondeu ela, os pulmões ainda formigando de tanta alegria.

Não parecia mais tão triste o fato de que jamais veria Roma. Não enquanto estivesse rindo em alto e bom som.

– Ouvi dizer que pode estar um pouco empoeirada.

Os dois estavam olhando para a frente, então Annabel virou a cabeça, alinhando o queixo com o ombro.

– Verdade?

Ele se virou também, de modo a encará-la.

– Quando não está chovendo.

– Foi o que lhe disseram – afirmou ela.

Ele deu um leve sorriso, quase sem mexer a boca.

– Foi o que me disseram.

Os olhos dele... Ah, que olhos! Os olhos dele encontraram os dela com a mais surpreendente franqueza. E o que ela viu neles... não era paixão. Afinal, por que seria? Mesmo assim era algo incrível, com um quê de sedução, de cumplicidade e de...

De decepção. Era uma decepção. Porque, enquanto estava ali olhando para ele, para aquele homem lindo que podia muito bem ser apenas fruto de sua imaginação, tudo o que ela via era o rosto de lorde Newbury, vermelho e flácido, e a voz do conde começou a ecoar em seus ouvidos, risonha, zombeteira, fazendo Annabel ser subitamente tomada por uma tristeza avassaladora.

Aquele momento... qualquer momento como aquele...

Annabel não merecia.

– Preciso voltar – disse ela em voz baixa.

– Estou certo de que precisa – concordou ele, igualmente solene.

Ela não se mexeu. Simplesmente não conseguiu.

E então ele se levantou, porque era, como ela suspeitava, um cavalheiro. Ele lhe estendeu a mão, e ela a pegou, e então, como se estivesse flutuando, ficou de pé, ergueu o queixo, levantou os olhos em direção aos dele, e foi quando ela viu... sua vida, bem diante de si.

Todas as coisas que jamais teria.

Ela sussurrou:

– O senhor me daria um beijo?

Capítulo cinco

Havia mil razões pelas quais Sebastian não deveria fazer o que a jovem dama pedia, e apenas uma – desejo – pela qual deveria.

Ele se deixou levar pelo desejo.

Nem havia percebido que a desejava. Notou, claro, que ela era adorável, sensual até, de uma forma deliciosamente espontânea. Mas ele sempre percebia esse tipo de coisa nas mulheres. Era tão natural quanto saber se ia chover. *O lábio inferior de Lydia Smithstone é surpreendentemente atraente* não era muito diferente de *Aquela nuvem ali parece um pouco carregada*.

Pelo menos não na cabeça dele.

No entanto, quando ela pegou a mão dele, e a pele dele tocou a dela, algo se acendeu. Seu coração deu um pulo, o ar pareceu lhe faltar e, quando a jovem se levantou, era como se fosse uma criatura mágica e serena, trazida pelo vento até os braços dele.

Exceto pelo fato de que, quando ficou de pé, não foi parar nos braços dele. Ela ficou de pé diante dele. Perto, mas não o suficiente.

Sebastian se sentiu desolado.

– Me beije – sussurrou ela, e ele não pôde evitar, assim como não pôde evitar que seu coração disparasse. Sebastian levou os dedos dela até os lábios, depois tocou sua face. Os olhos dela encontraram os dele, um olhar penetrante e repleto de desejo.

E então ele também estava cheio de desejo. O que quer que tivesse visto nos olhos dela, de alguma forma mexera com ele, de um jeito doce e meigo. Ávido, até.

Avidez. Ele não conseguia lembrar a última vez que sentira algo próximo da avidez.

Isso o fez desejar aquele beijo – *desejá-la* – com uma intensidade inédita.

Não se sentiu quente. Não estava com calor. Mas algo dentro dele – talvez sua consciência, talvez sua alma – pegava fogo.

Sebastian não sabia o nome dela, não sabia nada sobre ela exceto que sonhava conhecer Roma e tinha o perfume das violetas.

E tinha gosto de baunilha. Agora ele sabia. Agora ele sabia, pensou enquanto sua língua roçava com delicadeza os lábios dela, e jamais se esqueceria.

Quantas mulheres ele já tinha beijado? Um número incalculável. Começara a beijar garotas muito antes de entender que havia outras coisas a fazer com elas – e desde então nunca mais parou. Ainda rapaz em Hampshire, servindo como soldado na Espanha, como um libertino em Londres… as mulheres sempre o deixaram intrigado. E ele se lembrava de todas. De verdade. Sebastian tinha o sexo frágil na mais alta conta, de modo que jamais permitiria que elas todas se fundissem em uma mancha nebulosa em sua cabeça.

Mas aquilo era diferente. Não era apenas a mulher que ele não iria esquecer, era o momento. Era a sensação dela em seus braços, o cheiro de sua pele, o sabor, o toque e o som incrivelmente perfeito que ela emitiu quando sua respiração se transformou num leve gemido.

Ele se lembraria da temperatura, da direção do vento, da tonalidade prateada de luz que a lua lançava sobre o gramado lá fora.

Não se atreveu a beijá-la profundamente. Ela era inocente. Era esperta e prudente, mas era inocente, e ele poderia apostar que não havia sido beijada mais que duas vezes. Então deu a ela o típico primeiro beijo com o qual todas as jovens sonhavam. Suave. Delicado. Um leve toque de lábios, uma leve fricção, um rápido e malicioso toque de língua.

E precisava parar por ali. Havia coisas que um cavalheiro não podia fazer, por mais mágico que fosse o momento. Portanto, com enorme relutância, ele se afastou.

Mas só um pouco, de modo que seu nariz ainda roçasse no dela.

Sebastian sorriu.

Estava feliz.

De repente, ela perguntou:

– É só isso?

Ele ficou totalmente imóvel.

– Perdão?

– Eu estava esperando mais – comentou ela, sem ser rude. Na verdade, mais do que qualquer outra coisa, ela parecia perplexa.

Ele segurou o riso. Sabia que não deveria rir. Ela era tão espontânea; rir seria mais do que um insulto. Sebastian mordeu o lábio, tentando conter a gargalhada que se agitava dentro dele.

– Foi bom – concluiu ela, e por um segundo parecia que tentava tranquilizá-lo.

Ele teve que morder a língua. Não havia outro jeito.

– Está tudo bem – disse ela, abrindo o tipo de sorriso compadecido que se dá a uma criança que não é muito boa num jogo.

Sebastian abriu a boca para dizer o nome dela, depois lembrou que não sabia qual era.

Ele levantou a mão. O dedo, para ser mais exato. Uma diretiva simples e concisa. *Alto lá*, dizia claramente aquele gesto. *Nem mais uma palavra.*

Ela arregalou os olhos, confusa.

– Tem mais – avisou ele.

A mulher ia começar a falar alguma coisa.

Ele pressionou o dedo nos lábios dela.

– Pode apostar que tem.

E, dessa vez, ele a beijou *de verdade*. Apertou os lábios contra os dela, explorou, mordiscou, *devorou*. Abraçou-a com força, até conseguir sentir cada uma daquelas voluptuosas curvas contra si.

E ela era luxuriante. Não, ela era a luxúria *em pessoa*. Tinha um corpo de mulher feita, sinuoso e quente, com curvas suaves que imploravam para serem apalpadas e apertadas. Era o tipo de mulher em que um homem poderia se perder, renunciando de bom grado à razão e ao bom senso.

Era o tipo de mulher que um homem não abandonaria no meio da noite. Ela era quente e macia, voluptuosa, como um travesseiro e um cobertor embolados.

Ela era uma sereia. Uma tentação exótica e deslumbrante, mas de alguma forma absolutamente inocente. Ela não tinha nenhuma ideia do que estava fazendo. Diabo, provavelmente não tinha ideia do que *ele* estava fazendo. No entanto, bastava um mero sorriso, um leve suspiro, e ele estaria perdido.

Sebastian a desejava. Desejava *conhecê-la*. Cada centímetro dela. Seu sangue fervia, seu corpo cantava, e, se ele não tivesse ouvido um grito estridente vindo inesperadamente da casa, sabe lá Deus do que teria sido capaz.

A jovem também se empertigou e virou a cabeça levemente para a direita, na direção de onde viera a comoção. Foi o suficiente para Sebastian recuperar os sentidos, ou pelo menos uma parte deles. Ele a afastou, com menos delicadeza do que pretendia, e pôs a mão na cintura, respirando com dificuldade.

– Isso *foi* mais – disse ela, parecendo atordoada.

Ele a observou. Seu penteado não estava completamente desfeito, mas com certeza mais solto do que antes. E os lábios... Ele tinha achado que eram grossos e carnudos, mas agora pareciam inchados.

Qualquer um que já beijara alguma vez na vida saberia que *ela* havia acabado de ser beijada. Beijada de verdade.

– Talvez seja melhor ajeitar seu penteado – aconselhou ele, e sabia que era o comentário pós-beijo menos apropriado que já fizera.

Mas ele não parecia apto a lançar mão de seu talento habitual. Aparentemente, estilo e graça exigiam presença de espírito.

Quem diria?

– Ah – murmurou ela, apalpando imediatamente o cabelo, tentando, sem sucesso, arrumá-lo. – Sinto muito.

Não que ela tivesse de que se desculpar, mas Sebastian estava muito ocupado colocando a cabeça no lugar para ser capaz de contra-argumentar.

– Isso não deveria ter acontecido – disse ele por fim.

Porque era verdade. Ele sabia muito bem disso. Não costumava brincar com damas inocentes, muito menos (quase) à vista de um salão de baile lotado.

Ele não perdeu o controle. Não era seu estilo. Estava furioso consigo mesmo. Furioso. Uma emoção desconhecida e totalmente desagradável. Ele sentia piedade, tinha um humor um bocado autodepreciativo e poderia escrever um livro sobre aborrecimento, mas fúria?

Não era algo com que quisesse se envolver. Não em relação a outras pessoas, muito menos em relação a si mesmo.

Se ela não tivesse pedido... se não tivesse olhado para ele com aqueles olhos enormes, aquele olhar profundo, e sussurrado "Me beije", Sebastian jamais teria feito aquilo. Era uma desculpa esfarrapada, ele sabia disso, mas havia algum consolo em estar ciente de que não fora ele quem tinha começado tudo.

Algum, mas não muito. Sebastian podia até ter seus pecados, mas mentiroso não era.

– Me desculpe por ter lhe pedido – disse ela em um tom formal.

61

Ele se sentiu um pouco culpado.

– Eu tinha a obrigação de atendê-la – respondeu ele, mas não com a devida delicadeza.

– É evidente que sou irresistível – rebateu ela.

Sebastian lhe lançou um olhar afiado. Ela era irresistível mesmo. Tinha o corpo de uma deusa e o sorriso de uma sereia. Naquele momento, cada gota de sua força de vontade estava sendo gasta para conter o desejo de se jogar sobre ela. Deitá-la no chão. Beijá-la de novo... e de novo...

Ele sentiu um arrepio. Aquilo não era *nada* bom.

– O senhor deveria ir – disse ela.

Ele conseguiu mexer o braço em um movimento cavalheiresco.

– Primeiro as damas.

Ela arregalou os olhos.

– Eu não vou voltar para lá antes do senhor.

– Acha mesmo que vou voltar para lá e deixá-la sozinha aqui no bosque? Ela pôs as mãos na cintura.

– O senhor me *beijou* sem sequer saber meu nome.

– A senhorita também – retrucou ele.

Ela abriu a boca simulando indignação, e Sebastian sentiu uma estranha satisfação por ter ganhado dela nessa. O que era um tanto perturbador. Ele adorava uma boa interação verbal, mas, por Deus, deveria ser uma dança, não uma maldita *competição*.

Por um minuto que pareceu uma eternidade, os dois se encararam, e Sebastian não sabia se esperava que ela deixasse escapar seu nome ou exigisse que ele revelasse o dele.

Na verdade, suspeitava que ela estivesse diante da mesma dúvida.

Mas ela não falou nada, apenas ficou olhando para ele.

– Apesar de minhas mais recentes atitudes – disse ele por fim, porque um deles tinha que agir com maturidade, e desconfiou que isso cabia a si –, eu sou um cavalheiro. Como tal, não posso em sã consciência abandoná-la na natureza selvagem.

Ela arqueou as sobrancelhas e olhou de um lado para outro.

– Chama isto de natureza selvagem?

Sebastian começou a se perguntar o que havia naquela garota que o deixara tão louco. Por Deus, ela sabia ser irritante quando queria.

– Aceite minhas desculpas – rebateu ele, com sofisticação urbana suficiente para se sentir um pouco mais no controle da situação. – Eu claramente errei. – Ele sorriu para ela com candura.

– E se aquele casal ainda estiver... – As palavras se desvaneceram quando ela apontou para o jardim lateral.

Sebastian soltou um suspiro de preocupação. Caso estivesse sozinho, o que deveria ter acontecido, teria passado pelo jardim com um alegre "Chegando! Se alguém aí estiver com uma pessoa a quem não deva uma obrigação legal, por favor, esconda-se!".

Teria sido divertido. E seria justamente o que a sociedade esperava dele.

Mas seria impossível fazer aquilo com uma dama solteira a reboque.

– É muito provável que eles já tenham ido embora – disse ele enquanto se aproximava da passagem na cerca e espiava. Então se virou e acrescentou: – Caso não tenham, eles querem ser vistos tanto quanto você. Apenas baixe a cabeça e abra caminho.

– O senhor parece ter muita experiência nesse tipo de coisa.

– Bastante.

Bem, ele tinha mesmo.

– Entendo. – A mandíbula dela ficou rígida, e ele suspeitou que, se estivesse mais perto, seria capaz de ouvir os dentes dela rangendo. – Que privilégio o meu. Estou aprendendo com um mestre.

– Sorte sua.

– É sempre tão desprezível com as mulheres?

– Quase nunca – respondeu ele sem pestanejar.

A boca dela se abriu, e ele teve vontade de se dar uma surra. Ela conseguiu disfarçar, sem dúvida era uma jovem de reflexos emocionais rápidos, mas, antes que a surpresa dela se transformasse em indignação, Sebastian pôde ver um lampejo autêntico de mágoa.

– Quero dizer – começou ele, sem propriamente lutar contra a vontade de gritar –, é que quando eu... Não. Quando *você*...

Ela o encarou, ansiosa. Ele não tinha ideia do que dizer. E percebeu, enquanto estava ali fazendo papel de idiota, que havia pelo menos dez coisas que tornavam aquela situação completamente inaceitável.

Um: Ele não tinha ideia do que dizer. Pode parecer repetitivo, exceto pelo fato de que **dois:** ele sempre sabia o que dizer, **três:** principalmente às mulheres.

O que naturalmente levava a **quatro:** uma oportuna consequência daquele desembaraço era que **cinco:** ele nunca insultara uma mulher em toda a sua vida, a menos que ela realmente merecesse, e **seis:** aquela mulher não merecia. Isso significava que **sete:** ele precisava se desculpar, mas **oito:** não tinha a menor ideia de como fazê-lo.

Saber pedir desculpas de maneira adequada estava ligado à tendência a se comportar de modo a ter que pedi-las com frequência. Não era o seu caso. Aquela era uma das poucas coisas das quais podia se orgulhar.

No entanto, isso o levava a que **nove:** outra vez, ele não tinha ideia do que dizer, e **dez:** algo naquela garota o fazia agir como um completo idiota.

Idiota.

Como é que o resto da humanidade lidava com aquele silêncio constrangedor diante de uma mulher? Sebastian não conseguia tolerar aquilo.

– A senhorita pediu que eu a beijasse – afirmou ele.

Não fora a primeira coisa que tinha vindo à sua mente, mas a segunda.

A julgar pelo suspiro que ela deu, tão profundo que ele achou que pudesse alterar o ciclo das marés, ele teve a sensação de que deveria ter esperado pela sétima coisa a vir à sua mente, no mínimo.

– O senhor está me acusando de... – Ela se conteve, mordendo o lábio, demonstrando irritação e frustração. – Bem, seja lá o que... esteja me acusando de ter... feito...

– Não a estou acusando de nada – interrompeu ele. – Apenas comentei que a senhorita queria um beijo e eu aquiesci e...

E o quê? *O que* ele estava querendo dizer? Onde estava com a cabeça? Não conseguia nem pensar em uma frase completa, que dirá proferir uma.

– Eu poderia ter me aproveitado da senhorita – continuou ele, formal.

Bom Deus, ele parecia um imbecil.

– Quer dizer que não aproveitou?

Seria possível que ela fosse *tão* inocente? Ele se inclinou, os olhos fixos nos dela.

– Não faz ideia de quantas maneiras eu *não* tirei proveito da senhorita – disse ele. – De quantas maneiras eu poderia ter tirado. Quantas...

– Quantas o quê? – retrucou ela. – Quantas o quê?

Ele segurou a língua; na verdade, a mordeu. Não havia a menor possibilidade de listar todas as maneiras pelas quais *desejava* tirar proveito dela.

Dela. A Srta. Sem Nome.

Era melhor assim, sem dúvida.

– Ah, pelo amor de Deus – ele se ouviu dizer. – Qual é o seu nome?

– Percebo que está ansioso para saber – provocou ela.

– Seu *nome* – devolveu ele.

– Antes de me revelar o seu?

Sebastian bufou, respirou fundo em sinal de frustração, depois passou a mão pelos cabelos.

– Foi imaginação minha ou estávamos tendo uma conversa perfeitamente civilizada menos de dez minutos atrás?

Ela abriu a boca para responder, mas ele não deixou que falasse.

– Não, não – continuou ele, talvez um pouco afetado demais –, foi muito mais que civilizada. Ouso até mesmo classificá-la de agradável.

O olhar dela se abrandou, mas não a ponto de se tornar mais flexível. Bem, nem *perto* disso, mas com certeza havia se abrandado.

– Eu não deveria ter lhe pedido que me beijasse – disse ela.

Ele reparou que a garota não soou como se estivesse se desculpando. E reparou também que se sentia muito feliz por ela não ter feito isso.

– O senhor deve compreender – continuou ela calmamente – que é muito mais importante que eu saiba sua identidade do que o contrário.

Sebastian olhou para as mãos dela. Não estavam fechadas, nem cerradas, nem retorcidas como garras. As mãos sempre entregam as pessoas. Ficam tensas, tremem ou se agarram uma à outra como se pudessem – por meio de algum tipo de feitiço inimaginável – salvá-las de qualquer destino sombrio.

Só que ela segurava o tecido do vestido. Com força. Estava nervosa. Ainda assim, mantinha uma dignidade notável. E Sebastian sabia que ela falava a verdade. Não havia nada que pudesse arruinar a reputação dele, enquanto uma palavra impensada ou falsa poderia acabar com a dela para sempre. Não era a primeira vez que ele se sentia extraordinariamente feliz por não ter nascido mulher, mas era a primeira vez que tinha diante de si uma prova tão clara de que os homens realmente levavam uma vida mais fácil.

– Meu nome é Sebastian Grey – apresentou-se, curvando-se em uma mesura de respeito. – É um prazer enorme conhecê-la, Srta…

Ele não pôde continuar, porque ela engasgou, ficou pálida e parecia prestes a desmaiar.

– Posso lhe assegurar – comentou ele, sem ter certeza se o tom agudo em sua voz era de prazer ou de irritação – que minha reputação não é tão má quanto dizem.

– Eu não deveria estar aqui com o senhor – retrucou ela, apavorada.

– Isso nós já sabíamos.

– Sebastian Grey. Meu bom Deus, *Sebastian Grey*!

Ele a observava, intrigado. Um pouco incomodado também, mas era de esperar. Ele não era tão mau *assim*.

– Eu lhe garanto – disse ele, sentindo-se um pouco desconcertado pelo número de vezes que precisava começar suas frases daquela maneira. – Não tenho intenção de permitir que sua reputação seja destruída por sua associação a mim.

– Não, é claro que não – disse ela, mas depois estragou tudo com uma gargalhada de pânico. – Não iria querer isso. Sebastian Grey. – Ela olhou para o céu, e ele de certo modo achou que fosse praguejar contra os deuses. – Sebastian Grey – repetiu ela. *De novo*.

– Devo tomar esta reação como um sinal de que a senhorita já havia sido alertada sobre mim?

– Sim, claro – respondeu ela um tanto rápido. Então voltou a si e, olhando-o diretamente nos olhos, falou: – Eu preciso ir. Imediatamente.

– Era isso que eu vinha lhe dizendo – murmurou ele.

Ela espiou o jardim lateral, fazendo uma careta ao pensar em atravessar o gramado dos amantes.

– Baixe a cabeça – disse ela para si mesma. – Abra caminho.

– Alguns vivem a vida inteira seguindo esse lema – comentou ele animadamente.

Ela lhe lançou um olhar furioso, visivelmente se perguntando se ele havia enlouquecido naqueles últimos dois segundos. Sebastian deu de ombros, esquivando-se de pedir desculpas. Finalmente estava voltando ao seu normal. Tinha todo o direito de se sentir animado.

– O senhor vive assim? – perguntou ela.

– Não, de forma alguma. Prefiro uma vida com um pouco mais de estilo. Sutileza é fundamental, não acha?

Ela o encarou. Piscou algumas vezes. Então anunciou:

– Eu preciso ir.

E foi. Baixou a cabeça e abriu caminho.

Sem dizer seu nome.

Capítulo seis

Na tarde do dia seguinte

— Você está assustadoramente quieta hoje – disse Louisa.

Annabel deu um sorriso amarelo para a prima. Elas estavam passeando com o cachorro de Louisa no Hyde Park, acompanhadas – em tese – pela tia de Louisa. Mas lady Cosgrove havia esbarrado com um de seus muitos conhecidos e, ainda que estivesse à vista, estava distante demais para escutá-las.

– Só estou cansada – disse Annabel. – Tive dificuldade para dormir depois de toda a emoção da festa.

Não era inteiramente verdade, mas também não era mentira. Ela ficara acordada durante horas a fio na noite anterior, fazendo uma análise elaborada do interior de suas pálpebras.

Porque se recusava a ficar olhando para o teto. Era uma questão de princípios. Sempre fizera isso. Na luta para dormir, manter os olhos abertos era uma clara admissão de derrota.

Ainda assim, não importava para onde olhasse, era impossível ignorar a dimensão do que havia feito.

Sebastian Grey.

Sebastian Grey.

O nome dele ecoava como um gemido de dor em sua cabeça. Na lista de homens que ela nunca deveria beijar, ele indiscutivelmente ocupava as primeiras posições, juntamente com o rei, lorde Liverpool e o limpador de chaminés.

Para ser sincera, ela suspeitava que ele estivesse mais próximo do topo da lista do que o limpador de chaminés.

Ela não sabia muita coisa sobre o Sr. Grey antes da festa de lady Trowbridge, apenas que ele era o herdeiro de lorde Newbury e que um não suportava o outro. No entanto, tão logo se espalhara a notícia de que lorde Newbury estava atrás dela, todos pareciam ter alguma coisa a dizer sobre o conde e seu sobrinho.

Bem, nem todo mundo, já que a maior parte da sociedade não tinha nenhum interesse nela, mas todo mundo que *ela* conhecia tinha uma opinião para dar.

Ele era lindo (o sobrinho, não o conde).

Ele era um pervertido (novamente, o sobrinho).

Provavelmente não tinha um tostão e passava bastante tempo com os primos do outro lado da família (o sobrinho, é claro, e era melhor que fosse mesmo, porque se Annabel se casasse com lorde Newbury e descobrisse que ele não tinha um tostão, ficaria *lívida*).

Annabel voltou para casa logo após o desastroso interlúdio no bosque, mas, aparentemente, o Sr. Grey não. Ele parecia ter causado uma ótima impressão em Louisa, porque, Deus do céu, ela não conseguia falar de outra coisa naquela manhã.

Sr. Grey isso, Sr. Grey aquilo, e como era possível que Annabel não o tivesse visto na festa? Annabel deu de ombros e falou algo como *Não faço ideia*, mas não fez diferença, porque Louisa continuou comentando sobre o sorriso e a cor dos olhos dele, e que, ah, sim!, todos notaram que ele deixara a festa com uma mulher casada!

A última informação não causou nenhuma surpresa. Ele contara claramente que estava de ti-ti-ti com uma mulher casada antes de Annabel tropeçar nele.

Só que ela teve a impressão de que aquela era *outra* mulher casada. A que passara pelo cobertor era zelosa de sua reputação, tendo deixado a cena do crime bem antes do Sr. Grey. Ninguém que prezasse por tal discrição seria descarada a ponto de sair da festa de braço dado com ele. Portanto, devia ser outra pessoa, o que significava que ele havia estado com *duas* mulheres casadas. Meu Deus, ele era ainda pior do que diziam.

Annabel pressionou as têmporas. Não era à toa que sua cabeça doía. Estava pensando além da conta. Além da conta, e sobre frivolidades. Se era para desenvolver uma obsessão, não poderia ser por algo que valesse a pena? A nova lei contra maus-tratos aos animais cairia muito bem. Ou a questão da pobreza. Seu avô não havia parado de falar dos dois assuntos naquela semana, então Annabel não tinha por que não demonstrar interesse neles.

– Sua cabeça está incomodando? – perguntou Louisa.

Mas ela não estava prestando atenção de verdade. Frederick, seu basset imenso de gordo, tinha avistado um companheiro canino e estava puxando a coleira.

– Frederick! – gritou ela, tropeçando uma ou duas vezes antes de recuperar o equilíbrio.

Frederick parou, embora não fosse possível dizer se devido ao puxão que Louisa deu na coleira ou à completa exaustão. O cachorro deixou escapar um longo suspiro e Annabel ficou surpresa por ele não ter desabado.

– Creio que alguém voltou a contrabandear salsichas para ele – resmungou Louisa.

Annabel fingiu que não tinha escutado.

– Annabel!

– Ele parecia estar com *tanta* fome – insistiu Annabel.

Louisa apontou para o cachorro, cuja barriga se arrastava pela grama.

– Um bicho *desse* tamanho parecia estar com fome?

– O olhar dele parecia.

Louisa encarou a prima, cética.

– Seu cachorro sabe mentir muito bem – acrescentou Annabel.

Louisa balançou a cabeça. Provavelmente também revirou os olhos, mas Annabel estava prestando atenção em Frederick, que tinha deixado escapar um bocejo de tédio.

– Ele seria muito bom nas cartas – comentou Annabel, distraída. – Se fosse capaz de falar. Ou se tivesse polegares.

A prima dirigiu-lhe outro daqueles olhares. Ela era muito boa nisso, pensou Annabel, ainda que os reservasse exclusivamente para a família.

– Ele ganharia de *você* – disse Annabel.

– Isso não me parece um elogio – respondeu Louisa.

Era verdade. Louisa era péssima no jogo. Annabel havia tentado de tudo: piquet, uíste, 21. Para uma pessoa tão boa em disfarçar os próprios sentimentos quando estava em público, Louisa era péssima nas cartas. Ainda assim, elas jogavam, principalmente porque Louisa era tão ruim que era divertido. E tinha espírito esportivo.

Annabel ficou observando Frederick, que, após trinta segundos parado, deixou o traseiro desabar na grama.

– Estou com saudade do meu cachorro – disse ela.

Sem virar o corpo, Louisa olhou para trás, para a tia, que ainda estava absorta na conversa.

– Qual é mesmo o nome dele?

– Rato.

– Foi muito rude da sua parte.

– Batizá-lo de Rato?

– Ele não é um galgo?

– Eu poderia tê-lo batizado de Tartaruga.

– Frederick! – gritou Louisa, correndo para tirar da boca dele alguma coisa que, com toda a sinceridade, Annabel preferia não saber o que era.

– É melhor do que Frederick – disse Annabel. – Por Deus, é o nome do meu irmão.

– Solte, Frederick – murmurou Louisa.

Então, ainda agarrando o que quer que estivesse na boca do cachorro, ela olhou para Annabel.

– Ele merece um nome decente.

– Porque ele é um cão muito decente.

Louisa ergueu uma sobrancelha, portando-se dos pés à cabeça como a filha de um duque.

– Cachorros merecem nomes apropriados.

– Gatos também?

Louisa deu um suspiro de desdém.

– Gatos são completamente diferentes. Eles caçam *ratos*.

Annabel abriu a boca para perguntar qual era a relação que aquilo tinha com nomes apropriados, mas, antes que emitisse qualquer som, a prima agarrou seu braço e sibilou seu nome entre dentes.

– Ei. – Annabel se abaixou e tentou soltar a mão de Louisa. – O que houve?

– Olhe lá – sussurrou Louisa, afobada.

Ela apontou a cabeça ligeiramente para a esquerda, tentando ser discreta. Só que não conseguiu. Nem um pouco.

– *Sebastian Grey* – soltou por fim.

Annabel já tinha escutado a expressão "Meu coração quase saiu pela boca" e até já a utilizara, mas aquela foi a primeira vez que realmente entendeu o sentido. Todo o seu corpo parecia desconjuntado, como se o coração estivesse na boca, os pulmões estivessem no lugar do ouvido e o cérebro estivesse em algum lugar para os lados da França.

– Vamos embora – pediu ela. – Por favor.

– Não quer conhecê-lo? – retrucou Louisa, surpresa.

– *Não.*

Annabel não se importava em parecer desesperada. Só queria ir embora dali quanto antes.

– Está brincando, não é? Você não está nem um pouco curiosa?

– Não estou. Posso lhe garantir. Quero dizer, sim, claro que estou, mas, se eu tiver que ser apresentada a esse cavalheiro, não quero que seja desta forma.

Louisa estranhou.

– De que forma?

– Estou só... Não estou preparada. Eu...

– Acho que você tem razão – comentou Louisa, espirituosa.

Graças a Deus.

– Ele provavelmente vai pensar que você deve lealdade ao tio, e vai julgá-la de antemão com base nisso.

– Exatamente – disse Annabel, agarrando-se à justificativa como a um colete salva-vidas.

– Ou ele tentará demovê-la da ideia.

Annabel lançou um olhar nervoso na direção em que a prima tinha avistado o Sr. Grey. Com sutileza, é claro, e sem se virar de fato. Se conseguisse escapar antes que ele a visse...

– É claro que eu acho que você *deveria* ser demovida da ideia – continuou Louisa. – Não importa quanto dinheiro lorde Newbury tenha, nenhuma jovem deveria ser forçada a...

– Eu ainda não concordei com nada – interrompeu Annabel, quase gritando. – Por favor, podemos ir embora?

– Temos que esperar minha tia – respondeu Louisa, franzindo a testa. – Você viu para onde ela foi?

– *Louisa.*

– O que está *havendo* com você?

Annabel olhou para baixo. Suas mãos estavam tremendo. Ela não ia conseguir. Ainda não. Não ia conseguir encarar o homem que tinha beijado e que por acaso era o herdeiro do homem que ela não queria beijar mas com quem talvez fosse se casar. Ah, sim, e não pôde deixar de pensar que, caso se casasse com o homem que não queria beijar, provavelmente daria a ele um novo herdeiro, negando o título ao homem que de fato queria beijar.

Ah, ele ia mesmo gostar *muito* dela depois de saber tudo isso.

Annabel seria apresentada ao Sr. Grey em algum momento, era inevitável. Mas tinha que ser naquela hora? Ela sem dúvida merecia algum tempo para se preparar.

Nunca imaginou que fosse tão covarde. Não, ela não era covarde. Qualquer pessoa sensata fugiria numa situação daquelas... e talvez boa parte das insensatas também.

– Annabel – disse Louisa, soando exasperada. – Por que é tão urgente assim ir embora?

Annabel tentou pensar em algo. Tentou com empenho. Mas só conseguiu pensar na verdade, que não estava preparada para contar. Portanto, em vez disso, ficou ali, abobalhada, imaginando como diabo poderia sair daquela situação.

Infelizmente, aquele momento íntimo de pânico durou pouco. Acabou sendo substituído por um momento de pânico ainda mais terrível. Logo ficou claro que ela *não* conseguiria se livrar da situação. A mulher de braços dados com o Sr. Grey parecia ter reconhecido a prima, que já havia acenado em resposta.

– Louisa – falou Annabel entre dentes.

– Não posso ignorá-la – devolveu Louisa da mesma forma. – É lady Olivia Valentine. O pai dela é o conde de Rudland. O primo do Sr. Grey casou-se com ela no ano passado.

Annabel soltou um gemido.

– Achei que ela estivesse fora da cidade – disse Louisa com uma careta. – Deve ter acabado de voltar. – Então se virou para Annabel com um olhar sincero. – Não se deixe enganar pela aparência dela. Lady Valentine é muito gentil.

Annabel não sabia se deveria ficar horrorizada ou confusa. "Não se deixe enganar pela aparência dela"? O que Louisa queria dizer com aquilo?

– Ela é muito bonita – explicou a prima.

– O que isso...

– Não, quero dizer... – interrompeu-se Louisa, visivelmente insatisfeita por sua incapacidade de comunicar a extensão dos encantos de lady Valentine. – Ah, você verá por si mesma.

Por sorte, a incrivelmente bela lady Olivia não parecia ter muita pressa. Ainda assim, Annabel julgou que não tinha mais do que quinze segundos até que todos se encontrassem. Ela pegou o braço de Louisa com força.

– Não comente nada sobre lorde Newbury – advertiu ela entre dentes.

Os olhos da prima se arregalaram de espanto.

– Não acha que eles já sabem?

– Não sei. Talvez não. Talvez nem todo mundo saiba.

– Claro, mas se *alguém* já sabe, o Sr. Grey com certeza terá sido um dos primeiros a saber, não acha?

– Provavelmente não o meu nome. Todo mundo se refere a mim como "aquela garota dos Vickers".

Era verdade. Annabel estava sendo apresentada por lorde e lady Vickers, e ninguém jamais ouvira falar da família de seu pai, o que, como seu avô fora rápido em afirmar, era bem conveniente. Na opinião dele, teria sido muito melhor que a filha nunca tivesse se tornado uma Winslow.

Louisa franziu o cenho, nervosa.

– Estou certa de que eles sabem que eu também sou neta dos Vickers.

Annabel agarrou a mão de Louisa, dominada pelo pânico.

– Então não diga a eles que eu sou sua prima.

– Eu não posso fazer isso!

– Por que não?

Louisa hesitou.

– Não sei, só não me parece adequado.

– Esqueça o que é adequado. Faça isso por mim, por favor.

– Pois bem. Mas ainda estou achando que você está muito esquisita.

Annabel não tinha como negar. Tinha estado muitas coisas naquele dia e, com toda a honestidade, *esquisita* era a menos preocupante delas.

Capítulo sete

Cinco minutos antes

— É decepcionante que você tenha se casado com meu primo – murmurou Sebastian, desviando Olivia de um enorme monte de esterco de cavalo que alguém não tinha conseguido limpar. – Acho que você é a mulher perfeita.

Olivia olhou para ele com uma sobrancelha arqueada.

– Porque eu permito que você faça o desjejum na minha casa todos os dias?

– Ah, você não seria capaz de proibir isso – retrucou Seb, dando um ligeiro sorriso. – Esse hábito já estava muito enraizado antes mesmo de você entrar em cena.

– Porque eu não repreendi vocês pelas três dúzias de buracos de dardo atrás da porta do quarto de hóspedes?

– Tudo culpa do Edward. Minha pontaria é perfeita.

– Não importa, Sebastian, é uma casa *alugada*.

– Eu sei, eu sei. É estranho que você tenha renovado o contrato. Não gostaria de morar um pouco mais longe dos seus pais?

Quando se casou com o primo de Sebastian, Harry, Olivia se mudou para a casa dele, que era vizinha à da família dela em Londres. Metade do namoro havia acontecido através das janelas. Sebastian achava essa história um tanto encantadora.

– Eu gosto dos meus pais – disse Olivia.

Sebastian balançou a cabeça.

– Isso é tão estranho que deve ser até antipatriótico.

Olivia virou-se para ele, surpresa.

– Eu sei que os pais de Harry eram… – Ela hesitou. – Esqueça. Mas nunca imaginei que os seus fossem tão terríveis assim.

– Eles não são. Eu é que não *escolheria* passar meu tempo com eles. – Sebastian pareceu refletir por um instante. – Principalmente com meu pai, considerando que ele está morto.

Olivia revirou os olhos.

– Deve haver algo nessa declaração que o faria ser excomungado.

– Tarde demais para isso – murmurou Seb.

– Acho que você precisa de uma esposa – concluiu Olivia, estreitando os olhos ao se virar para ele.

– Você correria o risco de perder sua posição de mulher perfeita – alertou Sebastian.

– Ainda não me contou o que eu fiz para merecê-la.

– Primeiro, e acima de tudo, você jamais havia me importunado dizendo que eu deveria me casar. Até hoje.

– Não me arrependo.

Ele assentiu em gratidão.

– Há também sua sublime predisposição a não ficar chocada com as coisas que eu digo.

– Ah, eu *fico* chocada. Apenas disfarço muito bem.

– É igualmente válido – disse Seb.

Eles caminharam por alguns minutos, então ela repetiu:

– Você deveria *mesmo* se casar.

– Por acaso dei qualquer indício de estar evitando isso?

– Bem – disse Olivia lentamente –, além de ainda não ter se casado…

– Simplesmente porque não encontrei a mulher perfeita. – Ele deu um sorriso amarelo. – Infelizmente, Harry encontrou você primeiro.

– Sem mencionar o fato de que você deveria se casar antes de seu tio gerar um novo herdeiro.

Sebastian virou-se para ela com uma expressão dissimulada de choque.

– Olivia Valentine, isso é absurdamente mercenário da sua parte.

– É a verdade.

– Eu sou uma aposta – comentou Sebastian com um suspiro.

– Você é mesmo! – exclamou Olivia, com tanta empolgação que ele chegou a se assustar. – É exatamente o que você é! Uma aposta. Um risco. Um…

– Você me deixa lisonjeado com tantos elogios.

Olivia o ignorou.

– Acredite quando digo que todas as jovens damas preferem você ao seu tio.

– Nossa, mais elogios.

– O problema é que, se ele conseguir um herdeiro, você ficará sem nada. Então elas se perguntam se devem correr esse risco. Quem é melhor: o pervertido bonitão que pode vir a ser conde ou o conde corpulento que já detém o título?

– Essa foi a descrição mais amável do meu tio que eu já ouvi.

– Muitas escolheriam ter um pássaro na mão, mas outras poderiam pensar: "Se eu esperar até o momento certo, posso ficar com o pervertido bonitão *e* com o título."

– Você faz o gênero feminino parecer tão atraente...

Olivia deu de ombros.

– Nem todas nós nos casamos por amor.

Quando ela percebeu que aquilo o deixava um pouco deprimido, deu um tapinha no braço dele e falou:

– Mas você deveria. Você é sensível demais para não se casar por amor.

– E, mais uma vez, estou convencido – murmurou Seb. – A mulher perfeita.

Olivia deu um sorriso de desgosto.

– Diga-me – comentou Sebastian, afastando-a de outro monte nojento, dessa vez da variedade canina –, onde está o marido perfeito da mulher perfeita? Em outras palavras, por que você solicitou meus serviços nesta bela manhã? Além de aprimorar suas habilidades de casamenteira, é claro.

– Harry está mergulhado no atual projeto dele. Não vê a luz do dia há pelo menos uma semana, e eu – ela deu um tapinha na barriga, roliça apenas o suficiente para se notar a gravidez – precisava de ar.

– Ainda trabalhando nos romances de Sarah Gorely? – indagou ele casualmente.

Olivia abriu a boca para falar, mas, antes que fosse capaz de emitir qualquer palavra, o som de um tiro ecoou no ar.

– Que diabo foi isso? – perguntou Sebastian, quase gritando.

Bom Deus, eles estavam num maldito *parque*. Ele olhou em volta, ciente de que sua cabeça estava latejando. Seu coração batia rápido, e o maldito som do tiro ainda ecoava em sua mente, e...

– Sebastian – chamou Olivia delicadamente, e depois: – *Sebastian*.

– O que foi?

– Meu braço – disse ela.

Ele a viu engolir em seco, então olhou para baixo: estava apertando o braço dela com uma força descomunal. Soltou-a imediatamente.

– Desculpe – murmurou ele. – Não percebi que estava fazendo isso.

Olivia deu um leve sorriso e esfregou o local.

– Não foi nada.

Não era verdade, mas ele não queria se aprofundar naquele assunto.

– Quem está dando tiros no parque? – perguntou ele, irritado.

– Acredito que seja algum tipo de competição – disse Olivia. – Edward comentou sobre isso hoje de manhã.

Sebastian balançou a cabeça. Uma competição de tiro no Hyde Park. Justamente na hora mais movimentada do dia. A estupidez dos homens nunca cessava de surpreendê-lo.

– Você está bem? – indagou Olivia.

Ele se virou, tentando entender do que ela estava falando.

– O barulho – esclareceu ela.

– Não foi nada.

– Não foi…

– Não foi nada – cortou ele secamente. Sentindo-se um idiota por ter usado aquele tom de voz, acrescentou: – Fui pego de surpresa.

Era verdade. Ele podia ficar ouvindo tiros o dia inteiro, desde que soubesse que alguém ia atirar. Ora, poderia até dormir durante um tiroteio, desde que conseguisse pegar no sono, antes de qualquer coisa. Só não estava esperando. *Odiava* ser pego de surpresa.

Afinal, aquele tinha sido o trabalho *dele*, pensou, irritado. *Señor Atirador.* Matar de surpresa.

Señor Atirador. Hum. Talvez ele devesse retomar as aulas de espanhol.

– Sebastian?

Ele olhou para Olivia, que ainda o encarava com certa preocupação. Perguntou-se se Harry também tinha reações como a dele; se o coração do primo também disparava como um coelho diante de barulhos inesperados. Harry nunca tinha comentado nada, mas Seb também não.

Era um assunto idiota para se abordar numa conversa.

– Estou bem – garantiu ele, dessa vez em um tom bem mais próximo do normal. – Como eu falei, apenas fui pego de surpresa.

Outro tiro estalou ao longe, e Seb não mexeu um músculo.

– Viu? – disse ele. – Nada aconteceu. Sobre o que estávamos falando?

– Não faço ideia – admitiu Olivia.

Seb refletiu por um momento. Também não se lembrava.

– Ah, os livros da Gorely! – exclamou Olivia. – Você me perguntou sobre o trabalho de Harry com eles.

– Isso. – Era curioso que ele tivesse se esquecido daquilo. – Como está indo?

– Muito bem, eu suponho. – Olivia deu de ombros. – Ele reclama o tempo todo, mas acho que no fundo adora os livros dela.

Sebastian ficou animado.

– É mesmo?

– Quero dizer, talvez não *adore*. Ele continua achando horrorosos. Mas adora traduzi-los. São muito mais divertidos do que os documentos do Departamento de Guerra.

Não era o melhor elogio do mundo, mas Seb também não ficava ofendido.

– Harry deveria traduzi-los para o francês, depois.

Olivia franziu a testa, pensativa.

– Talvez. Não sei se ele já traduziu um mesmo livro para dois idiomas. Imagino que fosse gostar do desafio.

– Ele tem um cérebro violentamente matemático – murmurou Sebastian.

– Eu sei. – Olivia balançou a cabeça. – É um milagre que eu e ele tenhamos algum assunto em comum. Eu… Ih! Não olhe agora, mas há alguém apontando para você.

– Alguém do sexo feminino, espero.

Olivia revirou os olhos.

– São sempre do sexo feminino, Sebastian. É… – Ela estreitou os olhos. – É lady Louisa McCann, eu acho.

– Quem?

– A filha do duque de Fenniwick. Ela é muito simpática.

Sebastian pensou por um momento.

– A magrinha que não fala muito?

– Você é tão jeitoso com as palavras.

Seb abriu lentamente um sorriso.

– Sou mesmo, não sou?

– Não a assuste, Sebastian – advertiu Olivia.

Ele se virou para ela com uma indignação apenas parcialmente fingida.

– Assustá-la? Eu?

– Seu charme pode ser aterrorizante.

– Suponho que devo tomar isso como um elogio.

Olivia deu um sorriso seco.

– Posso olhar agora? – indagou ele.

Era entediante ter que fingir que não sabia que alguém estava apontando para ele.

– Hã? Ah, sim, já até acenei. Não sei quem é a outra jovem, no entanto.

Ele estava de lado para as tais jovens damas, portanto precisava apenas virar a cabeça para vê-las. Ainda assim, ficou extremamente feliz por esse movimento tê-lo afastado de Olivia. Quando viu quem estava caminhando na direção dele...

Sebastian se gabava de ser um mestre na arte de manter a expressão inalterada, mas até ele tinha seus limites.

– Você a conhece? – perguntou Olivia.

Ele balançou a cabeça enquanto a observava, sua deusa de cabelos cacheados e a linda boca rosada.

– Nunca a vi – murmurou ele.

– Deve ser nova por aqui – disse Olivia, dando de ombros de leve.

Ela esperou pacientemente que as duas damas se aproximassem e então deu um sorriso.

– Ah, lady Louisa, que bom revê-la!

Lady Louisa retribuiu a saudação, mas Sebastian não estava prestando atenção. Estava muito mais interessado em observar a outra jovem, que se esforçava para não fazer contato visual.

Mas não tirou os olhos do rosto dela, tornando tudo mais difícil.

– Conhece meu estimado primo, o Sr. Grey? – indagou Olivia a lady Louisa.

– Hã... acredito que já fomos apresentados – respondeu lady Louisa.

– Que tolice da minha parte perguntar – disse Olivia, virando-se para Sebastian com uma pitada de malícia nos olhos. – Você já foi apresentado a todo mundo, não foi, Sebastian?

– Quase todo mundo – disse ele, secamente.

– Ah, queira me desculpar – replicou lady Louisa. – Permita-me apresentar minha, hã... – Ela tossiu. – Perdoem-me. Sinto muito. Deve ter sido poeira na minha garganta. – Ela fez um gesto para a jovem ao seu lado. – Lady Olivia, Sr. Grey, esta é a Srta. Winslow.

– Srta. Winslow – repetiu Olivia. – Muito prazer em conhecê-la. Está há pouco tempo na cidade?

A Srta. Winslow fez uma mesura educada.

– Sim. Obrigada por perguntar.

Sebastian deu um sorriso e murmurou o nome dela. Então, sabendo que a deixaria atrapalhada, pegou a mão dela e a beijou. Era em ocasiões como aquela que ele ficava mais do que agradecido por sua reputação. Olivia não teria dúvida de que ele estava flertando.

A Srta. Winslow, por sua vez, ficou corada no mais encantador tom de rosa. Ela era ainda mais atraente à luz do dia, ele concluiu. Seus olhos eram de um belíssimo cinza-esverdeado. Junto ao restante de sua coloração, sua aparência ganhava um quê de espanhola. E ele gostou ainda mais das sardas espalhadas no alto do nariz.

Ele também aprovou seu traje verde-esmeralda. Combinava muito mais com ela do que o tom pastel de seu vestido na noite anterior.

Mas ele não podia permitir que seu exame durasse muito tempo. Ela poderia pensar muitas coisas. Além disso, ele não deveria ignorar a amiga dela. Sebastian desviou o olhar sem nem mesmo fingir relutância.

– Lady Louisa – disse ele, curvando educadamente a cabeça. – É um prazer revê-la. Estou consternado por nossos caminhos não terem se cruzado mais cedo nesta temporada.

– Parece que há uma multidão por aqui este ano – comentou Olivia. – Será que todo mundo decidiu vir ao mesmo tempo? – Ela se virou para lady Louisa. – Estive fora por algumas semanas, por isso estou irremediavelmente desatualizada.

– A senhora estava no campo? – perguntou lady Louisa polidamente.

– Sim, em Hampshire. Meu marido tinha um trabalho importante para fazer, e ele acha difícil se concentrar na cidade.

– Culpa minha – disse Sebastian, se metendo na conversa.

– Percebam que eu não o desmenti – brincou Olivia, apontando para ele com a cabeça. – Ele tem uma capacidade terrível de distrair as pessoas.

Sebastian não podia deixar o comentário escapar.

– É um de meus melhores atributos.

– Não considerem nada do que ele fala – avisou Olivia, balançando a cabeça.

Ela se voltou para as duas jovens e começou a conversar sobre amenidades, e Sebastian sentiu uma estranha irritação. Já tinha perdido a conta da quantidade de vezes que Olivia tinha dito algo do tipo *Não considerem nada do que ele fala.*

No entanto, era a primeira vez que isso o incomodava.

– Está aproveitando seu tempo em Londres, Srta. Winslow? – indagou Olivia.

Sebastian se virou para a Srta. Winslow e a olhou com um sorriso terno. Tinha muito interesse na resposta dela.

– Bem, sim – gaguejou a moça. – Há muita distração.

– Distração – murmurou Sebastian. – Que palavra interessante.

Ela olhou para ele, assustada. Ele apenas sorriu.

– A senhora vai permanecer na cidade até o fim da temporada, lady Olivia? – perguntou lady Louisa.

– Acho que sim. Depende da capacidade do meu marido de se concentrar em meio a tantas distrações.

– Em que sir Harry está trabalhando? – questionou Sebastian, já que Olivia não mencionara antes qual romance Harry estava traduzindo. – Tentei incomodá-lo esta manhã, mas ele me dispensou. – Ele olhou para a Srta. Winslow e lady Louisa e então disse: – Um desconhecido poderia pensar que ele não gosta de mim.

Lady Louisa deu uma risada. A Srta. Winslow manteve sua expressão impassível.

– Meu marido é tradutor – explicou Olivia, revirando os olhos para Sebastian. – No momento, está traduzindo um romance para o russo.

– É mesmo? – disse a Srta. Winslow, e Sebastian teve que admitir que ela parecia genuinamente interessada. – Qual é o romance?

– *A Srta. Truesdale e o cavalheiro mudo.* O nome da autora é Sarah Gorely. Por acaso já leu?

A Srta. Winslow balançou a cabeça, mas lady Louisa praticamente deu um salto para a frente, exclamando:

– Não!

Olivia piscou.

– Perdão?

– Não, eu quis dizer que ainda não li – explicou lady Louisa. – Li todos os outros livros dela, é claro. Como pude deixar passar esse?

– É fã dela, então? – perguntou Sebastian; adorava quando isso acontecia.

– Claro – respondeu ela. – Achei que já tivesse lido todos. Não tenho palavras para dizer quanto estou animada por saber que tem mais um!

– Devo confessar que ando tendo dificuldade na leitura desse – retrucou Olivia.

– Jura? – comentou Sebastian.

Os lábios de Olivia se curvaram em um sorriso indulgente.

– Sebastian também é um grande fã dela – disse ela às jovens.

– Da Sra. Gorely? – indagou Louisa. – Ela escreve as tramas mais fascinantes.

– Caso não se dê importância às eventuais situações implausíveis – acrescentou Olivia.

– Mas é isso que torna os romances tão divertidos – argumentou Louisa.

– Por que você está tendo dificuldade com *A Srta. Truesdale*? – indagou Sebastian a Olivia.

Ele sabia que não deveria insistir, mas não conseguiu se conter. Vinha tentando fazê-la gostar dos livros dele desde que ela dissera que a palavra *escopo* fora empregada de maneira incorreta.

Não que ela soubesse que *ele* era a Sra. Gorely.

Além disso, *escopo* era uma palavra ridícula. Ele já estava planejando bani-la de seu vocabulário.

Olivia deu de ombros, algo que fazia de forma incomumente elegante.

– É lento demais – disse ela. – Me parece que há muitas descrições.

Sebastian assentiu, pensativo.

– Não acho que seja o melhor da Sra. Gorely.

Ele não tinha ficado inteiramente satisfeito com a versão final, embora discordasse das críticas de Olivia.

Dificuldade na leitura. Pois sim.

Olivia não saberia reconhecer um bom livro nem se ele caísse na cabeça dela.

Capítulo oito

Annabel levou menos de um segundo para perceber que Louisa não estava brincando sobre lady Olivia Valentine e sua referida beleza estonteante. Quando ela se virou e sorriu, Annabel teve até mesmo que piscar, por conta do brilho que Olivia irradiava. A jovem matrona era de tirar o fôlego, louríssima e de pele clara, com maçãs do rosto salientes e olhos incrivelmente azuis.

Era tudo o que Annabel podia fazer para não a odiar logo de início.

E, como se o encontro não pudesse piorar (o simples fato de ela e o Sr. Grey terem se esbarrado já era ruim o suficiente), ele teve que beijar a mão dela.

Que desastre.

Annabel ficou completamente constrangida e gaguejou algo que só poderia ser entendido como saudação em uma sociedade pré-verbal. Ergueu os olhos por um instante, pois não poderia passar uma apresentação inteira olhando para o chão. Mas foi um erro. Um erro imenso. O Sr. Grey, que já era bem bonito sob o luar, era ainda mais belo à luz do dia.

Meu Deus, ele não deveria andar por aí ao lado de lady Olivia. Os dois provavelmente cegariam a população de Londres com tanta beleza reunida.

Ou então fariam com que o restante da humanidade saísse correndo à beira das lágrimas, porque, de fato, quem poderia competir com aquilo?

Annabel tentou acompanhar a conversa, mas estava distraída demais com o pânico. E com a mão direita do Sr. Grey, que descansava levemente contra a perna dele. E com a curva maliciosa de sua boca, que ela se esforçava muito para não encarar, mas que de alguma forma era captada pelo seu campo de visão. Sem mencionar o som de sua voz, quando ele falou alguma coisa sobre… bem, alguma coisa.

Livros. Eles estavam conversando sobre livros.

Annabel permaneceu em silêncio. Não tinha lido os livros em questão e, além disso, achava melhor participar o mínimo possível da conversa. O Sr. Grey ainda lhe lançava olhares ocasionais, e parecia tolice lhe dar razão para fazê-lo tão abertamente.

É claro que foi justamente nessa hora que ele se virou para ela com aqueles olhos cinzentos maliciosos e perguntou:

– E a senhorita, já leu algum dos livros de Sarah Gorely?

– Receio que não.

– Ah, pois deveria, Annabel! – exclamou Louisa, entusiasmada. – Você vai adorar. Hoje mesmo iremos à livraria. Eu poderia lhe emprestar os meus, mas estão todos em Fenniwick.

– A senhorita tem a coleção completa, lady Louisa? – perguntou o Sr. Grey.

– Ah, sim. Exceto por *A Srta. Truesdale e o cavalheiro mudo*, obviamente. Mas isso logo será corrigido – comentou ela, voltando-se para a prima. – O que temos agendado para hoje à noite? Espero que seja algo que possamos desmarcar. Não quero nada além de uma xícara de chá e meu novo livro.

– Creio que temos uma ópera – respondeu Annabel.

A família de Louisa era proprietária de um dos melhores camarotes, e havia semanas Annabel estava ansiosa para assistir a uma apresentação.

– Jura? – disse Louisa, desanimada.

– Prefere ficar em casa lendo? – indagou o Sr. Grey.

– Ah, sem dúvida. O senhor não?

Annabel olhou para a prima com algo entre surpresa e descrença. Louisa era tão tímida e, no entanto, lá estava ela, falando animadamente sobre romances com um dos mais notórios solteiros de Londres.

– Acho que depende da ópera – comentou o Sr. Grey, pensativo. – E do livro.

– *A flauta mágica* – informou Louisa. – E *A Srta. Truesdale*.

– *A flauta mágica?* – indagou lady Olivia. – Eu perdi a apresentação do ano passado. Preciso dar um jeito de ir dessa vez.

– Eu prefiro *A Srta. Truesdale* a *As bodas de Fígaro* – disse o Sr. Grey –, mas talvez não a *A flauta mágica*. Há algo de fascinante em ver o coração de alguém ferver como o inferno.

– É de partir o coração – murmurou Annabel.

– O que disse, Srta. Winslow? – perguntou ele.

Annabel engoliu em seco. Ele estava sorrindo de maneira inofensiva, mas ela sentiu a cutucada no tom de sua voz, e isso a aterrorizava. Não seria capaz de entrar em uma batalha com aquele homem e sair vitoriosa. Disso tinha certeza.

– Nunca assisti a *A flauta mágica* – retrucou ela.

– Nunca? – indagou lady Olivia. – Como é possível?

– Creio que óperas não são muito frequentes em Gloucestershire.

– A senhorita precisa assistir – disse lady Olivia. – Precisa!

– Estava planejando ir esta noite – retrucou Annabel. – A família de lady Louisa me convidou.

– Mas não conseguirá ir se ela ficar em casa lendo um livro – completou lady Olivia astutamente; em seguida, virou-se para Louisa: – A senhorita terá que adiar *A Srta. Truesdale e seu cavalheiro mudo* até amanhã. Não pode permitir que a Srta. Winslow perca a ópera.

– Por que não se juntam a nós? – perguntou Louisa.

Annabel desejou matar a prima.

– A senhora mencionou que perdeu a apresentação no ano passado – continuou ela. – Temos um camarote grande. Nunca fica lotado.

O rosto de lady Olivia se iluminou de contentamento.

– É muito gentil de sua parte. Eu adoraria.

– É claro que o senhor também está convidado – falou Louisa para Sebastian Grey.

Annabel definitivamente iria matá-la. Pelos meios mais dolorosos que se pudesse imaginar.

– Seria um prazer – respondeu ele. – Em troca dessa honra, permita-me presenteá-la com um exemplar de *A Srta. Truesdale e o cavalheiro mudo*.

– Obrigada – disse Louisa, mas Annabel poderia jurar que ela parecia desapontada. – Isso seria...

– Pedirei que o entreguem em sua casa esta tarde – continuou ele com delicadeza –, para que possa começar a lê-lo imediatamente.

– O senhor está sendo extremamente gentil – murmurou Louisa.

E corou. Ela corou!

Annabel estava perplexa.

E sentia ciúme, mas preferiu não se afligir com isso.

– Haverá espaço para meu marido também? – indagou lady Olivia. – Ele vem se tornando um eremita, mas acho que podemos convencê-lo a sair da toca para ir à ópera. Eu sei que a ária da Rainha da Noite é uma das favoritas dele.

– Todo aquele inferno fervendo – comentou o Sr. Grey. – Quem seria capaz de resistir?

– É claro – respondeu Louisa a lady Olivia. – Eu ficaria honrada em conhecê-lo. O trabalho dele parece fascinante.

– Eu mesmo morro de inveja de Harry – murmurou o Sr. Grey.

– De Harry? – indagou lady Olivia, surpresa, virando-se para ele.

– Não consigo imaginar nada que me deixaria mais feliz do que ler livros o dia todo.

– Muito bons livros, na verdade – acrescentou Louisa.

Lady Olivia riu.

– Ele faz um pouco mais do que simplesmente ler – esclareceu ela. – Um pequeno trabalho de tradução.

– *Pfff*. – O Sr. Grey abanou a mão, menosprezando aquele fato. – Um trabalhinho de nada.

– Traduzir para o russo? – perguntou Annabel, confusa.

Ele a olhou com uma expressão que poderia ser de condescendência.

– Eu estava sendo irônico.

Ele falou baixinho, no entanto, e Annabel achou que Louisa ou lady Olivia não o tivessem escutado. As duas conversavam sobre frivolidades e se afastaram um pouco para a direita, deixando Annabel com o Sr. Grey. Não sozinha – nem remotamente sozinha –, mas, de alguma forma, ela se sentia assim.

– A senhorita tem um nome? – indagou ele suavemente.

– Annabel – respondeu ela, com voz firme e áspera, em um tom bastante contrariado.

– Annabel – repetiu ele. – Eu diria que combina com você, mas como eu poderia saber, não é mesmo?

Ela contraiu os lábios, mas os dedos dos pés estavam agitados dentro das botas.

Sebastian Grey sorriu como um lobo prestes a devorar sua presa.

– Já que nunca nos vimos antes.

Ainda assim ela manteve a boca fechada. Não confiava em si mesma para falar nada.

Sua reação só parecia diverti-lo mais. Ele inclinou a cabeça na direção dela, o perfeito cavalheiro inglês, educado.

– Ficaria feliz em vê-la novamente hoje à noite.

– Ficaria?

Ele riu.

– Que rabugenta! A senhorita é de fato muito azeda.

– Azeda – repetiu ela sem rodeios. – Realmente.

Ele se inclinou.

– Por que me odeia tanto?

Annabel lançou um olhar nervoso para a prima.

– Ela não pode me ouvir – avisou ele.

– O senhor não tem como garantir.

Ele olhou para Louisa e lady Olivia, que naquele momento estavam abaixadas ao lado de Frederick.

– Estão ocupadas demais com o cachorro. Embora... – interrompeu-se ele, franzindo o cenho – eu não saiba como Olivia conseguirá se levantar em sua condição.

– Ela vai ficar bem – retrucou Annabel sem pensar.

O Sr. Grey se virou para ela com as sobrancelhas arqueadas.

– A gravidez não está tão avançada assim – explicou ela.

– Normalmente, eu presumiria que essa afirmação vem de alguém com experiência, mas como sei que a senhorita não é mais experiente do que eu...

– Sou a mais velha de oito filhos – disparou Annabel. – Minha mãe esteve grávida durante toda a minha infância.

– Uma explicação que eu não tinha cogitado – admitiu ele. – Odeio quando isso acontece.

Annabel queria odiá-lo. Queria de verdade. Só que ele dificultava o processo, com seu sorrisinho de lado e seu charme sutil.

– Por que aceitou o convite de Louisa para a ópera? – perguntou ela.

Ele a encarou sem expressão, embora ela soubesse que seu cérebro estava zunindo em alta velocidade.

– O camarote dos Fenniwicks – argumentou ele, como se não houvesse outra justificativa. – Eu jamais conseguiria um lugar tão bom novamente.

Era verdade. A tia de Louisa exaltara bastante a localização.

– E, é claro, a senhorita parecia tão desolada... – acrescentou. – Foi difícil resistir.

Annabel lançou-lhe um olhar de reprovação.

– Honestidade sempre – brincou ele. – É o meu novo lema.

– Novo?

Ele deu de ombros.

– Desde hoje à tarde, pelo menos.

– E até hoje à noite?

– Certamente até eu chegar à ópera – disse ele com um sorriso malicioso. Como ela não retribuiu a gozação, ele falou: – Vamos lá, com certeza a senhorita tem algum senso de humor.

Annabel deu um leve gemido. Havia tantas razões pelas quais aquela conversa não tinha nenhuma graça que ela mal sabia por onde começar. Havia tantas razões pelas quais aquela conversa não tinha nenhuma graça que quase chegava a ser de fato engraçado.

– Não precisa se preocupar – falou ele calmamente.

Ela ergueu o olhar para ele. Estava sério. Não severo, nem ameaçador, apenas… sério.

– Não vou falar nada – comentou ele.

De alguma forma, ela sabia que ele estava dizendo a verdade.

– Obrigada.

Ele se inclinou e beijou a mão dela novamente.

– Acredito que hoje, terça-feira, seja um dia adorável para conhecer uma jovem dama.

– Hoje é quarta-feira – corrigiu ela.

– É mesmo? Eu sou péssimo com datas. É minha única falha.

Ela queria rir, mas não se atreveu a chamar atenção. Louisa e lady Olivia ainda estavam conversando, e quanto mais tempo elas ficassem distraídas, melhor.

– A senhorita está sorrindo – disse ele.

– Não estou, não.

– Mas quer sorrir. Os cantos da sua boca estão se franzindo.

– Não estão, não!

O Sr. Grey deu um sorriso malicioso.

– Agora estão.

Ele estava certo, aquele demônio. Dera um jeito de fazê-la rir – ou pelo menos de fazê-la sorrir na luta para não rir – em menos de um minuto.

Era de admirar que ela houvesse lhe pedido que a beijasse?

– Annabel!

Ela se virou, aliviada, ao som da voz de Louisa.

– Minha tia está nos chamando – comentou Louisa, e, de fato, lady Cosgrove vinha atravessando o gramado na direção delas, com um olhar bastante severo.

– Imagino que ela não aprove o fato de a senhorita conversar comigo – disse o Sr. Grey –, embora acredite que a presença de Olivia seria suficiente para me transformar em um sujeito respeitável.

– Não sou *tão* respeitável assim – disse lady Olivia.

O queixo de Annabel caiu, em choque.

– Ela é absolutamente respeitável – sussurrou Louisa para Annabel. – Ela está apenas... Ah, esqueça.

Mais uma vez, todo mundo sabia tudo sobre todo mundo. Exceto Annabel.

Annabel apenas suspirou. Ou, na verdade, não. Não podia suspirar em um encontro tão íntimo; seria irremediavelmente rude. Mas queria suspirar. Algo dentro dela parecia suspirar.

Quando as alcançou, lady Cosgrove imediatamente pegou o braço de Louisa.

– Lady Olivia – disse ela com um aceno de cabeça cordial. – Sr. Grey.

Eles devolveram a saudação, o Sr. Grey com uma reverência elegante e lady Olivia com uma mesura tão graciosa que deveria ser considerada um crime.

– Convidei lady Olivia e o Sr. Grey para nos acompanharem à ópera hoje à noite – avisou Louisa.

– É claro – concordou lady Cosgrove, educadamente. – Lady Olivia, por favor, transmita meus cumprimentos à sua mãe. Eu não a vejo há algum tempo.

– Ela teve um resfriado – respondeu lady Olivia –, mas está quase recuperada. Estou certa de que ficaria encantada com uma visita sua.

– Talvez eu faça isso.

Annabel acompanhou o diálogo com interesse. Lady Cosgrove não excluíra o Sr. Grey da conversa, mas não lhe dirigiu uma só palavra depois de cumprimentá-lo. Era uma situação curiosa. Ela não fazia ideia de que ele era uma *persona non grata*. Afinal, era herdeiro do condado de Newbury, ainda que fosse apenas o herdeiro presuntivo.

Precisava perguntar a Louisa a respeito daquilo. Quando terminasse de matá-la por tê-lo convidado à ópera.

Outras gentilezas foram trocadas, mas era evidente que lady Cosgrove pretendia apenas resgatar as duas jovens e partir. Sem falar que Frederick parecia ansioso por fazer algo muito importante no meio dos arbustos.

– Até mais tarde, Srta. Winslow – despediu-se o Sr. Grey, pegando a mão dela e curvando-se mais uma vez.

Annabel tentou não reagir quando o toque dos lábios dele em sua mão fez seu braço formigar.

– Até mais tarde – repetiu ela.

E, enquanto o observava se afastar, não conseguia se lembrar da última vez que se sentira tão ansiosa.

Capítulo nove

Sebastian ficou surpreso ao notar que estava ansioso para ir à ópera naquela noite. Não que ele não fosse fã; ele era, e já tinha assistido a *A flauta mágica* tantas vezes que poderia recitar de cor as duas árias da Rainha da Noite.

Outro item a ser incluído em sua lista de talentos inúteis. Ele não sabia ao certo por que as companhias teatrais britânicas insistiam em encenar a mesma ópera. Acreditava que fosse para o bem dos inúmeros ingleses teimosos demais para aprender uma língua estrangeira. Era mais fácil, na opinião de Seb, acompanhar uma comédia do que uma tragédia. Ou, pelo menos, saber em que momentos rir.

No entanto, ainda que ele quisesse muito assistir à ópera da vista privilegiada do camarote dos Fenniwicks, o que mais queria era ver certa *moça*.

A Srta. Winslow.

Srta. Annabel Winslow.

Annabel.

Ele gostava daquele nome. Havia algo de bucólico, um aroma fresco, como grama.

Sebastian não conhecia muitas mulheres que achariam a comparação elogiosa, mas, por algum motivo, suspeitava que a Srta. Winslow fosse concordar com ele.

Fora isso, não sabia quase nada sobre ela, exceto que era amiga da filha de um duque. Era uma jogada inteligente para qualquer jovem que quisesse subir na escala social, mas a Srta. Winslow e lady Louisa pareciam realmente gostar da companhia uma da outra.

Outro ponto a favor da Srta. Winslow. Sebastian era incapaz de tolerar pessoas que forjavam uma amizade por causa de status.

Ele também sabia que a Srta. Winslow tinha um pretendente indesejado. Isso não era incomum; a maioria das jovens de aparência e/ou fortuna aceitáveis tinha um ou mais pretendentes indesejados. O interessante era que ela *fugira* da festa para evitar o sujeito. O que poderia significar que ele era um ser abominável.

Ou que ela costumava agir de maneira leviana.

Ou que o pretendente fizera uma investida indesejada.

Ou que ela havia exagerado.

Sebastian avaliava suas opções enquanto se dirigia ao espetáculo. Se estivesse escrevendo aquela história (não descartava a possibilidade; parecia *mesmo* algo saído de um romance de Sarah Gorely), como *ele* a desenvolveria?

O pretendente seria pavoroso. Muito rico, talvez com um título – alguém que pudesse pressionar a família pobre da jovem. Não que ele tivesse qualquer indício de que a família da Srta. Winslow fosse de fato pobre, mas isso contribuía para a trama.

Ele a teria atacado em um canto escuro, longe da festa. Não, isso não faria sentido. Seria cedo demais para tanto drama e provavelmente muito chocante para o público. Seus leitores não queriam, afinal de contas, ver a descrição de uma mulher repelindo uma investida indesejada; só queriam ler sobre as fofocas após o acontecimento.

Pelo menos tinha sido isso que seu editor lhe dissera.

Muito bem, se ela não fora atacada, talvez tivesse sido chantageada. Sebastian começou a ficar inspirado. Chantagem *sempre* era um bom elemento para a narrativa. Ele o usava com frequência.

– Senhor!

Sebastian piscou e olhou para cima. Não percebera que já havia chegado. Ele tinha contratado um serviço de carruagem, por mais desagradável que fosse. Não possuía uma, e dissera a Olivia que ela e Harry não precisavam buscá-lo. Melhor dar um tempo a sós para o casal não tão recém-casado assim.

Harry lhe agradeceria mais tarde, Seb tinha certeza.

Sebastian desceu da carruagem, pagou ao condutor e entrou. Chegara um pouco adiantado, mas já havia muitas pessoas circulando, vendo e sendo vistas em seus trajes refinados e reluzentes. Atravessou lentamente a multidão, conversando com conhecidos, sorrindo – como sempre fazia – para as jovens que menos esperavam por isso. A noite prometia todo tipo de prazer, e então, quando ele estava quase ao pé da escadaria...

Seu tio.

Sebastian ficou imóvel, mal sendo capaz de reprimir um grunhido. Não sabia o motivo de tanta surpresa; fazia todo o sentido que o conde de Newbury comparecesse à ópera, principalmente se estivesse à espreita de uma nova esposa. Ainda assim, Sebastian estava de tão bom humor... Parecia praticamente um crime que seu tio o arruinasse.

Normalmente, teria se desviado do caminho, para evitá-lo. Seb não era nenhum covarde, mas por que não se desviar do caminho de alguém para não ter que se deparar com sentimentos desagradáveis?

Mas dessa vez não haveria como escapar. Newbury vira o sobrinho, e Sebastian sabia que ele sabia que Sebastian também o tinha visto. Para falar a verdade, cerca de quatro outros cavalheiros testemunharam isso e, embora Seb não se considerasse um covarde por se desviar do caminho de Newbury, sabia que os outros poderiam pensar assim.

Não era tão iludido a ponto de achar que não se importava com a relevante opinião alheia. Nunca permitiria que metade de Londres cochichasse por aí que ele tinha medo do tio.

Assim, uma vez que era impossível evitar o encontro, lembrou a si mesmo que os opostos se atraem e fez questão que seu trajeto levasse justamente a Newbury.

– Tio – disse ele, parando por um momento para cumprimentá-lo.

Newbury fez uma careta, mas ficou tão surpreso que nem teve tempo de pensar em uma resposta contundente. Fez um breve aceno com a cabeça, acompanhado de um grunhido, já que era incapaz de pronunciar o nome de Sebastian.

– Prazer em vê-lo, como sempre – continuou Sebastian, abrindo um largo sorriso. – Não sabia que o senhor gostava de música.

E então, antes que Newbury pudesse fazer qualquer coisa além de ranger os dentes, despediu-se e foi embora.

De modo geral, até que fora um encontro bem-sucedido, que se tornaria ainda melhor quando o conde percebesse que o sobrinho estava sentado no camarote dos Fenniwicks. Newbury era um esnobe detestável e fatalmente ficaria furioso ao ver Sebastian instalado em um lugar melhor do que o dele.

Não tinha sido essa a sua intenção ao aceitar o convite de lady Louisa, mas, no fundo, por que não aproveitar uma dádiva tão inesperada?

Quando Sebastian chegou ao camarote, lady Louisa e a Srta. Winslow já estavam ali, junto a lady Cosgrove e lady Wimbledon, que, se não lhe falhava a memória, eram irmãs do duque de Fenniwick. O lorde não estava presente, apesar de ter seu nome vinculado ao camarote.

Sebastian notou que lady Louisa estava sentada entre as tias. A Srta. Winslow, por outro lado, ficara exposta, sozinha, na primeira fileira. Sem dúvida, lady C. e lady W. agiam de modo a proteger a outra jovem da influência perniciosa dele.

Ele sorriu. Era até melhor influenciar a Srta. Winslow, que, como não pôde deixar de notar, estava extremamente deliciosa em seu vestido verde-claro.

– Sr. Grey! – gritou lady Louisa.

Ele fez uma mesura.

– Lady Louisa, lady Cosgrove, lady Wimbledon – falou, em seguida estampando um sorriso diferente e virando-se ligeiramente. – Srta. Winslow.

– Sr. Grey – cumprimentou ela.

Annabel enrubesceu um pouco, de modo quase imperceptível à luz das velas, mas o suficiente para fazê-lo sorrir por dentro.

Sebastian examinou os assentos disponíveis e ficou instantaneamente feliz por ter chegado cedo e sozinho. Suas alternativas eram acomodar-se na frente, junto à Srta. Winslow; no meio, ao lado da carrancuda lady Wimbledon; ou atrás, aguardando quem mais pudesse aparecer.

– Não posso permitir que a Srta. Winslow se sente sozinha – anunciou ele, e prontamente se acomodou ao lado dela.

– Sr. Grey, pensei que seus primos planejassem vir também.

– Eles vêm. Só não era conveniente para eles me buscarem no caminho – explicou ele, virando-se para incluir lady Louisa na conversa. – Até porque eu não estava propriamente no caminho.

– Foi muita gentileza sua – comentou lady Louisa.

– Não tem nada a ver com gentileza – mentiu ele. – Eles teriam insistido em mandar a carruagem até a minha casa, de modo que eu precisaria estar pronto uma hora antes.

Lady Louisa riu e, como se o pensamento lhe houvesse ocorrido de repente, disse:

– Ah! Preciso lhe agradecer pelo livro.

– Foi um prazer – murmurou ele.

– Que livro? – perguntou uma das tias.

– Eu poderia ter enviado um para a senhorita também – disse ele à

Srta. Winslow, enquanto lady Louisa respondia à tia –, mas não sei o seu endereço.

Annabel engoliu em seco, desconfortável, e falou:

– Não há problema. Certamente posso ler o de lady Louisa quando ela terminar.

– Ah, não – retrucou lady Louisa, inclinando-se para a frente. – Jamais o emprestarei. Está autografado pela autora.

– Autografado pela autora? – exclamou lady Cosgrove. – Como o senhor conseguiu um exemplar autografado?

Seb deu de ombros.

– Esbarrei com ela no ano passado. Imaginei que lady Louisa fosse apreciar.

– Eu gostei muito – concordou ela, com sinceridade. – É sem dúvida um dos presentes mais delicados que já recebi.

– Você precisa me deixar vê-lo – pediu lady Wimbledon. – A Sra. Gorely é uma das minhas escritoras favoritas. Que imaginação ela tem!

Seb se perguntou quantas vezes ele poderia esbarrar com Sarah Gorely sem levantar suspeitas. De fato, o livro autografado era um presente melhor do que qualquer outra coisa pela qual pudesse pagar. Portanto, decidiu aproveitar a ocasião para plantar suas justificativas:

– Encontrei uma coleção completa autografada em uma livraria no outono passado – disse ele, bastante satisfeito com sua criatividade.

Agora ele tinha mais três oportunidades para dar presentes autografados. Nunca se sabia quando acabariam sendo úteis.

– Não posso, em hipótese alguma, permitir que o senhor desfaça a coleção – murmurou lady Louisa, *obviamente* esperando que ele lhe garantisse que não haveria problema.

– Não há problema algum – assegurou ele. – É o mínimo que posso fazer para agradecer o convite de hoje. – Ele aproveitou a oportunidade para envolver a Srta. Winslow na conversa: – A senhorita tem muita sorte de se sentar aqui em sua primeira ópera.

– Estou muito ansiosa por esse momento – disse ela.

– O suficiente para não se importar que eu me sente ao seu lado? – perguntou ele em voz baixa.

Ele notou que ela conteve um sorriso.

– Sem dúvida.

– Costumam dizer que sou bastante encantador.

– É verdade?

– Que eu sou encantador?

– Não – respondeu ela, novamente contendo um sorriso. – Que costumam dizer isso.

– Ah. Às vezes. Não a minha família, é claro.

Dessa vez ela sorriu. Sebastian ficou extremamente satisfeito.

– É claro que eu vivo para incomodá-los – brincou ele.

Ela riu.

– O senhor não deve ser o filho mais velho, então.

– Por que diz isso?

– Porque nós odiamos incomodar.

– É mesmo?

Ela ficou surpresa.

– O senhor *é* o mais velho?

– Sou filho único, na verdade. Uma decepção para os meus pais.

– Ah, bem, isso explica tudo.

Sebastian não resistiu a se manter na defensiva.

– Por favor, prossiga.

Ela se virou para ele, claramente empolgada com a conversa. Sua expressão tinha talvez um quê de arrogância, mas ele descobriu que gostava da astúcia no olhar dela.

– Bem – começou Annabel, com autoridade suficiente para que, se ele antes não soubesse que ela era a filha mais velha, agora tivesse certeza –, como filho único, o senhor deve ter crescido desprovido de companhia, portanto não teve a oportunidade de aprender a interagir adequadamente com seus semelhantes.

– Eu frequentei a escola – comentou ele, com delicadeza.

Ela desdenhou.

– Ainda assim.

Ele esperou um momento e depois repetiu:

– Ainda assim?

Ela piscou.

– Com certeza há algo mais por trás do seu argumento – disse Sebastian.

A Srta. Winslow refletiu por um instante.

– Não.

Novamente ele aguardou. Então Annabel acrescentou:

– Precisa haver?

– Aparentemente, não, se a senhorita é a mais velha e grande o suficiente para bater em seus irmãos.

Os olhos dela se arregalaram e então Annabel começou a rir, um som adorável e gutural que não era nem um pouco musical. A Srta. Winslow não ria delicadamente.

Sebastian adorou aquilo.

– Nunca bati em ninguém que não merecesse – retrucou ela, depois de recuperar a compostura.

Ele começou a rir junto dela.

– Mas, Srta. Winslow – disse ele, tentando fazer uma expressão séria –, acabamos de nos conhecer. Como posso confiar em seu julgamento nesse assunto?

Ela deu um sorriso perverso.

– Não pode.

O coração de Sebastian acelerou brutal e perigosamente. Ele não conseguia tirar os olhos do canto daquela boca, o ponto em que a pele fazia uma covinha. Ela possuía lábios maravilhosos, rosados e carnudos, e ele pensou que gostaria de beijá-los novamente, agora que tivera a oportunidade de vê-la à luz do dia. Será que seria diferente, tendo em mente uma imagem colorida dela enquanto a beijava?

Imaginou se seria diferente agora que sabia o nome dela.

Ele inclinou a cabeça, tentando observá-la com mais nitidez. Então percebeu que, sim, seria diferente.

Seria melhor.

A entrada de seus primos o salvou de ter que refletir a respeito do que aquilo representava. Harry e Olivia chegaram com bochechas rosadas e os cabelos levemente despenteados e, depois de trocarem cumprimentos com os presentes, os não tão recém-casados se sentaram na última fila.

Sebastian acomodou-se alegremente em seu assento. Não era como se estivesse com a Srta. Winslow a sós; havia outras cinco pessoas no camarote, sem contar as centenas abaixo deles na casa de ópera. Mas eles estavam sozinhos naquela fileira, o que, por enquanto, parecia suficiente.

Ele se virou para olhar para ela. Ela espiava o movimento por cima da sacada, os olhos brilhando de entusiasmo. Sebastian tentou se lembrar da última vez que tivera tanta expectativa. Ele estava em Londres desde que retornara da guerra, e todos aqueles eventos – as festas, as óperas, os contatos – haviam se tornado rotina. Gostava de tudo aquilo, é claro, mas não era exatamente algo pelo qual tivesse *expectativa*.

Ela se virou de repente. Olhou para ele e sorriu.

Até aquele momento.

Capítulo dez

Quando as luzes da Royal Opera House baixaram, Annabel perdeu o fôlego. Ansiava por aquela noite desde que chegara à capital e mal podia esperar para relatar às irmãs todos os detalhes. Naquele instante, quando as cortinas se abriram para revelar um cenário estranhamente árido, ela percebeu que não apenas queria que aquela apresentação fosse espetacular – *precisava* que fosse.

Porque, se não fosse incrível, se não fosse tudo com que sonhara, não conseguiria desviar sua atenção do cavalheiro ao seu lado, cujos movimentos pareciam perturbar o ar o suficiente para lhe causar arrepios. Ele nem precisava tocá-la para que ela se arrepiasse. Era um péssimo, péssimo sinal.

– A senhorita está familiarizada com a história? – perguntou uma voz afetuosa ao seu ouvido.

Annabel assentiu, embora a conhecesse apenas superficialmente, pelo que havia lido no libreto. O programa continha uma sinopse, que Louisa lhe dissera ser essencial para quem não compreendia alemão, mas Annabel não tivera tempo de estudá-la direito antes da chegada do Sr. Grey.

– Sei algumas coisas – sussurrou ela. – Apenas algumas.

– Aquele é Tamino – comentou ele, apontando para o jovem que entrara no palco. – Nosso herói.

Annabel começou a assentir, depois arfou quando apareceu uma serpente monstruosa, se contorcendo e sibilando.

– Como eles fizeram *isso*? – Annabel não pôde deixar de murmurar.

Antes que o Sr. Grey pudesse responder, Tamino desmaiou, apavorado.

– Nunca o considerei muito corajoso – disse o Sr. Grey.

Ela lançou um olhar para ele.

Ele deu de ombros.

– Um herói não deveria desmaiar logo na primeira página.

– Na primeira página?

– Na primeira cena – corrigiu-se ele.

Annabel sentiu-se inclinada a concordar. Estava muito mais interessada no estranho homem coberto de penas que surgira no palco, junto de três senhoras que prontamente mataram a cobra.

– Elas não são nada covardes – murmurou para si mesma.

Ao seu lado, ouviu o Sr. Grey sorrir. Ela o *ouviu* sorrir. Não sabia como isso era possível, mas, quando olhou de relance para o perfil dele, constatou que era verdade. Ele estava olhando para os cantores, o queixo ligeiramente proeminente enquanto observava a multidão lá embaixo, e seus lábios estavam curvados em um pequeno sorriso de cumplicidade.

Annabel respirou fundo. Ali no teatro, à meia-luz, ela se lembrou de quando o vira pela primeira vez, na escuridão do bosque. Tudo acontecera na noite anterior? Parecia estranho que tivessem se passado apenas 24 horas desde aquele encontro casual. Ela se sentia diferente, algo dentro de si havia mudado muito mais do que esperava que pudesse acontecer em um dia.

Baixou o olhar até os lábios dele. O sorriso havia desaparecido, e agora ele parecia atento, concentrado no drama que se desenrolava. E então...

Ele se virou para ela.

Annabel quase desviou o olhar, mas não o fez. Sorriu. Só um pouco.

Ele sorriu de volta.

Ela pousou as mãos na barriga, pois o estômago se revirava. Não deveria estar flertando com aquele homem. Era um jogo perigoso que poderia não levar a lugar algum, e ela sabia muito bem disso, sabia mesmo. Só que Annabel não conseguia se conter. Ele era tão cativante, tão contagiante... Era o seu próprio Flautista de Hamelin. E, quando estava perto dele, Annabel se sentia...

Ela se sentia diferente. Especial. Como se houvesse alguma razão para sua existência – uma razão que não fosse encontrar um marido, gerar um filho e fazer tudo isso exatamente nessa ordem, com o homem adequado, escolhido pelos seus avós, e...

Voltou os olhos para o palco. Não queria pensar nisso. Aquela deveria ser uma noite agradável. Uma noite *maravilhosa*.

– Agora ele vai se apaixonar – sussurrou o Sr. Grey no ouvido dela.

Ela não o encarou. Não confiava em si mesma para fazê-lo.

– Tamino? – murmurou ela.

– As três senhoras vão mostrar a ele um retrato de Pamina, a filha da Rainha da Noite. Ele se apaixonará instantaneamente.

Annabel se inclinou para a frente, ainda que não conseguisse enxergar o retrato do alto do camarote. Sabia que o conto era apenas uma fantasia, mas o retratista devia ser de fato notável.

– Eu sempre me admiro com a ideia do retratista – disse o Sr. Grey. – Ele deve ser absurdamente talentoso.

Annabel virou-se de forma brusca.

– O que houve? – indagou ele.

– Nada – respondeu ela, sentindo-se um pouco atordoada. – Eu apenas… estava pensando a mesma coisa.

O Sr. Grey sorriu novamente, mas dessa vez foi diferente. Quase como se… Não, não podia ser. Ele não podia estar sorrindo para ela como se tivesse encontrado sua alma gêmea. Porque eles não podiam ser almas gêmeas. Annabel não permitiria. Seria intolerável.

Determinada a apreciar a ópera mais do que apreciava a narração intermitente do Sr. Grey, ela voltou sua atenção para o palco, deixando-se levar pela história. Era uma trama incongruente, na verdade, mas a música era tão maravilhosa que ela não se importava.

A cada poucos minutos o Sr. Grey tecia uma nova observação, o que, Annabel tinha que admitir, a ajudava imensamente. Ora ele narrava, ora comentava, e ela de fato estava se divertindo. Ouvia o farfalhar das roupas dele quando ele se inclinava, depois sentia o calor de sua pele quando seus lábios se aproximavam da orelha dela. Então Annabel ouvia suas palavras, sempre perspicazes e divertidas, que faziam cócegas em seu ouvido, deixando seu coração aos saltos.

Que maneira maravilhosa de se assistir a uma ópera!

– Esta é a última cena – sussurrou ele quando teve início no palco algum tipo de procedimento judicial.

– Da ópera? – perguntou ela, surpresa, já que o herói e a heroína ainda nem tinham se conhecido.

– Do primeiro ato – respondeu o Sr. Grey.

– Ah, claro. – Ela se virou para a frente de novo, e em alguns minutos Tamino e Pamina trocaram um olhar e se abraçaram…

… e foram separados.

– Bem – disse Annabel quando a cortina se fechou –, suponho que não haveria muito que acontecer no segundo ato se eles não tivessem sido separados no final da cena.

– A senhorita parece estar desconfiada do romance – comentou o Sr. Grey.

– Admita, é um pouco de exagero que ele se apaixone pelo retrato dela e que ela se apaixone pelo dele… – retrucou Annabel, franzindo a testa. – *Por que* ela se apaixonou por ele?

– Porque Papageno falou que ele estava indo salvá-la – respondeu Louisa, inclinando-se para a frente.

– Ah, claro – disse Annabel, revirando os olhos. – Ela se apaixonou porque um homem coberto de penas falou que ela seria salva por outro homem que ela nunca tinha visto na vida.

– Não acredita em amor à primeira vista, Srta. Winslow? – indagou o Sr. Grey.

– Eu não disse isso.

– Então *acredita*?

– Não acredito nem duvido – defendeu-se Annabel, sem dar confiança para o brilho que via nos olhos dele. – Eu mesma nunca passei por tal situação, mas isso não significa que não exista. E, no caso deles, não foi amor à primeira vista. Como pode ter sido amor à primeira vista se ela não o tinha *visto*?

– É difícil rebater esse argumento – murmurou ele.

– Assim espero.

Ele riu daquilo, depois franziu o cenho ao olhar para a última fileira.

– Parece que Harry e Olivia sumiram.

Annabel olhou por cima do ombro.

– Espero que não tenha acontecido nada de errado.

– Ah, posso garantir que não aconteceu nada de *errado* – disse o Sr. Grey, enigmático.

Ela corou, sem saber direito o que ele queria dizer, mas mesmo assim certa de que não era algo apropriado.

O Sr. Grey deve tê-la visto corar, pois riu e se aproximou com um brilho malicioso nos olhos. Havia algo perigosamente íntimo em sua expressão, como se ele a *conhecesse*, ou como se fosse conhecê-la, ou como se quisesse conhecê-la, ou…

– Annabel – chamou Louisa –, você vem comigo ao toalete?

– Claro.

Annabel não estava exatamente com vontade de ir, mas se havia algo que tinha aprendido em Londres era que nunca se recusava o convite de outra dama para acompanhá-la ao toalete. Ela não entendia direito o porquê disso, mas se recusara uma vez e fora informada de que isso não era bem-visto.

– Aguardarei o retorno da senhorita – disse o Sr. Grey, de pé.

Ela assentiu e seguiu a prima. As duas mal tinham colocado o pé fora do camarote quando Louisa agarrou seu braço e sussurrou, impaciente:

– O que você estava falando?

– Com o Sr. Grey?

– É claro que era com o Sr. Grey. Vocês dois passaram praticamente toda a apresentação cochichando de rosto quase colado.

– Isso não é verdade.

– Pode ter certeza disso. E estavam sentados na frente. Todo mundo percebeu.

Annabel começou a ficar nervosa.

– O que você quer dizer com "todo mundo"?

Louisa olhou furtivamente ao redor. Uma multidão começou a sair dos camarotes, todos vestidos com suas melhores roupas para a ópera.

– Não sei se lorde Newbury está presente – sussurrou ela. – Se não estiver, pode apostar que logo ficará sabendo disso.

Annabel engoliu em seco, preocupada. Não queria pôr em risco seu compromisso iminente com o conde, mas ao mesmo tempo…

Queria isso desesperadamente.

– Não é com lorde Newbury que estou preocupada – continuou Louisa, dando o braço a Annabel para se aproximar dela. – Você sabe que eu rezo para que esse casamento não aconteça.

– Então…

– Vovó Vickers – interrompeu Louisa. – E lorde Vickers. Eles ficarão lívidos se desconfiarem que você acabou de propósito com a chance de casamento.

– Mas eu…

– Que mais eles poderiam pensar? – Louisa engoliu em seco e baixou a voz quando viu um curioso virar a cabeça na direção delas. – *Sebastian Grey*, Annabel.

– Eu sei! – respondeu a prima, grata por finalmente ter conseguido dizer algo. – Olhe só quem está falando. Você flertou com ele a noite toda.

Louisa pareceu magoada, mas só por um momento.

– Ah, meu Deus – retrucou ela. – Você está com ciúmes.

– Não estou, não.

– Está, sim. – Os olhos dela se iluminaram. – Isso é maravilhoso... e uma tragédia – acrescentou Louisa, como se tivesse acabado de se dar conta. – É uma maravilhosa tragédia.

– Louisa.

Annabel queria esfregar os olhos. De repente, se sentiu exausta. E não tinha mais certeza se aquela astuta senhorita diante dela era mesmo sua prima, geralmente tão tímida.

– Pare com isso. Escute. – Louisa olhou em volta e soltou um suspiro frustrado. Puxou Annabel para uma alcova e fechou uma cortina de veludo ao redor delas para garantir alguma privacidade. – Você precisa ir para casa.

– O quê? Por quê?

– Você precisa ir para casa agora. Já vai ser um escândalo considerável o que aconteceu até aqui.

– Tudo o que fiz foi conversar com ele!

Louisa colocou as mãos nos ombros de Annabel e olhou nos olhos da prima com um ar severo.

– É o suficiente. Confie em mim.

Annabel observou a expressão séria da prima e assentiu. Se Louisa estava dizendo que ela deveria ir para casa, então iria para casa. Louisa conhecia aquele mundo melhor que Annabel. Sabia como navegar nas águas turvas da alta sociedade londrina.

– Com sorte, alguém fará uma cena durante o segundo ato e todos a esquecerão. Vou explicar que você se sentiu mal e...

Os olhos de Louisa estavam cheios de preocupação.

– O quê?

Ela balançou a cabeça.

– Preciso apenas garantir que o Sr. Grey fique até o final da apresentação. Se ele também for embora mais cedo, todos vão presumir que vocês dois saíram juntos.

O sangue se esvaiu do rosto de Annabel. Louisa assentiu.

– Vou conseguir. Não se preocupe.

– Tem certeza? – perguntou Annabel, porque ela mesma não tinha.

Assertividade não era o forte de Louisa.

– Tenho, e vou conseguir – rebateu a prima, como se tentasse convencer a si mesma tanto quanto a Annabel. – É muito mais fácil conversar com ele do que com a maioria dos homens.

– Eu percebi – comentou Annabel com sinceridade.

Louisa deu um suspiro.

– Sim, espero mesmo que você tenha percebido. Muito bem, você precisa ir para casa, e eu vou...

Annabel esperou.

– Eu vou com você – concluiu Louisa, decidida. – É uma ideia muito melhor.

Annabel não conseguia falar nada.

– Se eu for com você, ninguém suspeitará de nada, mesmo que o Sr. Grey também vá embora. – Louisa deu de ombros timidamente. – Esta é a vantagem de se ter uma excelente reputação.

Antes que Annabel pudesse perguntar se isso dizia algo a respeito da reputação *dela*, Louisa continuou:

– Você é uma incógnita. Mas de mim... ninguém nunca suspeita.

– Está dizendo que deveriam suspeitar? – indagou Annabel com cautela.

– Não – respondeu Louisa, balançando a cabeça quase melancolicamente. – Eu nunca faço nada de errado.

Ao abrirem as cortinas e deixarem o esconderijo, Annabel podia jurar ter ouvido Louisa sussurrar: "Infelizmente."

Três horas depois, Sebastian chegou ao clube, ainda um pouco irritado com o desfecho da noite. A Srta. Winslow, segundo lhe contaram, passara mal durante o intervalo da peça e deixara o teatro ao lado de lady Louisa, que insistira em acompanhá-la.

Não que Sebastian acreditasse em uma palavra dessa história. A Srta. Winslow parecia muitíssimo saudável, e não poderia ter ficado doente de repente a não ser que tivesse sido atacada por um leproso na escada.

Lady Cosgrove e lady Wimbledon, livres da obrigação de servirem de acompanhantes, também foram embora, deixando seus convidados sozinhos no camarote. Olivia transferiu-se imediatamente para a primeira fileira, colocando o programa na cadeira a seu lado para guardar o lugar para Harry, que estava no saguão.

Sebastian permaneceu para o segundo ato, mais porque Olivia insistiu. Já estava prestes a ir para casa escrever (o leproso na escada lhe dera todo tipo de ideia), mas ela o puxou tenazmente para o assento ao seu lado e sussurrou:

– Se você for embora, todo mundo vai pensar que saiu daqui com a Srta. Winslow. Eu não vou permitir que você arruíne a vida da pobre garota logo em sua primeira temporada.

– Ela foi embora com lady Louisa – protestou ele. – Acha que eu sou tão inconsequente a ponto de me envolver em um *ménage a trois* com aquilo?

– *Aquilo*?

– Você entendeu o que eu quis dizer – retrucou ele com uma careta.

– Todo mundo vai achar que foi um ardil – explicou Olivia. – A reputação de lady Louisa pode ser impecável, mas a sua não é, e a maneira como você estava conduzindo as coisas com a Srta. Winslow durante o primeiro ato…

– Eu estava *conversando* com ela.

– De que vocês estão falando? – perguntou Harry, passando por eles a fim de chegar ao seu lugar.

– Nada – dispararam os dois ao mesmo tempo, recolhendo as pernas para deixá-lo se sentar.

As sobrancelhas de Harry se ergueram, mas ele apenas bocejou.

– Aonde foi todo mundo? – indagou ele.

– A Srta. Winslow se sentiu mal – disse Olivia – e lady Louisa a acompanhou de volta para casa. As tias também partiram.

Harry deu de ombros, já que no fundo estava mais interessado na ópera do que nas fofocas, e pegou seu programa.

Sebastian se virou para Olivia, que havia retomado seu olhar.

– Ainda está me repreendendo?

– Você já deveria saber disso – comentou Olivia em voz baixa.

Sebastian olhou para Harry. O primo estava imerso no libreto, aparentemente alheio à conversa.

O que, conhecendo Harry, significava que ele prestava atenção em cada palavra.

Sebastian decidiu ignorar esse fato.

– Desde quando você se tornou a protetora da Srta. Winslow? – questionou ele.

– Eu não sou a protetora de ninguém – argumentou ela, elegantemente, dando de ombros. – Mas é evidente que ela é nova na cidade e precisa de alguma orientação. Admiro a atitude de lady Louisa de levá-la para casa.

– Como sabe que lady Louisa a levou para casa?

– Ah, Sebastian! – Ela suspirou, dirigindo-lhe um olhar impaciente. – Como pode ser capaz de perguntar?

Assim se encerrou o assunto. Até ele chegar ao clube.

E foi aí que toda a confusão começou.

Capítulo onze

— Seu desgraçado!

Sebastian era um sujeito perspicaz, abençoado por reflexos rápidos e um saudável senso de autopreservação, mas sua mente tinha se fixado em um único assunto (os lábios da Srta. Winslow), e ele não conseguiu prestar atenção no ambiente quando pôs os pés no clube.

Por isso não tinha visto o tio. Nem o punho fechado do tio.

– Que diabo...?

A força do golpe atirou Sebastian contra a parede, o que fez seu ombro doer apenas um pouco menos que seu olho, o qual provavelmente já estava ficando roxo.

– Desde o momento em que nasceu – seu tio fervia de raiva –, eu soube que você era desprovido de moral ou respeito, mas *isso*...

Isso? Isso o quê?

– Isso – continuou o tio, a voz tremendo de fúria – é muito baixo até mesmo para você.

Desde o momento em que nasci, pensou Seb, um pouco frustrado. *Desde o momento em que nasci*. Bem, seu tio estava certo nesse ponto, pelo menos. As primeiras lembranças que tinha dele eram de um homem irritado e rigoroso, sempre grosseiro, sempre encontrando novas maneiras de fazer o garoto se sentir insignificante. Sebastian percebeu mais tarde que o rancor era inevitável. Newbury nunca gostara do pai de Sebastian, seu irmão apenas onze meses mais jovem. Adolphus Grey era mais alto, mais atlético e mais bonito. Provavelmente mais inteligente também, embora, Sebastian tinha que admitir, seu pai não fosse muito de ler.

Quanto à mãe de Seb, lorde Newbury a achava terrivelmente inferior.

Portanto, considerava Sebastian o filho do demônio. Seb aprendera a viver com aquilo. E, de vez em quando, a fazer jus à fama. Na verdade, ele não se importava. Seu tio era um estorvo, mais ou menos como um inseto irritante, embora grande. Sua estratégia era sempre a mesma: evitá-lo e, caso fosse impossível, golpeá-lo.

Mas ele não se defendeu. Porque, francamente, de que adiantaria? Em vez disso, ficou de pé, cambaleando, sem se dar conta de que uma plateia se formava ali.

– De que diabo o senhor está falando?

– Da Srta. Vickers – respondeu lorde Newbury entre dentes.

– Quem? – perguntou Seb distraidamente.

Ele deveria prestar mais atenção no que seu tio estava falando, mas, caramba, seu olho estava doendo *demais*.

O hematoma provavelmente ficaria ali por uma semana. Quem diria que o velho nojento era capaz de fazer aquilo?

– O nome dela não é Vickers – comentou alguém.

Sebastian tirou a mão do olho, piscando com cuidado. Maldição. Sua visão ainda estava embaçada. O que seu tio não tinha em músculo compensava em volume, e era bem capaz de ter colocado todo o peso do corpo no soco que lhe dera.

Diversos cavalheiros estavam de pé ao redor deles, esperando que a briga começasse, o que evidentemente não aconteceria. Sebastian jamais bateria no tio, por mais que ele merecesse. Se batesse, com certeza se sentiria bem demais para conseguir parar, e então acabaria machucando Newbury seriamente. E isso seria bastante reprovável.

Além do mais, ele nunca perdia a cabeça. Nunca. Todos sabiam disso e, se não sabiam, deveriam saber.

– Por gentileza, poderia me esclarecer quem é a Srta. Vickers? – perguntou Sebastian, adotando uma postura insolente.

– Ela não é uma Vickers – disse alguém. – A mãe é, mas o pai era alguma outra coisa.

– Winslow – vociferou o conde. – O nome dela é Winslow.

Seb sentiu os dedos começarem a formigar. A mão direita talvez tivesse se fechado.

– Que tal *Srta.* Winslow?

– Você está fingindo que não sabe?

Seb deu de ombros, embora esse movimento casual tenha exigido sua absoluta concentração.

– Não estou fingindo nada.

Os olhos de seu tio queimavam de ódio.

– Em breve ela será sua tia, querido sobrinho.

Sebastian ficou sem ar e agradeceu a qualquer que tenha sido o deus ou o arquiteto responsável por haver uma parede ao seu lado, para que ele tivesse onde se apoiar.

Annabel Winslow era neta de lorde Vickers. Era a criatura exuberante e voluptuosa atrás de quem Newbury estava correndo desesperadamente, a que era tão fértil que fazia os pássaros cantarem.

De repente tudo fez sentido. Sebastian se perguntava como uma moça do campo tinha se tornado amiga íntima da filha de um duque. Ela e lady Louisa eram primas. É claro que eram amigas.

Ele se lembrou da conversa que teve com o primo, a parte sobre os quadris férteis e os pássaros cantando. A aparência da Srta. Winslow era mesmo tão espetacular quanto a descrição de Edward. Quando Sebastian pensou na maneira como os olhos do primo estavam vidrados quando descreveu os seios dela…

Seb sentiu ódio. Talvez ele tivesse que bater em Edward. Bater no tio seria um pouco demais por conta da idade, mas uma briga com Edward seria de igual para igual.

A Srta. Annabel Winslow era de fato uma fruta madura no pé. E seu tio planejava se casar com ela.

– Fique longe dela – falou lorde Newbury em voz baixa.

Sebastian não abriu a boca. Não tinha uma piada ou uma resposta pronta, então se manteve calado. Melhor assim.

– Embora só Deus saiba se eu ainda a quero, considerando sua duvidosa capacidade de discernimento.

Sebastian se concentrou em sua respiração, que estava ficando perigosamente acelerada.

– Você pode ter boa aparência e ser jovem – continuou Newbury –, mas eu tenho o título. E vou fazer de tudo para não deixar que caia em suas mãos.

Seb deu de ombros.

– Eu não quero seu título.

– É claro que quer – zombou o tio.

– Não quero, não – comentou Sebastian de modo casual.

Estava voltando a se sentir no controle da situação. É incrível como um toque de insolência e confiança é capaz de fazer um homem se recompor.

– Espero que o senhor se apresse e arrume logo um novo herdeiro. Isso tudo é absurdamente inconveniente.

Newbury ficou ainda mais vermelho, algo que Sebastian não imaginava que fosse possível.

– Inconveniente? Como se atreve a chamar o condado de Newbury de inconveniente?

Seb já ia dar de ombros novamente, então pensou que seria melhor inspecionar as unhas. Depois de um momento, ele encarou o tio.

– Pois eu chamo. E o senhor é um *estorvo*.

Talvez aquilo tivesse passado um pouco dos limites. Tudo bem, Sebastian tinha passado bastante dos limites e, evidentemente, Newbury concordava com isso, porque balbuciava coisas incompreensíveis, cuspindo saliva e sabe-se lá mais o quê. Então jogou o conteúdo de seu copo no rosto de Sebastian. Não havia muito líquido; talvez metade caíra quando ele deu o soco em Seb. Mas foi o suficiente para deixar seus olhos ardendo e pingar pelo seu nariz. Enquanto Sebastian estava ali, como uma criança com o nariz escorrendo e precisando de um lenço, a raiva começou a crescer dentro dele. Uma raiva que não se parecia com nada que já houvesse experimentado. Mesmo durante a guerra ele se recusara a sentir aquela sede de sangue. Ele era um franco-atirador, treinado para ser tranquilo e calmo, para acertar o inimigo a distância.

Ele participava da guerra, mas não entrava em combate.

Seu coração batia forte, suas orelhas pareciam pegar fogo, e ainda assim conseguiu ouvir a arfada coletiva, ainda assim conseguiu ver os homens reunidos em volta, esperando que ele revidasse.

E assim o fez. Mas não com os punhos. Isso ele jamais faria.

– Em respeito a sua idade e sua fragilidade – advertiu ele friamente –, não vou bater no senhor. – Ele deu um passo em direção à saída e, incapaz de controlar toda a sua fúria, virou-se e acrescentou, em seu tom desleixado habitual: – Além do mais, sei que o senhor deseja um filho. Se eu o derrubasse no chão agora, e todos aqui sabemos que seria fácil fazer isso... – Sebastian suspirou, como se lamentasse uma história muito triste – bem, não tenho certeza de que sua virilidade sobreviveria.

Fez-se um silêncio mortal, seguido pelas divagações e reclamações de

Newbury, mas Sebastian não ouviu mais nada. Simplesmente lhe deu as costas e foi embora.

Era mais fácil assim.

⁓

Pela manhã, a notícia já tinha se espalhado por toda a cidade. O primeiro dos abutres chegou à residência dos Vickers às dez horas. Annabel já estava de pé; era normal, visto que era difícil abandonar os hábitos do campo. Ficou tão surpresa ao saber que duas condessas a esperavam que nem cogitou dizer ao mordomo que não estava disponível.

– Srta. Winslow – ressoou a voz ofensiva de lady Westfield.

Annabel imediatamente se levantou e fez uma mesura, depois repetiu o gesto em direção a lady Challis.

– Onde está sua avó? – perguntou lady Westfield, entrando na sala pisando firme.

Seus lábios formavam uma linha reta, em uma expressão de desagrado, e todo o seu comportamento parecia sugerir que ela sentia algum mau cheiro.

– Ela ainda está deitada – respondeu Annabel, lembrando que lady Westfield e lady Vickers eram grandes amigas. Ou talvez apenas amigas. Ou talvez nem isso, mas se falavam com frequência.

O que deveria ser levado em consideração, imaginou Annabel.

– Então só podemos supor que ela não sabe – disse lady Challis.

Annabel virou-se para lady Challis, que era 25 anos mais jovem do que a mulher que a acompanhava, mas ainda assim conseguia estampar uma carranca irritada.

– Não sabe o quê, senhora?

– Não banque a esperta, mocinha.

– Não estou bancando nada.

Annabel olhava de uma para outra, ambas com uma expressão de descrença. De que elas estavam falando? O mero fato de ela ter *conversado* com o Sr. Grey não justificava tal censura. E ainda por cima fora embora durante o intervalo, como Louisa insistira que fizesse.

– A senhorita é bastante ousada – comentou lady Challis –, colocando o tio contra o sobrinho.

– Eu... Eu não sei do que a senhora está falando – gaguejou Annabel.

112

Mas é claro que sabia.

– Pare já com isso – retrucou lady Westfield. – A senhorita é uma Vickers, apesar do homem pavoroso com o qual sua mãe se casou, e inteligente demais para tentar se safar com essa encenação insolente.

Annabel engoliu em seco.

– Lorde Newbury está furioso – disse lady Westfield entre dentes. – Furioso. Não o condeno por isso.

– Eu não prometi nada a ele – argumentou Annabel, desejando que sua voz soasse um pouco mais firme. – E eu não sabia…

– Faz ideia da honra que ele lhe concedeu, a consideração que teve com a senhorita?

Annabel abriu e fechou a boca. Então abriu e fechou de novo. E se sentiu uma imbecil. Abrindo e fechando a boca como um peixe, incapaz de dizer uma única palavra. Se estivesse em casa, teria sido rápida em se defender, devolvendo cada acusação com habilidade. Só que nunca havia enfrentado duas condessas furiosas que a encaravam com olhares gélidos e narizes empinados.

Era o suficiente para fazer uma garota querer se sentar, se lhe fosse permitido sentar na presença de duas condessas de pé.

– É claro que ele tomou medidas para proteger a própria reputação – disse lady Challis.

– Lorde Newbury? – perguntou Annabel.

– Óbvio. O outro não se importa nem nunca se importou com reputação.

Contudo, em alguma medida, Annabel não achava que aquilo fosse verdade. Todos sabiam que o Sr. Grey era um sem-vergonha, mas não somente isso. Tinha senso de honra, e ela suspeitava que ele dava muito valor a isso.

Ou talvez ela estivesse fantasiando, romantizando-o em sua mente. Quão bem o conhecia, afinal?

Nem um pouco. Ela o conhecera apenas dois dias antes. Dois dias! Precisava retomar o bom senso. Logo.

– O que lorde Newbury fez? – indagou Annabel cautelosamente.

– Defendeu a honra dele, exatamente como deveria – disse lady Westfield, o que Annabel considerou uma explicação bastante vaga. – Onde está sua avó? – repetiu ela, olhando atentamente na direção do quarto, como se fosse encontrá-la escondida atrás de uma cadeira. – Alguém deveria acordá-la. Não é um assunto trivial.

Durante o mês em que estava morando em Londres, Annabel vira a avó de pé antes do meio-dia em apenas duas ocasiões. Nenhuma delas terminara bem.

– Tentamos acordá-la apenas em caso de emergência – respondeu a jovem.

– Quem diabo a senhorita pensa que é, mocinha ingrata? – rebateu lady Westfield quase gritando.

Annabel se encolheu como se tivesse sido atingida e sentiu as palavras se formarem na boca: *Sim, é claro, senhora. Imediatamente, senhora*. Então ergueu a cabeça, olhando bem nos olhos de lady Westfield, e viu algo tão feio, tão *cruel*, que era como se um raio tivesse atingido sua espinha.

– Não vou acordar minha avó – arrematou ela com firmeza. – E espero que a senhora não tenha conseguido fazer isso com seus gritos.

Lady Westfield recuou.

– Pense duas vezes antes de falar comigo dessa maneira, Srta. Winslow.

– Não estou aqui para desrespeitá-la. Muito pelo contrário, eu lhe asseguro. Minha avó não tem a cabeça no lugar antes do meio-dia, e estou certa de que, sendo amiga dela, a senhora não deseja lhe causar nenhum desconforto.

A condessa estreitou os olhos e encarou lady Challis, que parecia igualmente insegura sobre como agir diante da declaração de Annabel.

– Diga a ela que estivemos aqui – pediu lady Westfield, articulando a frase lentamente, sílaba por sílaba.

– Direi – prometeu Annabel, curvando-se em uma mesura rápida o bastante para demonstrar respeito sem parecer submissa.

Em que momento ela aprendera aquelas sutilezas típicas das mesuras? Devia ter absorvido mais conhecimentos subliminares em Londres do que imaginava.

As duas condessas foram embora, mas Annabel mal teve tempo de desabar no sofá antes de o mordomo anunciar outros dois visitantes: lady Twombley e o Sr. Grimston.

Annabel sentiu o estômago revirar de preocupação. Lembrava-se de ter sido apresentada aos dois apenas rapidamente, mas sabia muito bem quem eram. Fofoqueiros impiedosos, de acordo com Louisa, insidiosos e cruéis.

A jovem se levantou, tentando alcançar o mordomo antes que ele os mandasse entrar, mas era tarde demais. Ela já havia recebido um grupo de convidados; não era culpa dele se presumia que ela estava "em casa" para todos. De qualquer forma, teria feito pouca diferença; a sala de visitas ficava bem à vista da porta de entrada, e Annabel já podia ver lady Twombley e o Sr. Grimston avançando.

– Srta. Winslow – cumprimentou a mulher enquanto andava com um gracioso farfalhar de musselina rosa.

Era uma jovem matrona incrivelmente adorável, com cabelos louros cor de mel e olhos verdes. Ao contrário de lady Olivia Valentine, cuja bela e pálida aparência irradiava graça e bondade, lady Twombley parecia perspicaz. E não de um jeito bom.

Annabel fez uma mesura.

– Lady Twombley. Que gentileza sua aparecer.

Ela indicou o companheiro.

– A senhorita já foi apresentada ao meu querido amigo, o Sr. Grimston, não foi?

Annabel assentiu.

– Foi no…

– Baile de Mottram – completou o homem.

– É claro – murmurou Annabel, surpresa por ele se lembrar; ela jamais se recordaria.

– Basil é dono de uma memória notável quando se trata de jovens senhoritas – esclareceu lady Twombley com uma risadinha. – Provavelmente é por isso que é um grande especialista em moda.

– Moda feminina? – indagou Annabel.

– Todos os tipos – respondeu o Sr. Grimston, olhando em volta com desdém.

Annabel gostaria de ter se ressentido com a expressão dele, mas precisava concordar: o cômodo inteiro era de um tom verde-malva um tanto opressivo.

– Vemos que a senhorita parece estar bem de saúde – comentou lady Twombley, sentando-se no sofá sem ser convidada.

Annabel imediatamente seguiu o exemplo dela.

– Sim, claro, por que não estaria?

– Ah, meu Deus! – Os olhos de lady Twombley ganharam uma expressão de choque sem perder o refinamento, e ela levou a mão ao peito. – A senhorita não ficou sabendo! Ah, Basil, ela não sabe.

– Não sei *de quê*? – perguntou Annabel.

Verdade seja dita, ela não tinha certeza se queria saber. Se a notícia deixara lady Twombley tão contente, não podia ser boa.

– Se tivesse acontecido comigo – prosseguiu lady Twombley –, eu não teria saído da cama.

Annabel encarou o Sr. Grimston para ver se talvez ele pudesse esclarecer o que lady Twombley queria dizer, mas o homem estava ocupado demais tentando parecer entediado.

– Que ultraje – murmurou lady Twombley. – Que ultraje.

A mim?, Annabel quis perguntar. Mas não se atreveu.

– Basil testemunhou todo o ocorrido – comentou a mulher, apontando para o amigo.

Naquele momento, à beira do pânico, Annabel se virou para o cavalheiro, que suspirou e disse:

– Foi um baita acontecimento.

– O que aconteceu? – disparou Annabel por fim.

Finalmente satisfeita com o nível de angústia de Annabel, lady Twombley falou:

– Lorde Newbury agrediu o Sr. Grey.

Annabel sentiu o rosto empalidecer.

– O quê? Não. Não é possível.

O Sr. Grey era jovem e estava extremamente em forma. E lorde Newbury era… Bem, não era jovem nem estava em forma.

– Deu um soco no olho dele – contou o Sr. Grimston, como se não fosse nada além do esperado.

– Meu Deus! – exclamou Annabel, cobrindo a boca com a mão. – Ele está bem?

– Provavelmente, sim – respondeu Grimston.

Annabel olhou de lady Twombley para o Sr. Grimston e de volta para ela. Malditos fossem, eles iam fazê-la perguntar *novamente*.

– O que aconteceu depois? – perguntou, demonstrando irritação.

– Os dois trocaram xingamentos – revelou Grimston, com um bocejo educado –, então lorde Newbury jogou sua bebida no rosto do Sr. Grey.

– Eu gostaria de ter visto isso – murmurou lady Twombley.

Annabel lançou-lhe um olhar horrorizado, e a mulher apenas deu de ombros.

– O que não podemos impedir podemos ao menos testemunhar – acrescentou lady Twombley.

– O Sr. Grey bateu nele de volta? – indagou Annabel ao Sr. Grimston.

Ela percebeu, para o próprio horror, que estava um pouco atordoada. Não gostaria que uma pessoa causasse dor a outra, mas...

A visão de lorde Newbury sendo atirado ao chão... depois do que ele tentara fazer com ela na festa...

Annabel teve que se esforçar muito para não deixar que o entusiasmo transparecesse em seu rosto.

– Não – respondeu o Sr. Grimston. – Os homens ficaram surpresos com o comedimento dele, mas eu não.

– Ele é um sem-vergonha – acusou lady Twombley, inclinando-se para a frente com um brilho significativo nos olhos –, só não é um sujeito *precipitado*, se é que me entende.

– Não – disse Annabel, sem paciência para seus comentários vagos –, não entendo.

– Digamos que o Sr. Grey questionou a masculinidade do nobre lorde – explicou o Sr. Grimston.

Annabel quase engasgou.

Lady Twombley riu.

– Do meu ponto de vista – prosseguiu Grimston –, uma de duas coisas provavelmente ocorrerá.

Pela primeira vez, pensou Annabel, não precisaria cavar uma resposta. A julgar pelo brilho voraz nos olhos, não havia como o Sr. Grimston manter seus pensamentos em segredo.

– É bem possível – continuou ele, claramente satisfeito com a atenção que lhe dedicavam – que lorde Newbury agilize o casamento. Ele precisará defender sua honra, e a maneira mais rápida de fazer isso seria copulando com a senhorita.

Annabel recuou, depois se sentiu ainda mais enojada quando o Sr. Grimston a analisou da cabeça aos pés.

– A senhorita parece ser do tipo que procria rápido – concluiu ele.

– De fato – acrescentou lady Twombley.

– Perdão? – disse Annabel rigidamente.

– Ou então – acrescentou o Sr. Grimston – o Sr. Grey vai seduzi-la.

– O quê?

Isso chamou a atenção de Lady Twombley instantaneamente.

– Acredita mesmo nisso, Basil? – indagou ela.

Ele se virou para a amiga, dando as costas para Annabel.

– Ah, com certeza. A senhora consegue pensar num jeito melhor de se vingar do tio?

– Gostaria de pedir que os senhores se retirassem – ordenou Annabel.

– Ah, pensei numa terceira possibilidade! – anunciou lady Twombley, como se Annabel não tivesse acabado de tentar enxotá-la.

O Sr. Grimston era todo ouvidos.

– É mesmo?

– O conde poderia escolher outra noiva, é claro. A Srta. Winslow dificilmente é a única moça solteira em Londres. Ninguém pensaria menos dele por procurar outra pretendente depois do que aconteceu ontem à noite durante a ópera.

– Não aconteceu nada durante a ópera – refutou Annabel.

Lady Twombley a encarou com pena.

– Não importa se aconteceu ou não. A senhorita já deve ter percebido isso, não é?

– Continue, Cressida – pediu o Sr. Grimston.

– É claro – disse ela, como se estivesse oferecendo um presente. – Se lorde Newbury escolher outra pessoa, o Sr. Grey não terá motivo para correr atrás da Srta. Winslow.

– E o que vai acontecer então? – perguntou Annabel, mesmo sabendo que não deveria.

Os dois olharam para ela com a mesma expressão vazia.

– A senhorita será considerada uma pária na sociedade – esclareceu lady Twombley, como se a conclusão fosse um tanto óbvia.

Annabel ficou sem palavras. Não tanto pelo que eles estavam dizendo, e sim pelo modo como o faziam. Os dois invadiram a casa dela – a casa dos avós dela, mas que, naquele momento, também era dela – e a insultaram de todas as maneiras possíveis. O fato de provavelmente estarem corretos em suas previsões só piorava a situação.

– Lamentamos muito que sejamos emissários de notícias tão desagradáveis – murmurou lady Twombley.

– Acho que deveriam ir – retrucou Annabel, de pé.

Ela queria ter dito aquilo de forma bem diferente, mas tinha consciência de que sua reputação estava por um fio e que pessoas como eles – medonhas e desprezíveis – detinham o poder de sacar suas pequenas tesouras e cortá-lo.

– É claro – disse lady Twombley, levantando-se. – A senhorita ficará aborrecida, com certeza.

– Parece ruborizada – acrescentou Grimston. – Embora possa ser efeito do borgonha do seu vestido. Um tom um pouco menos azulado lhe cairia melhor.

– Vou levar isso em consideração – comentou Annabel com firmeza.

– Ah, deveria mesmo, Srta. Winslow – concordou lady Twombley, deslizando em direção à porta. – Basil tem um olhar muito aguçado para a moda. Sem dúvida.

E assim os dois se foram.

Quase.

Eles tinham acabado de chegar ao vestíbulo quando Annabel ouviu a voz da avó. Deus do céu. Annabel olhou para o relógio: dez e meia! Que diabo poderia ter tirado lady Vickers da cama tão cedo?

Annabel passou os dez minutos seguintes de pé diante da porta, testemunhando a avó ouvir a ladainha de Sr. Grimston e lady Twombley. Que alegria, pensou ela, entediada, ter que suportar tudo aquilo novamente. Nos mínimos detalhes. Finalmente, a porta da frente se abriu e se fechou e, um minuto depois, lady Vickers irrompeu na sala.

– Preciso de uma bebida – anunciou ela. – E você também.

Annabel ficou quieta.

– Que dupla ardilosa e irritante, esses dois – disse a avó, virando o conhaque de uma só vez.

Ela se serviu outra dose, tomou um gole e depois serviu uma para Annabel.

– Mas eles estão certos, malditos. Que confusão foi essa em que você se meteu, minha menina?

Annabel molhou os lábios com o conhaque. Bebendo às dez e meia da manhã. O que diria sua mãe?

A avó balançou a cabeça.

– Você foi tola, muito tola. O que estava pensando?

Annabel esperava que fosse uma pergunta retórica.

– Bem, suponho que você não fizesse ideia de que isso pudesse acontecer. – Lady Vickers encheu mais uma vez a taça e se acomodou em sua poltrona preferida. – A sorte é que seu avô é um grande amigo do conde. Ainda vamos conseguir salvar esse casamento.

Annabel assentiu com obediência, desejando…

Desejando...

Apenas desejando. Qualquer coisa. Algo de bom.

– Graças a Deus, Judkins teve o bom senso de me avisar de todas as pessoas que estiveram aqui hoje – prosseguiu a avó. – Vou lhe dizer uma coisa, Annabel, faz muito pouca diferença o tipo de marido que você arranja, mas um bom mordomo vale seu peso em ouro.

Annabel não conseguia sequer começar a pensar em uma resposta.

A avó tomou mais um gole do conhaque.

– Judkins disse que Rebecca e Winifred vieram mais cedo, não foi?

Annabel assentiu, presumindo que a avó se referia a lady Westfield e lady Challis.

– A casa vai ser inundada de gente. Simplesmente inundada – advertiu ela para Annabel, estreitando os olhos. – Espero que você esteja pronta.

Annabel sentiu o desespero se agitando na barriga.

– Não podemos dizer que não estamos em casa?

Lady Vickers bufou.

– Não, não podemos dizer que não estamos em casa. Você se meteu nessa confusão e deve encará-la como uma dama, o que significa manter a cabeça erguida, receber todos os convidados e se lembrar de cada palavra para que possa dissecá-las e analisá-las mais tarde.

Annabel sentou-se, depois ficou de pé quando Judkins entrou, anunciando o próximo grupo de visitantes.

– É melhor terminar esse conhaque – disse a avó. – Você vai precisar.

Capítulo doze

Três dias depois

— Se você não tomar alguma atitude para reparar o que fez, nunca mais vou falar com você.

Sebastian, antes concentrado nos ovos, ergueu o olhar para o rosto magnificamente furioso da esposa do primo. Olivia não costumava ficar irritada e, na verdade, ficava até bonita assim.

Ele apenas preferia que a raiva fosse direcionada a outra pessoa.

Seb olhou para Harry, que estava com o jornal aberto em cima do próprio desjejum. O primo deu de ombros, indicando claramente que aquilo não era problema dele.

Sebastian sorveu um gole de chá, engoliu e depois olhou de novo para Olivia com um semblante cuidadosamente vazio.

– Perdão – disse ele, com animação. – Estava falando comigo?

– Harry! – exclamou ela, deixando escapar um suspiro de indignação.

O marido apenas balançou a cabeça, sem sequer encará-la.

Olivia franziu o cenho de maneira ameaçadora, e Seb se sentiu muito feliz por não estar na pele de Harry mais tarde, quando tivesse que enfrentar a esposa.

Embora Harry parecesse não estar nem um pouco preocupado com isso.

– Sebastian! – disse Olivia severamente. – Está me ouvindo?

Ele piscou, tentando se concentrar no rosto dela.

– Eu presto atenção em cada palavra sua, querida prima. Você sabe disso.

Ela puxou a cadeira e se sentou na frente dele.

– Não quer tomar o desjejum? – perguntou ele delicadamente.

– Depois. Primeiro eu...

– Eu adoraria servi-la – ofereceu ele. – Não deseja ficar sem comer direito no seu estado, não é mesmo?

– Meu estado não é o problema em questão – disse ela, apontando um dedo longo e gracioso na direção dele. – Sente-se.

Seb inclinou a cabeça interrogativamente.

– Eu *estou* sentado.

– Já estava pensando em fugir.

Ele se virou para Harry.

– Como você consegue suportá-la?

Harry ergueu os olhos do jornal pela primeira vez naquela manhã e sorriu maliciosamente.

– Tem suas vantagens – murmurou ele.

– Harry! – reclamou Olivia.

Sebastian ficou satisfeito ao ver que ela havia corado.

– Muito bem – disse ele –, o que eu fiz agora?

– É sobre a Srta. Winslow.

Srta. Winslow. Seb tentou não franzir a testa enquanto pensava nela. O que era irônico, porque ele passara praticamente dois dias franzindo a testa enquanto tentava *não* pensar nela.

– O que tem a Srta. Winslow?

– Você não mencionou que ela estava sendo cortejada pelo seu tio.

– Eu não sabia que ela estava sendo cortejada pelo meu tio.

Será que tinha soado um pouco nervoso? Isso não podia acontecer. Ele precisava ter mais controle de seu semblante e de seu tom.

Houve um momento de silêncio. E então:

– Você deve estar muito bravo com ela – disse Olivia.

– Pelo contrário – rebateu Sebastian, meio indiferente.

Os belos lábios de Olivia se abriram em surpresa.

– Você *não está* bravo com ela?

Seb deu de ombros.

– Ficar bravo requer um imenso gasto de energia. – Ele tirou os olhos do prato, dirigindo a ela um sorriso insípido. – Tenho mais que fazer com meu tempo.

– Ah, tem? Isto é, claro que tem. Mas não acha que…

Sebastian entendeu que precisava fazer algo a respeito daquela pontada de irritação que o atingia. Era bastante desagradável, e ele achava muito mais fácil se esquivar ignorando os sentimentos ruins. Mas, sério, Olivia achava mesmo que ele passava o dia inteiro sentado comendo bombons?

– Sebastian? Você está me ouvindo?

Ele sorriu e mentiu:

– É claro.

Olivia soltou um ruído que parecia algo entre um gemido e um resmungo.

– Muito bem. Você não está bravo com ela, embora, na minha opinião, tenha todo o direito de estar. Ainda assim…

– Se meu tio estivesse correndo atrás de você – interrompeu Sebastian –, não desejaria alguns últimos momentos de alegria? Digo isso sem querer parecer arrogante, apesar de eu ser uma excelente companhia, se assim posso dizer, mas acredito que esse seja um fato incontestável. Sou uma companhia muito mais agradável que Newbury.

– Faz sentido – pontuou Harry.

Olivia fez uma careta.

– Achei que você não estivesse ouvindo.

– Não estou – respondeu Harry. – Estou apenas aqui sentado enquanto meus ouvidos são agredidos.

– Como você consegue suportá-lo? – murmurou Sebastian.

Olivia rangeu os dentes.

– Tem suas vantagens – respondeu ela.

No entanto, Sebastian achava que Harry talvez não tivesse vantagem nenhuma naquela noite.

– Então é isso – disse Sebastian a Olivia. – Eu a perdoo. Ela deveria ter me contado, mas também entendo por que não contou e suspeito que qualquer um de nós teria feito o mesmo.

Houve uma pausa e, em seguida, Olivia comentou:

– É muito gentil da sua parte.

Ele deu de ombros.

– Não é bom para a saúde guardar rancor. Basta olhar para Newbury. Ele não seria tão gordo nem tão vermelho se não me odiasse tanto.

Sebastian se voltou para o desjejum imaginando como Olivia rebateria seus argumentos.

Ela esperou aproximadamente dez segundos antes de continuar:

– Fico aliviada em saber que você não nutre rancor contra ela. Como eu disse, ela precisa da sua ajuda. Depois da sua pequena cena no White's…

– O quê? – retrucou Sebastian, se segurando para não bater com a mão na mesa. – Espere um minuto. Não fui eu que fiz uma cena. Se quer responsabilizar alguém, vá atrás do meu tio.

– Tudo bem, me desculpe – disse Olivia, com desconforto suficiente para que ele acreditasse nela. – Foi sem dúvida obra do seu tio, eu entendo, mas sinto muito. A Srta. Winslow se encontra em uma situação terrível, e você é a única pessoa que pode salvá-la.

Sebastian comeu e limpou cuidadosamente a boca. Havia pelo menos dez coisas implícitas no que Olivia dissera às quais ele poderia se opor, se fosse o tipo de cavalheiro que se opunha a declarações de mulheres irritadas.

Um: A situação da Srta. Winslow não era tão terrível assim, porque **dois**: ela estava aparentemente muito perto de se tornar a condessa de Newbury, título que **três**: vinha com todo tipo de fortuna e prestígio, apesar de também vir acompanhado pelo conde de Newbury, que ninguém jamais poderia considerar um prêmio.

Para não mencionar que **quatro**: era Sebastian quem estava com o olho roxo e **cinco**: também era o único em cujo rosto haviam atirado bebida, tudo porque **seis**: a Srta. Winslow não achara oportuno lhe contar que estava sendo cortejada pelo tio dele, apesar de **sete**: saber muito bem da relação entre os dois, afinal **oito**: quase desmaiara de choque quando ele lhe disse seu nome aquela noite no bosque.

Talvez ele devesse se concentrar mais na segunda parte da declaração de Olivia, algo sobre ele ser a única pessoa que poderia salvar a Srta. Winslow. Porque **nove**: ele não entendia o sentido dessa afirmação e **dez**: não via por que deveria se importar.

– E então? – exigiu Olivia. – Tem alguma coisa a dizer sobre o assunto?

– Várias, na verdade – respondeu ele serenamente.

Sebastian se voltou para a comida. Depois de um instante, ergueu novamente o olhar. Olivia segurava a mesa com tanta força que os nós dos dedos estavam ficando brancos e a expressão em seu rosto...

– Cuidado aí – murmurou ele. – Você vai talhar o leite.

– Harry! – gritou ela bem alto.

Harry baixou o jornal.

– Embora eu aprecie o fato de você ter solicitado a minha opinião, estou certo de que não posso ajudar em nada. Duvido até que eu seja capaz de reconhecer a Srta. Winslow se esbarrasse com ela na rua.

– Você passou uma noite inteira com ela no camarote – rebateu Olivia, incrédula.

Harry pensou um pouco.

– Acredito que eu seja capaz de reconhecer a nuca dela, já que foi esse o ângulo que ela me ofereceu.

Sebastian riu, mas logo se conteve. Olivia não estava achando graça *nenhuma*.

– Ah, muito bem – disse ele, juntando as mãos na direção dela em súplica. – Explique por que tudo isso é culpa minha e o que eu posso fazer para consertar a situação.

Olivia o encarou por um segundo que pareceu uma eternidade antes de calmamente concluir:

– Me alegra que você tenha perguntado.

Harry engasgou. Provavelmente com uma risada. Sebastian torceu para que tivesse sido com a língua.

– Tem ideia do que as pessoas estão falando a respeito da Srta. Winslow? – indagou Olivia.

Como Sebastian havia passado os últimos dois dias enfurnado em seus aposentos, trabalhando para tirar a fictícia Srta. Spencer da cama fictícia de seu escocês, ele não sabia de fato o que as pessoas estavam falando sobre a Srta. Winslow.

– Tem? – insistiu Olivia.

– Não, não tenho ideia – admitiu ele.

– Estão falando... – Ela se inclinou para a frente, e sua expressão era tal que Sebastian não conseguiu evitar recuar. – Estão falando que é apenas uma questão de tempo até que você a seduza.

– Ela não seria a primeira dama sobre quem falam isso – apontou Seb.

– É diferente – disse Olivia entre dentes –, e você sabe disso. A Srta. Winslow não é uma de suas viúvas alegres.

– Eu realmente adoro uma boa viúva alegre – murmurou ele, só porque sabia que isso a irritaria.

– As pessoas estão falando – resmungou ela – que você quer arruinar a vida dela apenas para atrapalhar os planos de seu tio.

– Posso garantir que não é essa minha intenção – comentou Sebastian – e espero que o resto da sociedade descubra isso assim que perceber que eu nem sequer tentei.

Nem pretendia tentar. Sim, ele gostava bastante da Srta. Winslow e, sim, havia passado muito tempo acordado refletindo sobre as inúmeras maneiras de amarrá-la a uma cama, mas não tinha absolutamente nenhuma intenção de levar adiante essa fantasia. Ele poderia tê-la perdoado, mas não faria mais nenhum tipo de contato. Para ele, se Newbury a queria, que fizesse bom proveito.

Foi o que ele disse a Olivia, embora com um pouco mais de delicadeza. Isso, no entanto, só fez com que ele recebesse um olhar furioso, seguido por:

– Newbury *não* a quer mais. Esse é o problema.

– Problema para quem? – perguntou Seb, desconfiado. – Se eu fosse a Srta. Winslow, veria isso como algo mais próximo de uma solução.

– Você não é a Srta. Winslow e, além disso, não é uma dama.

– Graças a Deus – disse ele, sem demonstrar qualquer sentimento.

Ao seu lado, Harry bateu três vezes no tampo da mesa.

Olivia fez uma careta para os dois.

– Se você fosse uma dama – continuou ela –, entenderia que isso é um desastre. Lorde Newbury não a visitou nem uma única vez desde que se desentendeu com você no clube.

As sobrancelhas de Sebastian se ergueram.

– É mesmo?

– Sim. E você sabe *quem* a visitou?

– Não sei – respondeu ele, porque duvidava que ela não fosse contar.

– Todo mundo. Todo mundo!

– Com certeza, uma sala de visitas bastante movimentada – murmurou ele.

– Sebastian! Você sabe quem "todo mundo" inclui?

Ele cogitou dar uma resposta sarcástica, depois decidiu, por motivos de pura autopreservação, que deveria segurar a língua.

– Cressida Twombley – revelou Olivia com um sibilo. – E Basil Grimston. Eles já estiveram lá três vezes.

– Três ve… Como você *sabe*?

– Eu sei de tudo – retrucou Olivia com desdém.

Nisso ele acreditava. Se Olivia tivesse estado na cidade antes de encontrar a Srta. Winslow no parque, nada daquilo teria acontecido. Ela saberia que Annabel Winslow era prima de lady Louisa. Provavelmente saberia a data de aniversário dela e também a cor favorita. Certamente saberia que a Srta. Winslow era neta dos Vickers e, portanto, a presa de seu tio.

E Sebastian teria se mantido muito, muito longe dela. O beijo no bosque não teria passado de uma vaga (embora agradável) lembrança. Ele definitivamente não teria aceitado o convite para a ópera e não teria se sentado ao lado dela... e não saberia que os olhos dela – de um cinza tão límpido e claro – ganhavam um tom de verde quando ela se vestia com essa cor. Ele não saberia que suas opiniões eram semelhantes às dele nem que ela mordia o lábio inferior quando estava pensando. Ou que ela não era muito boa em ficar parada.

Ou que ela exalava um leve perfume de violeta.

Se ele soubesse antes quem ela era, nenhuma dessas informações desagradáveis atravessaria sua cabeça, ocupando um espaço que deveria ser ocupado com coisas mais importantes. Como uma análise completa das diferenças entre os estilos *roundarm* e *underarm* no críquete. Ou a redação precisa do Soneto 103 de Shakespeare, "Ah! Que pobreza traz a minha Musa", que havia pelo menos um ano ele recitava errado para si mesmo.

– A Srta. Winslow se tornou motivo de chacota – disse Olivia –, e isso não é justo. Ela não fez nada de errado.

– Nem eu – pontuou Sebastian.

– Mas você tem o poder de consertar as coisas. Ela não.

– Ah! Que pobreza traz a minha Posição – murmurou ele.

– O quê? – disse Olivia, impaciente.

Ele abanou a mão, ignorando seu comentário anterior. Não valia a pena tentar explicar. Em vez disso, Sebastian olhou fundo nos olhos dela e perguntou:

– O que você gostaria que eu fizesse?

– Faça uma visita a ela.

Sebastian se virou para Harry, que ainda fingia ler o jornal.

– Ela não acabou de dizer que Londres inteira acha que eu pretendo seduzir a moça?

– Sim, ela disse – confirmou Harry.

– Meu *Deus* – blasfemou Olivia, com tanto furor que fez os dois homens se assustarem. – Vocês dois são tão obtusos...

Eles a encararam, o próprio silêncio confirmando a declaração dela.

– Neste momento, parece que você *e* o conde a abandonaram. Pelo andar da carruagem, o conde não a quer mais e você também não. Só Deus sabe o motivo das risadinhas que as damas da sociedade tentam disfarçar.

Sebastian podia imaginar muito bem. A maioria delas diria que a Srta. Winslow fora longe demais. A sociedade adorava assistir à humilhação pública de uma mulher.

– Neste momento, as pessoas estão indo à casa dela por mera curiosidade – relatou Olivia. – E *também* – acrescentou ela, estreitando os olhos – por crueldade. Mas não se engane, Sebastian. Quando tudo isso acabar, ela ficará sozinha. A menos que você faça a coisa certa *agora*.

– Por favor, não me diga que a coisa certa envolve um pedido de casamento – disse ele.

Por mais agradável que a Srta. Winslow fosse, ele não achava que havia se comportado de maneira a justificar tal atitude.

– Claro que não – retrucou Olivia. – Você precisa apenas visitá-la. Mostre à sociedade que ainda a acha encantadora. E aja de maneira apropriada. Se fizer algo que dê qualquer indício de sedução, ela estará arruinada.

Sebastian estava prestes a fazer um de seus comentários impertinentes, mas uma pequena pontada de indignação começou a incomodá-lo e, quando ele abriu a boca, não era mais possível negar.

– Por que as pessoas... pessoas que, devo acrescentar, me conhecem há anos, talvez décadas... acreditam que eu seja o tipo de cavalheiro capaz de seduzir uma jovem inocente por vingança? – perguntou ele.

Ele aguardou um momento, mas Olivia não tinha uma resposta. Aparentemente nem Harry, que havia desistido de qualquer possibilidade de ler seu jornal.

– É uma pergunta séria – insistiu Sebastian, irritado. – Em algum momento eu me comportei de modo a sugerir uma coisa dessas? Por favor, me diga o que fiz para me tornar um vilão predador. Devo confessar que estou um tanto confuso. Sabia que eu nunca, nem uma *única vez*, dormi com uma virgem? – Ele dirigiu o comentário a Olivia, tentando chocar e ofender. – Nem quando *eu* era virgem.

– Já chega, Sebastian – intercedeu Harry calmamente.

– Não, eu não acho que chega. Fico me perguntando o que as pessoas pensam que eu planejo fazer com a Srta. Winslow depois de seduzi-la. Abandoná-la? Matá-la e jogar o corpo no Tâmisa?

Por um momento, Harry e Olivia não conseguiram fazer nada além de observar. Era o mais perto que Sebastian chegara de levantar a voz desde...

Desde...

Desde sempre. Mesmo Harry, que o conhecia desde a infância e havia passado pela escola e pelo Exército com ele, nunca o ouvira levantar a voz.

– Sebastian – disse Olivia gentilmente.

Ela estendeu a mão sobre a mesa para colocá-la sobre a dele, mas ele a afastou.

– É isso que você pensa de mim? – indagou ele.

– Não! – exclamou ela, seus olhos se enchendo de horror. – Claro que não. A questão é que eu *conheço* você. E... Aonde você vai?

Ele já havia se levantado e andava rapidamente em direção à porta.

– Visitar a Srta. Winslow – despejou ele.

– Não vá *desse* jeito – disse ela, pulando da cadeira.

Sebastian parou e a encarou.

– Eu... hã...

Olivia olhou para Harry, que também se levantou. Ele respondeu à pergunta silenciosa da mesma maneira, apenas erguendo uma sobrancelha e indicando a porta com a cabeça.

– Talvez seja melhor que eu vá com você – argumentou Olivia, engolindo em seco, e rapidamente colocou a mão no braço de Sebastian. – Parece mais adequado, não acha?

Sebastian assentiu bruscamente, mas a verdade era que ele não sabia mais o que pensar. Ou talvez simplesmente não se importasse.

Capítulo treze

— Conhaque? – ofereceu lady Vickers, segurando uma taça.

Annabel recusou. Depois da segunda manhã recebendo visitas junto da avó (que não era capaz de enfrentar nada antes do meio-dia sem a devida libação), ela havia aprendido que era melhor beber apenas limonada e chá até a hora do jantar.

– Vai me dar dor de estômago – justificou ela.

– Isso? – perguntou lady Vickers, olhando a taça com espanto. – Que estranho. Isso faz com que eu me sinta positivamente serena.

Annabel assentiu. Não havia outra maneira de responder. Ela passara mais tempo com a avó nos últimos dias do que no mês anterior. Quando lady Vickers a aconselhara a aceitar o escândalo como uma dama, também estava se referindo a si mesma e, aparentemente, isso significava ficar grudada à neta.

Annabel percebeu que era a demonstração de amor mais tangível que sua avó já tinha lhe dado.

– Bem, vou lhe dizer uma coisa – proclamou lady Vickers. – Embora seja por conta de um escândalo, tenho visto mais amigos do que em anos.

Amigos? Annabel deu um sorriso hesitante.

– Talvez agora diminua – prosseguiu lady Vickers. – Foram 33 visitantes no primeiro dia, 39 no segundo e apenas 26 ontem.

Annabel ficou de queixo caído.

– A senhora está contando?

– Claro que estou contando. O que *você* tem feito esses dias?

– Bem… Fico sentada encarando a situação como uma dama?

A avó riu.

– Você provavelmente não achava que eu fosse capaz de contar até essas cifras.

Annabel engasgou e gaguejou, e começou a se arrepender de ter recusado o conhaque.

– *Pfff...* – resmungou lady Vickers, abanando a mão em desdém. – Tenho vários talentos ocultos.

Annabel assentiu, mas não sabia ao certo se gostaria que os outros talentos da avó viessem à tona. Isto é, tinha certeza de que não gostaria.

– Uma dama deve ter sua própria reserva de segredos e força – continuou sua avó. – *Acredite em mim.* – Ela tomou um gole de sua bebida, soltou um suspiro de satisfação e tomou outro. – Quando você se casar, vai entender o que estou dizendo.

Noventa e oito visitantes, Annabel pensou, fazendo a soma de cabeça. Noventa e oito pessoas tinham ido até a residência dos Vickers, ansiosas para testemunhar o escândalo de perto. Ou para divulgá-lo. Ou para lhe informar quanto havia sido divulgado.

Uma situação terrível.

Noventa e oito pessoas. Ela desabou.

– Sente-se direito! – exclamou sua avó.

Annabel obedeceu. Talvez não tivessem sido exatamente 98. Algumas pessoas haviam ido mais de uma vez. Lady Twombley tinha ido *todos os dias*.

E por onde andava o Sr. Grey no meio de tudo aquilo? Ninguém parecia saber. Ele não fora visto desde a briga no clube. Annabel tinha quase certeza de que a história era verdadeira, porque lhe contaram aquilo nada menos que 98 vezes.

Annabel não estava irritada com o Sr. Grey. Não tinha sido culpa dele. Ela deveria ter lhe dito que estava sendo cortejada pelo tio. Era *ela* quem poderia ter evitado o escândalo. Essa era a pior parte. Ela passara os últimos três dias inteiros se sentindo envergonhada, zangada e insignificante, e não havia ninguém para culpar além de si mesma. Se tivesse contado a verdade, ainda que não no momento em que soube o nome dele, mas pelo menos quando se encontraram no Hyde Park...

– Visitantes, minha senhora – anunciou o mordomo.

– Os primeiros do dia – disse lady Vickers secamente... ou ironicamente? – Quem são, Judkins?

– Lady Olivia Valentine e o Sr. Grey.

– Já não era sem tempo – resmungou lady Vickers.

Quando Judkins apareceu com os visitantes, ela comentou novamente:

– Já não era sem tempo. Por que demorou tanto?

Annabel queria morrer de humilhação.

– Fiquei doente – respondeu o Sr. Grey delicadamente, com um sorriso irônico que se retorcia na direção do olho.

O olho dele. Estava horrível. Um círculo extremamente avermelhado, um pouco inchado, com um hematoma azulado que se espalhava do meio para fora. Annabel arfou alto; não conseguiu evitar.

– Pareço uma figura bastante assustadora de se ver – murmurou ele, pegando a mão dela e se inclinando para beijá-la.

– Sr. Grey – cumprimentou ela –, sinto muito pelo seu olho.

Ele se endireitou.

– Eu até que gosto. Tenho a impressão de que estou o tempo todo dando uma piscadela.

Annabel esboçou um sorriso, depois se conteve.

– Uma piscadela medonha – concordou ela.

– E eu achando que estava elegante – suspirou ele.

– Sentem-se – ordenou lady Vickers, apontando para o sofá.

Annabel começou a andar até o local, mas a avó disse:

– Não. Ele. Você fica ali. – Então gritou para o mordomo: – Judkins, não vamos receber mais *ninguém*! – E bateu a porta com força.

Depois que terminou de conduzir cada um aos lugares que havia determinado, lady Vickers não perdeu tempo em dar início à conversa:

– O que planeja fazer? – perguntou ela, dirigindo-se não ao Sr. Grey, mas à prima dele, que até então permanecera em silêncio.

Lady Olivia não se abalou. Estava claro que não tomara decisão alguma sobre os dois envolvidos, que deveriam ser capazes de administrar o próprio escândalo.

– É por isso que estamos aqui – disse ela de pronto. – Meu primo está perplexo com o dano potencial à reputação de sua neta e sente muitíssimo por qualquer participação que possa ter tido.

– É bom que sinta mesmo – retrucou lady Vickers com acidez.

Annabel lançou um olhar para o Sr. Grey. Para seu alívio, ele parecia estar se divertindo. Talvez até um pouco entediado.

– É claro – disse lady Olivia suavemente – que seu envolvimento foi inadvertido. Como todos sabemos, lorde Newbury deu o primeiro golpe.

– O *único* golpe – interveio o Sr. Grey.

– Sim – concordou lady Vickers, demonstrando sua aceitação com um amplo movimento do braço. – Quem poderia culpar o conde? Ele deve ter ficado chocado. Conheço Newbury há décadas. É um homem extremamente sensível.

Annabel quase bufou alto. Ela encarou o Sr. Grey, para ver se ele sentia o mesmo. No instante em que fez isso, os olhos dele se arregalaram, alarmados.

Espere um momento… *alarmados*?

O Sr. Grey engoliu em seco.

– Sim – disse lady Vickers dando um suspiro forçado –, mas agora o casório corre risco. Queríamos muito um conde para Annabel.

– *Uau!*

Annabel e lady Olivia olharam para o Sr. Grey, que, se os ouvidos de Annabel não a enganavam, tinha acabado de soltar um gritinho. Ele sorriu de um jeito forçado, parecendo bastante constrangido como ela jamais o vira. Não que o tivesse visto tantas vezes, mas ele dava a impressão de ser o tipo de cavalheiro que sempre se sentia confortável com seus atos.

Ele se remexeu na cadeira.

Annabel olhou para baixo.

E viu a mão da avó pousar na coxa dele.

– Chá! – ela praticamente gritou, pondo-se de pé. – Precisamos de um chá. Vocês não acham?

– *Eu* acho – respondeu o Sr. Grey, animado, aproveitando a oportunidade para se afastar alguns centímetros de lady Vickers e se manter distante o suficiente para que ela não pusesse as mãos nele com tanto descaramento.

– Eu adoro chá – balbuciou Annabel, indo em direção ao sino para tocá-lo. – Vocês não? Minha mãe sempre diz que é impossível resolver qualquer coisa sem um bule de chá.

– E o contrário é verdadeiro? – perguntou o Sr. Grey. – É possível resolver qualquer coisa *com* um?

– Em breve descobriremos, não é mesmo?

Annabel viu, horrorizada, a avó ir até ele.

– Ah, *meu Deus!* – exclamou lady Vickers, com um tom visivelmente enfático demais. – Ficou preso. Sr. Grey, se importaria de me ajudar com isto?

Ela segurou a corda da campainha, tomando cuidado para não puxá-la.

Ele praticamente deu um pulo do sofá.

– Eu adoraria. As senhoras me conhecem – disse ele às outras damas. – Eu *vivo* para resgatar donzelas em perigo.

– É por isso que estamos aqui – disse lady Olivia suavemente.

– Cuidado – disse Annabel enquanto ele pegava a corda das mãos dela. – É melhor não puxar forte demais.

– Claro que não – murmurou ele, e depois mexeu a boca novamente, mas sem emitir nenhum som: – *Obrigado*.

Eles ficaram ali por um instante e, confiantes em que a avó e lady Olivia estavam envolvidas em outra conversa, Annabel disse:

– Sinto muito pelo seu olho.

– Ah, isto? – disse ele, fazendo um gesto com a mão como se não fosse nada importante.

Ela engoliu em seco.

– Eu também sinto muito por não ter dito nada. Foi uma péssima atitude a minha.

O Sr. Grey deu de ombros e fez uma expressão de desdém.

– Se eu estivesse sendo cortejado pelo meu tio, acho que também não falaria.

Ela teve a sensação de que deveria rir, mas tudo o que sentiu foi um terrível desespero. Conseguiu dar um sorriso, um não muito bom, e falou...

Nada. Aparentemente, sorrir era o máximo que ela conseguia fazer.

– A senhorita vai se casar com ele? – perguntou o Sr. Grey.

Annabel olhou para os pés.

– Ele não pediu.

– Ele vai pedir.

Ela tentou não responder. Tentou pensar em outra coisa para dizer, qualquer coisa para mudar de assunto sem parecer tão óbvio. Mexeu-se ligeiramente, depois olhou na direção do relógio, e então...

– Ele quer um herdeiro – comentou o Sr. Grey.

– Eu sei – confirmou ela calmamente.

– Ele precisa de um, e logo.

– Eu sei.

– A maioria das jovens ficaria lisonjeada com a consideração dele.

Ela deu um suspiro.

– Eu sei. – E então ergueu os olhos e sorriu. Era um daqueles sorrisos de nervosismo. – Eu estou... – disse ela, e engoliu em seco. – Estou lisonjeada.

– Claro que está – murmurou ele.

Annabel ficou parada, tentando não bater o pé no chão. Outro desses hábitos que sua avó detestava. Mas era *muito difícil* ficar parada quando não se sentia bem.

– É um ponto passível de discussão – comentou ela às pressas. – Ele não apareceu por aqui. Suspeito que esteja em busca de outra pretendente.

– Pelo que espero que a senhorita esteja agradecida – retrucou o Sr. Grey, baixinho.

Ela não respondeu. Não conseguiu. Porque *estava* agradecida. Mais do que isso, estava aliviada. E se sentia extremamente culpada por isso. O casamento com o conde teria salvado toda a sua família. Ela não deveria se sentir agradecida. Deveria estar devastada pelo fato de o casório ter ido por água abaixo.

– Sr. Gre-ey! – entoou a avó dela do outro lado da sala.

– Lady Vickers – respondeu ele, solícito, indo em direção ao sofá, mas sem se sentar.

– Achamos que o senhor deveria cortejar minha neta – anunciou ela.

Annabel sentiu a pele ficar da cor de um tomate e adoraria ter se escondido debaixo de uma cadeira. Diante do pânico, ela se apressou em exclamar:

– Ah, vovó, a senhora não pode estar falando sério! – Então se virou para o Sr. Grey: – Ela não está falando sério.

– Estou, sim – rebateu a avó de forma sucinta. – É a única saída.

– Não, não, Sr. Grey – disse Annabel, absolutamente mortificada por ele ter sido condenado a cortejá-la. – Por favor, não pense…

– Eu sou tão ruim assim? – indagou ele secamente.

– Não! Não. Quero dizer, o senhor sabe que não é.

– Bem, eu esperava que não… – murmurou ele.

Annabel olhou para a avó e para lady Olivia em busca de ajuda, mas elas não lhe ofereceram nenhuma.

– Nada disso é culpa sua – retrucou Annabel com firmeza.

– No entanto – disse ele com afetação –, eu não posso ficar parado enquanto uma donzela está em perigo. Que tipo de cavalheiro eu seria?

Annabel olhou para lady Olivia. Ela estava sorrindo de um jeito que a deixou assustada.

– Nada *sério*, é claro – explicou lady Vickers. – Só para manter as aparências. Vocês poderiam sustentar o relacionamento até o fim do mês. Um relacionamento amigável, é claro. – A avó sorriu, maliciosa. – Odiaríamos se o Sr. Grey não se sentisse bem-vindo aqui na residência dos Vickers.

Annabel arriscou olhar para o cavalheiro em questão. Ele parecia ter o estômago embrulhado.

– Por favor, sente-se novamente – disse lady Vickers, dando um tapinha na almofada ao lado dela no sofá. – O senhor faz com que eu me sinta a anfitriã mais incompetente de todas.

– Não! – explodiu Annabel, sem conseguir ponderar a repercussão daquela única palavra.

– Não? – ecoou a voz de sua avó.

– Deveríamos sair para um passeio – sugeriu Annabel.

– Deveríamos? – perguntou o Sr. Grey. – Ah, sim, deveríamos.

– Deveriam, definitivamente – disse lady Olivia.

– O tempo está ótimo – disse Annabel.

– Todo mundo vai nos ver e pensar que a estou cortejando – concluiu o Sr. Grey, pegando o braço de Annabel com entusiasmo, e anunciou: – Estamos partindo, então!

Eles saíram do aposento às pressas, sem pronunciar uma única palavra até chegarem à escada da frente da casa, quando o Sr. Grey se virou para ela e disse um sincero:

– Obrigado.

– Foi um prazer – respondeu Annabel, os pés tocando com leveza na calçada.

Ela se virou e sorriu.

– Eu *vivo* para resgatar cavalheiros em perigo.

Capítulo catorze

Antes que Sebastian pudesse lhe dar uma resposta adequadamente concisa, a porta da residência dos Vickers se abriu e Olivia surgiu. Ele olhou para ela e arqueou uma sobrancelha.

– Serei sua dama de companhia – explicou ela, e, antes que ele pudesse abrir a boca, acrescentou: – A aia da Srta. Winslow está de folga hoje, então era eu ou lady Vickers.

– Estamos muito felizes por tê-la aqui – retrucou ele com firmeza.

– O que foi que aconteceu lá dentro? – perguntou Olivia, descendo até a calçada.

Sebastian se virou para a Srta. Winslow, que olhava fixamente para uma árvore.

– Não existe a menor possibilidade de eu falar sobre isso – disse ele, voltando-se para Olivia. – É doloroso demais.

Ele pensou ter ouvido a Srta. Winslow bufar. Gostava mesmo do senso de humor dela.

– Muito bem – concordou Olivia, gesticulando como se enxotasse algo no ar. – Podem ir na frente. Vou ficar um pouco para trás, acolitando vocês.

– Essa palavra existe? – indagou Sebastian. Após o incidente envolvendo a palavra *escopo*, ela não tinha o direito de cometer nenhum erro de vocabulário.

– Se não existe, deveria – respondeu Olivia.

Sebastian tinha uma série de respostas concisas na manga, mas infelizmente todas envolviam revelar sua identidade secreta. Como seria incapaz de permitir que aquele comentário passasse sem dizer *nada* para Olivia, ele se virou para a Srta. Winslow e falou:

– Esta é a primeira vez dela.

– A primeira vez...?

A Srta. Winslow encarou Olivia com uma expressão inquisidora.

– Como dama de companhia – esclareceu ele, pegando o braço da Srta. Winslow. – Ela vai tentar impressioná-la.

– Eu estou ouvindo!

– Claro que está – concordou ele, então se inclinou um pouco mais na direção da Srta. Winslow e sussurrou em seu ouvido: – Vamos ter que trabalhar duro para nos livrar dela.

– Sebastian!

– Relaxe, Olivia – falou ele, alto. – E fique aí atrás.

– Isso não parece certo – disse a Srta. Winslow.

Seus lábios se franziram de um jeito adorável, e Seb se viu ponderando todas as maneiras de aquele beicinho ganhar um formato um pouco mais sedutor. Ou *seduzível*.

– O quê? – murmurou ele.

– Ela não é nenhuma tia solteirona – argumentou Annabel. – Lady Olivia, por favor. Junte-se a nós.

– Tenho certeza de que não é o que Sebastian quer – retrucou Olivia, mas ele percebeu que ela apertou o passo para se aproximar. – Não se preocupe, Seb. Lady Vickers me deu um jornal. Encontrarei um banquinho confortável e vocês dois poderão passear por onde desejarem.

Ela estendeu o jornal, com a intenção de que ele o carregasse, e assim foi. Sebastian nunca discutia, a menos que fosse absolutamente necessário. Os três seguiram o caminho até o parque, conversando sobre nada em particular, e, fiel à sua palavra, Olivia logo encontrou um banco e passou a ignorá-los. Ou, pelo menos, fez um belíssimo trabalho fingindo ignorá-los.

– Vamos dar uma volta? – perguntou ele à Srta. Winslow. – Podemos imaginar que esta é uma sala de visitas extremamente grande e percorrer todo o seu perímetro.

– Eu adoraria.

A Srta. Winslow olhou para Olivia, que lia o jornal.

– Ah, ela está de olho em nós, não se preocupe – disse ele.

– Acha mesmo? Ela parece bastante absorta.

– Pode ter certeza de que minha querida prima é capaz de ler o jornal e nos espiar ao mesmo tempo. Provavelmente poderia pintar uma aquarela e reger uma orquestra também. – Ele acenou com a cabeça em direção à Srta. Winslow em saudação e, em seguida, acrescentou: – Eu aprendi que as mulheres conseguem fazer pelo menos seis coisas sem uma única pausa para respirar.

– E os homens?

– Ah, somos uns cabeças de vento. É um milagre que consigamos andar e conversar ao mesmo tempo.

Ela riu e apontou para os pés dele.

– Aparentemente, o senhor está se saindo bem. É admirável.

Sebastian fingiu surpresa.

– Ora, veja só. Parece que estou mesmo melhorando.

Ela riu de novo, um som adorável e gutural. Ele sorriu para ela, já que era o que se fazia quando uma dama ria, e, por um momento, esqueceu onde se encontrava. As árvores, a grama, o mundo inteiro simplesmente desapareceu. Tudo que ele via era o rosto dela, o sorriso e os lábios, tão carnudos e rosados, tão deliciosamente curvados nos cantos.

Seu corpo começou a vibrar com uma sensação leve e inebriante. Não era luxúria nem mesmo desejo – ele conhecia esses sentimentos com precisão. Era algo diferente. Euforia, talvez. Ou expectativa, embora ele não soubesse ao certo de quê. Os dois estavam apenas caminhando pelo parque. Ainda assim, Sebastian não conseguia se livrar da sensação de que estava esperando por algo bom.

Era uma sensação maravilhosa.

– Gostei de ter sido salvo – afirmou ele enquanto passeavam tranquilamente em direção à Stanhope Gate.

O tempo estava bom, a Srta. Winslow era adorável e os ouvidos de Olivia se encontravam fora do alcance deles.

O que mais um homem poderia desejar em uma tarde?

Se bem que ainda não tinha passado do meio-dia. Ele olhou para o céu. Ainda era manhã.

– Sinto muito pela minha avó – disse a Srta. Winslow com profunda sinceridade.

– Não, não. A senhorita não sabe que não deve mencionar essas coisas? Ela deu um suspiro.

– Sério? Não posso nem pedir desculpas?

– Claro que não. – Ele sorriu para ela. – Deve varrê-las para debaixo do tapete e torcer para que eu não tenha notado.

As sobrancelhas dela se ergueram, em dúvida.

– Que a mão dela estava na sua... hã...

Ele abanou a mão, embora na verdade estivesse achando graça de ela estar ruborizada.

– Não me lembro de nada.

Por um instante, o rosto dela ficou completamente inexpressivo, depois a Srta. Winslow apenas balançou a cabeça.

– A sociedade londrina me deixa confusa.

– Não faz sentido, de fato – concordou ele.

– Basta olhar para a *minha* situação.

– Eu sei. É uma pena. Mas é assim que as coisas funcionam. Se eu não quiser a senhorita e meu tio também não – nesse exato momento ele a encarou, tentando divisar alguma decepção –, então ninguém mais vai querer.

– Não, isso eu entendo – comentou ela. – Acho absurdamente injusto...

– Sem dúvida – interferiu ele.

– ... mas entendo. Ainda assim, suspeito que existam inúmeras sutilezas que desconheço por completo.

– Ah, com certeza. Por exemplo, os papéis que desempenhamos aqui no parque... Há detalhes que devem ser reproduzidos com precisão.

– Não tenho ideia do que o senhor está falando.

Sebastian mudou de posição de modo a ficar de frente para ela.

– Tudo depende de como eu olho para a senhorita.

– Perdão?

Ele sorriu, olhando para o rosto dela apaixonadamente.

– Mais ou menos assim – murmurou ele.

Ela entreabriu os lábios e, por um instante, não conseguiu respirar.

Ele adorava poder fazer isso com ela. Quase tanto quanto adorava *saber* que ela não conseguia respirar quando ele fazia isso com ela. Deus, como era bom ser capaz de ler as mulheres!

– Não, não – advertiu ele. – A senhorita não pode *retribuir* esse olhar.

Ela piscou, atordoada.

– O quê?

Ele se aproximou mais um pouco e sussurrou:

– As pessoas estão nos observando.

Os olhos dela se arregalaram, e ele notou o momento exato em que o cérebro dela voltou a prestar atenção. Ela tentou disfarçar enquanto olhava para a esquerda, depois para a direita, e então, devagar e confusa, de volta para ele. Na verdade, não tinha ideia do que estava fazendo.

– A senhorita é uma péssima atriz – criticou ele.

– Estou totalmente perdida – admitiu ela.

– Porque não tem ideia do que está fazendo – concluiu ele com delicadeza.
– Permita-me ajudá-la: nós estamos no parque.

Annabel arqueou uma sobrancelha.

– Estou ciente disso.

– Cerca de cem dos nossos conhecidos mais próximos também estão.

Ela virou a cabeça novamente, dessa vez em direção à Rotten Row, onde alguns grupinhos de damas fingiam não observá-los.

– Não seja tão indiscreta – pediu ele, acenando para cumprimentar a Sra. Brompton e sua filha Camilla, que sorriam como se dissessem *Podemos nos cumprimentar, mas talvez não devêssemos conversar.*

Annabel estava irritada; sério, quem olhava para alguém daquele jeito? Mas não pôde deixar de se parabenizar por ter interpretado com sucesso uma expressão multifacetada.

Por mais rude que aquilo pudesse ser.

– A senhorita parece irritada – comentou Sebastian.

– Não estou.

Bem, talvez sim.

– Entende o que estamos fazendo? – verificou ele.

– Acho que sim – murmurou ela.

– Deve ter notado que a senhorita se tornou objeto de especulação – disse ele.

Annabel lutou contra o desejo de bufar.

– Pode-se dizer que sim.

– Por que sinto uma pitada de sarcasmo em sua voz, Srta. Winslow?

– É apenas uma pitada.

Ele ia dar uma risadinha, mas não deu. Ela percebeu que ele sempre reagia assim: achava graça de tudo. Era um dom raro, e provavelmente explicava por que todo mundo gostava de estar perto dele. Ele era alegre, e era bom ficar perto de uma pessoa alegre. Talvez a alegria fosse contagiosa. Talvez fosse como um resfriado. Ou o cólera.

Contagioso. Ela gostava disso. Ser contagiada pela alegria.

Ela sorriu. Não pôde evitar. Olhou para ele, porque também não pôde evitar, e ele a encarou com curiosidade. Sebastian estava prestes a fazer uma pergunta, provavelmente por que ela havia começado a sorrir de repente, quando…

Annabel deu um pulo.

– Isso foi um tiro?

Ele não respondeu. Quando ela o olhou de perto, percebeu que o homem estava terrivelmente pálido.

– Sr. Grey? – Ela colocou a mão no braço dele. – Sr. Grey? O senhor está bem?

Ele continuou calado. Annabel sentiu que seus olhos se arregalavam e, embora soubesse que não era possível que ele tivesse sido baleado, viu-se analisando-o na expectativa de encontrar algum sangue.

– Sr. Grey? – chamou ela outra vez, já que nunca o vira daquele jeito.

Embora não pudesse considerá-lo um conhecido de longa data, Annabel sabia que havia algo terrivelmente errado. O rosto dele estava imóvel e tenso, e seus olhos estavam em outro lugar.

Ainda estavam grudados nas respectivas órbitas, mas fixavam um ponto além do ombro dela. Era como se ele não estivesse ali.

– Sr. Grey? – repetiu Annabel, e dessa vez beliscou de leve o braço dele, tentando acordá-lo.

Ele deu um pulo e virou a cabeça na direção dela. Encarou-a por alguns segundos até que ela tivesse a certeza de que ele realmente a via, então piscou várias vezes antes de dizer:

– Minhas sinceras desculpas.

Annabel não sabia o que responder. Não havia por que pedir desculpas.

– É essa maldita competição – murmurou ele.

Ela sabia que não deveria repreendê-lo pelo seu linguajar.

– Que competição?

– Um concurso de tiro idiota. Em pleno Hyde Park – retrucou ele. – Um bando de imbecis. Quem faria algo desse tipo?

Annabel começou a falar alguma coisa. Sentiu seus lábios se moverem, mas nenhuma palavra saiu. Então fechou a boca. Melhor ficar calada do que dizer algo tolo.

– Estavam competindo na semana passada também – explicou ele.

– Acho que eles estão mais para lá – afirmou Annabel, apontando para o terreno atrás dele.

O tiro soara bastante próximo, na verdade. Nada que a fizesse ficar pálida e trêmula; não era possível uma menina crescer naquele país sem ouvir rifles serem descarregados com regularidade. Ainda assim, tinha sido bem alto, e ela supôs que se alguém tivesse voltado da guerra...

142

A *guerra*. Só podia ser isso. O avô paterno dela havia lutado nas colônias e até o dia de sua morte dava um pulo toda vez que ouvia um barulho alto. Ninguém nunca comentava sobre o assunto. A conversa era interrompida por um instante, nunca além disso, e então continuava como se nada tivesse acontecido. Era uma espécie de regra tácita na família Winslow. E funcionara muito bem.

Ou será que não?

Com certeza, funcionara para o restante da família, mas para o seu avô? Ele nunca perdeu aquele olhar vazio. E não gostava de viajar depois do anoitecer. Ninguém gostava, acreditava Annabel, mas todos faziam isso quando era necessário. Exceto o avô. Quando a noite caía, ele estava em casa. Em qualquer casa. Mais de uma vez acabou se tornando um hóspede inesperado.

E Annabel se questionou: alguém havia perguntado a ele por que aquilo acontecia?

Ela encarou o Sr. Grey, subitamente sentindo que o conhecia muito melhor do que apenas um minuto antes.

Mas talvez não o suficiente para dizer uma palavra de conforto.

Ele se forçou a olhar de volta para o rosto dela e começou a dizer algo, mas então…

Outro tiro.

– *Maldito* seja.

Os lábios de Annabel se abriram de surpresa. Ela olhou de um lado para outro, esperando que ninguém o tivesse ouvido praguejar. Ela mesma não se importava, é claro, nunca tinha sido muito exigente com essas coisas, mas…

– Com licença – murmurou ele, e então partiu na direção dos tiros, marchando a passos largos e determinados.

Annabel demorou um instante para reagir, depois recobrou a atenção e correu atrás dele.

– Aonde está indo?

O Sr. Grey não respondeu ou, se respondeu, ela não conseguiu ouvi-lo, porque ele não se virou. E era uma pergunta estúpida, de qualquer forma. Estava perfeitamente claro para onde ele estava indo: até a competição de tiro, embora ela não soubesse por quê. Ele iria repreendê-los? Pedir que parassem? Será que lhe cabia isso? As pessoas deveriam ter permissão para praticar tiro no parque. Será que não tinham tomado essa precaução?

– Sr. Grey! – chamou ela, tentando alcançá-lo.

Mas ele tinha pernas compridas, e Annabel precisava movimentar as dela quase duas vezes mais rápido para acompanhar o passo dele. Quando chegou à área de competição, estava sem fôlego e suava sob o espartilho.

Ela continuou em frente, perseguindo-o até que estivesse apenas alguns passos atrás. O Sr. Grey foi até o grupo de participantes: cerca de meia dúzia de jovens, nenhum deles com mais de 20 anos, pelo que Annabel pôde notar.

– Que diabo vocês pensam que estão fazendo? – perguntou Sebastian com rispidez, mas sem erguer a voz, o que Annabel achou impressionante, considerando quão irritado ele estava.

– Uma competição – respondeu um dos jovens cavalheiros, abrindo um largo sorriso falso que sempre fazia Annabel revirar os olhos. – Estivemos aqui a semana toda.

– Sim, eu ouvi – concordou o Sr. Grey.

– Isolamos toda essa área aqui atrás – disse o cavalheiro, acenando com o braço em direção ao alvo. – Não se preocupe.

– E quando termina essa competição? – indagou o Sr. Grey friamente.

– Quando alguém atingir em cheio o centro do alvo.

Annabel olhou para o alvo. Já tinha visto inúmeras competições de tiro e podia dizer que o alvo fora instalado longe demais e de um jeito bastante incomum. Suspeitava que pelo menos três homens estivessem bebendo. Eles poderiam passar a tarde toda ali.

– O senhor gostaria de tentar? – perguntou outro jovem, oferecendo uma arma ao Sr. Grey.

Ele deu um sorriso antipático e pegou a arma.

– Obrigado.

E então, diante dos olhos extremamente arregalados de Annabel, ele ergueu o braço, apertou o gatilho e devolveu a arma ao dono.

– Pronto – anunciou ele secamente. – Fim da competição.

– Mas…

– Acabou – disse ele, depois se virou para Annabel com uma expressão plácida. – Vamos continuar nosso passeio?

Annabel assentiu, mas não sabia se ele a entendera, pois sua cabeça oscilava entre o Sr. Grey e o alvo. Um dos jovens saíra correndo para ver como ele havia feito aquilo e berrava alguma coisa, extremamente surpreso.

– Na mosca! – gritou, correndo na direção deles. – Bem no meio!

Os lábios de Annabel se abriram de espanto. O Sr. Grey não havia sequer mirado. Ou pelo menos não *parecia* ter mirado.

– Como o senhor conseguiu? – perguntavam os jovens.

E então um deles acrescentou:

– Poderia fazer de novo?

– Não – respondeu Sebastian secamente –, e não se esqueçam de limpar tudo isso antes de irem embora.

– Ah, nós ainda não terminamos – disse um dos jovens, de maneira tola, na opinião de Annabel.

O tom do Sr. Grey era leve, mas apenas um idiota não teria percebido a dureza em seu olhar.

– Estabeleceremos outra meta – prosseguiu o jovem. – Temos até as duas e meia. O senhor não conta, já que não está inscrito na competição.

– Com licença – pediu o Sr. Grey suavemente a Annabel.

Ele soltou o braço dela e se voltou para os rapazes.

– Posso pegar sua arma? – perguntou a um deles.

O jovem entregou a arma em silêncio e, mais uma vez, o Sr. Grey ergueu o braço e, sem nenhuma concentração, apertou o gatilho.

Um dos postes de madeira que sustentava o alvo se partiu (evaporou, na verdade) e tudo foi ao chão.

– Agora vocês terminaram – anunciou o Sr. Grey, devolvendo a arma ao proprietário. – Tenham um bom dia.

Ele voltou para junto de Annabel, deu-lhe o braço e, antes que ela pudesse perguntar, explicou:

– Eu era franco-atirador. Na guerra.

Annabel assentiu, quase certa de que agora entendia como os franceses haviam sido derrotados. Olhou de volta para o alvo, cercado pelos jovens, depois para o Sr. Grey, que parecia absolutamente despreocupado. Então, como não conseguiu se conter, voltou-se para o alvo, um pouco consciente da pressão em seu braço enquanto ele tentava trazê-la de volta.

– Aquilo foi... aquilo foi...

– Não foi nada – disse ele. – Nada mesmo.

– Eu não chamaria aquilo de *nada* – retrucou ela cautelosamente.

O Sr. Grey parecia não querer receber elogios, mas, ao mesmo tempo, ela *não conseguia* deixar de falar a respeito.

Ele deu de ombros.

– É um talento.

– Bem, é um talento bastante útil, na minha opinião.

Ela queria olhar para trás de novo, mas não conseguiria ver nada e, de qualquer forma, *ele* não havia olhado para trás nem uma vez.

– Gostaria de tomar uma granita? – perguntou ele.

– Perdão?

– Granita. Estou com um pouco de calor. Poderíamos ir até o Gunter's.

Annabel não respondeu, ainda confusa com a mudança abrupta de rumo da conversa.

– Teríamos que chamar Olivia, é claro, mas ela é uma boa companhia. – Ele franziu a testa, pensativo. – E provavelmente está com fome. Não tenho certeza se tomou o desjejum.

– Bem, é claro… – concordou Annabel, embora não soubesse de que ele estava falando.

O Sr. Grey a encarava com expectativa, e ela claramente deveria responder logo.

– Excelente. Gunter's, então.

Ele sorriu, seus olhos brilhando daquela maneira agora tão familiar, e Annabel queria agarrá-lo pelos ombros e sacudi-lo. Era como se o episódio inteiro com as armas e o alvo nunca tivesse acontecido.

– A senhorita gosta de laranja? – indagou ele. – A de laranja é particularmente boa, perdendo apenas para a de limão, ainda que eles não a sirvam sempre.

– Eu gosto de laranja – disse ela, novamente porque parecia apropriado responder qualquer coisa.

– A granita de chocolate também é bem gostosa.

– Eu gosto muito de chocolate.

E assim foi, uma conversa sobre nada específico, até o Gunter's. Lá, Annabel não estava particularmente orgulhosa de dizer, ela esqueceu todo o incidente ocorrido no parque. O Sr. Grey insistiu que pedir uma granita de cada sabor, e Annabel insistiu que seria rude não provar todas (exceto a de rosas, que ela não suportava; era uma *flor*, pelo amor de Deus, não um sabor). Então lady Olivia se declarou incapaz de tolerar o cheiro da de bergamota, o que fez o Sr. Grey agitar a respectiva granita debaixo do nariz dela. Annabel não conseguia se lembrar da última vez que se divertira tanto.

Diversão. Pura e simples diversão. Uma coisa muito boa, de fato.

146

Capítulo quinze

Dois dias depois

Quando Annabel terminou de dançar com lorde Rowton, logo depois de dançar com o Sr. Berbrooke, logo depois de dançar com o Sr. Albansdale, logo depois de dançar com *outro* Sr. Berbrooke, logo depois de dançar com o Sr. Cavender, logo depois de dançar com – Deus do céu! – um príncipe russo, logo depois de dançar com sir Harry Valentine, logo depois de dançar com o Sr. St. Clair (ela teve que retomar o fôlego aqui, só de pensar!), então veio a sua dança com o Sr. Grey...

Bastava dizer que, se até então ela não havia entendido a natureza inconstante da sociedade londrina, conseguia compreendê-la agora. Annabel não sabia exatamente quantos dos cavalheiros a convidaram para dançar porque o Sr. Grey lhes pedira, nem quantos a convidaram porque todos os outros pareciam estar fazendo isso, mas uma coisa estava clara: ela estava em evidência. Naquela semana, ao menos.

A caminhada no parque surtira efeito, assim como a ida ao Gunter's. Annabel tinha sido vista por toda a alta sociedade com Sebastian Grey agindo (nas palavras dele) como um tolo apaixonado. Ele se certificara de que todas as fofoqueiras o tivessem visto beijando a mão dela, rindo de suas piadas, e que aqueles que puxaram conversa com eles o vissem admirando (não com lascívia) o rosto dela.

E, sim, ele de fato utilizara a palavra "lascívia". O que a teria chocado se não fosse o jeito divertido de ele dizer as coisas. Tudo o que ela podia fazer era rir, o que, segundo ele, era justo apenas porque o Sr. Grey não entendia que ele estava rindo das piadas dela, e não vice-versa.

O que a fazia rir novamente.

Eles repetiram a farsa na tarde seguinte e na posterior, saindo para um convescote com sir Harry e lady Olivia. O Sr. Grey a deixara na casa dos avós dela com instruções estritas para não chegar ao baile de Hartside naquela noite até pelo menos as nove e meia. A carruagem dos Vickers apareceu às quinze para as dez e, quando Annabel adentrou o salão, cinco minutos depois, o Sr. Grey estava parado junto à porta, conversando com um cavalheiro que ela não reconheceu. Quando a viu, no entanto, ele imediatamente o abandonou e foi na direção dela.

O fato de ele ter passado por três mulheres lindas para chegar até ela não fora, Annabel suspeitava, um acidente.

Em dois minutos eles estavam dançando. E cinco minutos depois ela dançava com o cavalheiro com quem ele estava conversando antes. E assim por diante, desde o príncipe russo, passando pelos dois Berbrookes, até lorde Rowton. Annabel não sabia ao certo se queria viver para sempre como a garota mais popular da cidade, mas precisava admitir que, por uma noite, era maravilhosamente divertido. Lady Twombley se aproximara, puro veneno e fel, mas mesmo ela não conseguia distorcer os fatos e transformar as fofocas em algo impróprio. Ela não era páreo para lady Olivia Valentine, que – Annabel fora informada – havia mencionado para três de suas amigas mais íntimas que o Sr. Grey talvez estivesse verdadeiramente encantado.

– As três sem nenhuma discrição – murmurou sir Harry.

Annabel começara a notar que lady Olivia entendia muito bem como funcionava o mercado de fofocas.

– Annabel!

Ela viu Louisa acenando, então, logo depois de fazer uma mesura para lorde Rowton e de lhe agradecer pela dança, foi em direção à prima.

– Somos gêmeas! – exclamou Louisa, apontando para os vestidos, que tinham um pálido tom verde-acinzentado quase idêntico.

Annabel não pôde deixar de rir. Dificilmente poderia haver primas tão pouco parecidas quanto as duas.

– Eu sei – disse Louisa. – Não combino com esta cor.

– Bobagem – assegurou Annabel, embora de fato não lhe caísse mesmo tão bem.

– Não minta – pediu Louisa. – Como minha prima, é seu dever dizer a verdade quando ninguém mais o fará.

– Está bem, não é a *melhor* cor para você...

Louisa deu um suspiro.

– Me falta cor.

– Claro que não! – exclamou Annabel.

Apesar de talvez de fato lhe faltar um pouco, com aquele vestido verde-acinzentado que lhe caía terrivelmente mal. A pele de Louisa era sempre pálida, mas a luz fraca e o vestido pareciam sugar até a última gota de rubor de suas bochechas.

– Gostei muito do azul que você estava usando na ópera. Ficou encantador em você.

– Acha mesmo? – perguntou Louisa, quase esperançosa. – Eu me *senti* encantadora ao usá-lo.

– Às vezes isso já é metade do caminho – disse Annabel.

– Bem, *você* deve estar extremamente encantadora nessa cor – concordou Louisa. – É a rainha do baile.

– Não tem nada a ver com a cor do meu vestido – retrucou Annabel –, como você bem sabe.

– O Sr. Grey tem estado muito ocupado – afirmou Louisa.

– De fato.

Elas ficaram ali paradas por um momento, observando os outros convidados, e então Louisa disse:

– Foi um belo gesto da parte dele interceder.

Annabel assentiu.

– Não, quero dizer que foi um *belo* gesto da parte dele.

Annabel se virou para encarar a prima.

– Ele não precisava ter feito isso – argumentou Louisa, de forma não propriamente ríspida, mas... quase. – A maioria dos cavalheiros não faria.

Annabel observou a prima de perto, buscando em seu rosto algum sinal que mostrasse um significado oculto. Mas Louisa não estava olhando para ela. A prima tinha o queixo erguido e ainda observava a multidão, movendo a cabeça muito de leve, como se estivesse procurando alguém.

Ou talvez apenas olhando mesmo.

– O que o tio dele fez... – comentou Louisa num tom suave. – Foi imperdoável. Ninguém o condenaria por revidar.

Annabel esperou por mais. Uma explicação. Instruções. Qualquer coisa. Finalmente, soltou um suspiro reprimido.

– Por favor – disse ela. – Você também?

Louisa se virou.

– O que quer dizer?

– Exatamente isso. *Por favor*, apenas diga o que quer dizer. É exaustivo ficar tentando adivinhar o que todo mundo está querendo me dizer quando não tem nada a ver com as palavras que realmente saem de suas bocas.

– Mas eu disse – argumentou Louisa. – Você precisa entender como o comportamento dele foi notável. Depois do que o tio fez, e de maneira tão pública, ninguém poderia condenar o Sr. Grey se ele quisesse lavar as mãos e deixá-la sozinha nesse escândalo.

– Está vendo? É *isso aí* – rebateu Annabel, aliviada por Louisa finalmente ter explicado o que queria dizer, mesmo que não fosse algo agradável. – Era *disso* que eu estava falando. Agora tudo faz sentido. Era *isso* que eu queria ouvir.

– O que você queria ouvir?

Annabel quase deu um pulo para trás.

– Sr. Grey! – exclamou ela com um gritinho.

– Ao seu dispor – disse ele, fazendo-lhe uma mesura garbosa.

Ele usava um tapa-olho por cima do machucado, o que na maioria dos homens ficaria ridículo. Ele, no entanto, parecia espirituoso e perigoso, e Annabel desejava não ter ouvido duas damas comentando que gostariam de ser saqueadas por *aquele* pirata.

– A senhorita parece tão compenetrada – disse ele a Annabel. – Preciso saber o que estavam conversando.

Annabel não via motivo para não ser honesta.

– Basicamente que eu considero exaustivo ter que interpretar o que todo mundo diz aqui em Londres.

– Ah – murmurou ele –, você dançou com o príncipe Alexei. Não ligue para ele. Tem um sotaque muito forte.

Louisa deu uma risadinha.

Annabel lutou contra o desejo de revirar os olhos.

– Ninguém diz o que realmente quer dizer – explicou ela ao Sr. Grey.

Ele a encarou com uma expressão vazia, depois indagou:

– Esperava que fosse diferente?

Outro bufada saiu da boca de Louisa. Seguida por várias tossidas discretas, uma vez que nunca seria tão ousada a ponto de rir alto em público.

– Gosto de falar em código – revelou o Sr. Grey.

Annabel sentiu algo pulsar no peito. Poderia ter sido surpresa. Ou decepção, quem sabe. Ela olhou para ele, completamente incapaz de disfarçar sua expressão, e retrucou:

– É mesmo?

Os olhos dele fitaram os dela por um longo e tenso momento. Então ele respondeu, quase soando perplexo:

– Não.

A boca de Annabel se abriu, mas ela não disse nada. Não conseguia respirar. Algo incomum acabara de se passar entre eles, algo notável.

– Eu acho... – comentou ele, lentamente. – Acho que deveria convidá-la para dançar.

Annabel assentiu, praticamente atordoada.

Ele estendeu a mão e então a recolheu, sinalizando que ela o esperasse onde estava.

– Não saia daí – pediu ele. – Eu já volto.

Eles estavam parados perto da orquestra, e Annabel observou enquanto ele se dirigia ao maestro.

– Annabel! – sibilou Louisa entre dentes.

Annabel se assustou. Tinha esquecido que a prima estava ali. Tinha esquecido que todos estavam ali. Por um perfeito instante, o salão estava vazio. Não havia nada além dela, dele e da suave respiração deles.

– Você já dançou com ele – avisou Louisa.

Annabel assentiu.

– Eu sei.

– As pessoas vão comentar.

Annabel se virou e piscou, tentando focar o rosto da prima.

– As pessoas já estão comentando – argumentou ela.

Louisa abriu a boca como se pretendesse dizer mais alguma coisa, mas apenas sorriu.

– Annabel Winslow – disse ela suavemente. – Acho que você está se apaixonando.

Isso tirou Annabel do transe.

– Não estou, não.

– Ah, está, sim.

– Eu mal o conheço.

– Aparentemente, você o conhece o suficiente.

Annabel viu que o Sr. Grey estava voltando, e algo que se assemelhava a pânico emergiu em seu peito.

– Louisa, feche a boca. Isso é tudo encenação. Ele está me fazendo um *favor*.

A prima deu de ombros de um jeito indiferente, pouco incomum.

– Se é o que você diz...

– Louisa – chamou Annabel entre dentes, mas ela começou a se retirar quando viu que o Sr. Grey havia retornado.

– É uma valsa – anunciou ele, como se não tivesse acabado de pedi-la ao maestro.

Ele estendeu a mão.

Ela quase a pegou.

– Louisa – disse ela. – O senhor deveria dançar com Louisa.

O Sr. Grey a encarou.

– E depois comigo – concluiu Annabel. – Por favor.

Ele fez uma mesura e se virou para Louisa, mas a moça murmurou um pedido de desculpas, inclinando a cabeça na direção de Annabel.

– Tem que ser você, Srta. Winslow – disse ele gentilmente.

Ela assentiu e deu um passo à frente, permitindo que ele pegasse sua mão. Ouviu cochichos e percebeu os olhares ao seu redor mas, quando ergueu o olhar e o viu olhando para ela, seus olhos de um cinza tão claro, tudo desapareceu. O tio dele... as fofocas... nada daquilo importava. Ela não permitiria.

Eles foram até o centro do salão, e ela ficou de frente para ele, tentando ignorar o arrepio de desejo que a atravessou quando ele pousou a outra mão nas costas dela. Annabel nunca compreendera por que a valsa fora considerada escandalosa no passado.

Agora ela sabia.

Ele a segurava de modo apropriado, com largos 30 centímetros de distância. Ninguém seria capaz de encontrar uma falha no comportamento dos dois. Mesmo assim, Annabel sentia como se o ar ao redor deles tivesse sido aquecido, como se um feitiço, estranho e cintilante, tivesse sido lançado sobre toda a sua pele. Cada respiração parecia encher seus pulmões de maneira diferente, e ela estava profundamente consciente do próprio corpo, de como era estar contida nele, de como cada curva se movia e fluía com a música.

Annabel se sentia como uma ninfa. Uma deusa. E, quando ela o encarava, ele a observava com uma expressão crua e faminta. Ele também estava ciente do corpo dela, Annabel percebeu, e isso a deixou ainda mais tensa e contraída por dentro.

Por um breve instante, ela fechou os olhos, lembrando a si mesma que era tudo uma farsa. Eles estavam atuando, reabilitando-a aos olhos da sociedade. Ao dançar com ela, o Sr. Grey a tornava desejável. E, se Annabel estava se sentindo desejada – por ele –, precisava colocar a cabeça no lugar. Ele era um homem honrado e generoso, mas também era um ator habilidoso no cenário social. Sabia exatamente como olhar para ela, como sorrir para ela, para que todos pensassem que estava apaixonado.

– Por que pediu que eu dançasse com a sua prima? – perguntou ele, a voz soando estranha, quase como se tivesse um nó na garganta.

– Não sei – confessou ela.

E ela não sabia mesmo. Ou talvez não quisesse admitir para si mesma que tinha ficado assustada.

– Ela não dançou ainda – disse Annabel.

Ele assentiu.

– Não seria bom para a encenação – emendou ela, tentando focar na posição de seus pés – que o senhor dançasse com ela? Não estaria preocupado com isso se desejasse apenas...

– Apenas o quê? – perguntou ele.

Ela passou a língua pelos lábios. Estavam secos.

– Seduzir.

– Annabel – disse ele, surpreendendo-a com o uso de seu primeiro nome –, nenhum homem olha para você *sem* pensar em seduzi-la.

Ela o encarou, assustada com a pontada de dor que sua declaração lhe causara. Lorde Newbury a desejava por suas curvas, seus seios fartos e seus quadris largos e férteis. E Deus era testemunha de que ela nunca conseguira se acostumar com os olhares lascivos que lhe eram lançados pelos mais respeitados cavalheiros. Mas o Sr. Grey... Ela pensava que, de alguma forma, ele fosse diferente.

– O que importa – falou ele calmamente – é saber se eles também pensam em algo além disso.

– O senhor pensa? – sussurrou ela.

Ele não respondeu imediatamente. Então, quase como se tivesse acabado de tomar consciência daquilo, disse:

– Acho que sim.

Ela ficou sem ar e olhou para ele, tentando interpretar o que revelara. Não lhe ocorreu que talvez ele também não soubesse exatamente o que queria dizer, que poderia estar tão confuso quanto ela por conta daquela estranha atração entre eles.

Ou talvez ele não quisesse dizer nada. O Sr. Grey era o tipo raro de homem que sabia como ser amigo de uma mulher. Talvez fosse isto: ele achava sua companhia divertida, era ótimo rir com ela e de repente até valesse a pena levar um soco por ela.

Talvez fosse só isso.

Então a dança acabou. Ele se curvou enquanto ela fazia uma mesura, e os dois voltaram para o canto do salão, em direção à mesa de limonada, pela qual Annabel se sentia extremamente grata. Estava com sede, mas o que realmente precisava era de algo nas mãos, algo para distraí-la, para impedi--la de parecer inquieta. Porque sua pele ainda estava quente e seu coração aos pulos, e se ela não tivesse algo em que se apoiar, achava que não seria capaz de se manter de pé.

Ele entregou-lhe uma taça, e Annabel havia acabado de tomar o primeiro gole quando ouviu que alguém o chamava. Ela se virou e viu uma matrona de uns 40 anos se aproximando, acenando e gritando:

– Ah, Sr. Grey! Sr. Grey!

– Sra. Carruthers – cumprimentou ele, educadamente. – Prazer em vê-la.

– Acabei de saber de algo surpreendente – disse a Sra. Carruthers.

Annabel se preparou para uma notícia terrível, provavelmente a envolvendo, mas a Sra. Carruthers concentrou toda a sua atenção no Sr. Grey e disse:

– Lady Cosgrove me contou que o senhor está de posse de livros autografados pela Sra. Gorely.

Era só isso? Annabel ficou um tanto decepcionada.

– Estou, sim – confirmou o Sr. Grey.

– O senhor *precisa* me dizer onde os conseguiu. Sou uma profunda admiradora e não poderia afirmar que minha biblioteca está completa sem um autógrafo dela.

– Hã… Os livros estavam em uma livraria em, hã, em Oxford, na verdade, creio eu.

– Oxford – repetiu a Sra. Carruthers, visivelmente desapontada.

– Acredito que não valeria a pena viajar até lá para tentar encontrar outros exemplares – argumentou ele. – Havia apenas uma coleção autografada, e o livreiro me disse que nunca tinha visto outras antes.

A Sra. Carruthers levou a ponta do indicador à boca, apertando os lábios, pensativa.

– É tão intrigante – comentou ela. – Será que ela é de Oxford? Talvez seja casada com um professor.

– Existe um professor lá com o sobrenome Gorely? – perguntou Annabel.

A Sra. Carruthers virou-se para ela como se só então percebesse que Annabel estava ali, parada ao lado do Sr. Grey.

– Minhas sinceras desculpas – murmurou ele, e então fez as devidas apresentações.

– Existe? – questionou Annabel novamente. – Parece-me que essa seria a maneira mais eficiente de determinar se ela é ou não esposa de um professor.

– É improvável que Sarah Gorely seja seu verdadeiro nome – explicou a Sra. Carruthers em um tom autoritário. – Não consigo imaginar uma dama que permitisse que seu nome fosse colocado em um romance.

– Se esse não é o verdadeiro nome dela – deduziu Annabel –, o autógrafo tem algum valor?

A pergunta foi recebida com silêncio.

– Além disso – prosseguiu Annabel –, como saber que se trata de fato da assinatura dela? Poderia ter sido eu a assinar o nome dela na folha de rosto.

A Sra. Carruthers a encarou. Annabel não sabia dizer se a senhora estava perplexa com as indagações ou apenas irritada. Depois de um momento, a mulher voltou-se decididamente para o Sr. Grey:

– Se o senhor encontrar outra coleção autografada ou um único livro que seja, compre e saiba que eu o reembolsarei.

– Será um prazer – murmurou ele.

A Sra. Carruthers assentiu e se afastou.

Annabel a observou partir.

– Acho que não a agradei – disse ela.

– Não – concordou ele.

– Pensei que levantar a questão sobre o valor da assinatura fosse pertinente – argumentou ela com um dar de ombros.

Ele sorriu.

– Estou começando a entender sua obsessão pelas pessoas que não dizem o que querem dizer.

– Não é uma obsessão – protestou ela.

O Sr. Grey arqueou uma sobrancelha. O movimento ficou implícito pelo tapa-olho, o que de alguma forma tornou tudo ainda mais provocador.

– Não é – insistiu Annabel. – É bom senso. Basta pensar em todos os mal--entendidos que poderiam ser evitados se as pessoas simplesmente fossem diretas em vez de dizer algo a uma pessoa que poderia contar a outra, que poderia contar a outra, que poderia…

– A senhorita está misturando duas coisas diferentes – interrompeu ele. – Uma coisa é diálogo intricado, outra é fofoca.

– Ambas são igualmente traiçoeiras.

Ele a olhou com um ar condescendente.

– Está sendo muito dura com seu amigo aqui, Srta. Winslow.

Ela se enfureceu.

– Não acho que seja pedir demais.

O Sr. Grey assentiu lentamente.

– De qualquer forma, eu preferiria que meu tio *não* tivesse dito o que disse na quarta-feira à noite.

Annabel engoliu em seco, sentindo-se um pouco enjoada. E culpada, certamente.

– Talvez eu aprecie a honestidade dele. Em um nível puramente filosófico, é claro. – Ele deu um sorriso contido. – Em termos práticos, no entanto, acho que sou mais bonito sem o tapa-olho.

– Sinto muito – disse ela.

Não era a coisa certa a dizer, mas foi o melhor em que conseguiu pensar. Pelo menos não estava errada.

Ele abanou a mão como se não fosse preciso um pedido de desculpas.

– Todas as novas experiências são boas para o espírito. Agora eu sei como é levar um soco na cara.

– Isso é bom para o seu espírito? – perguntou ela, confusa.

Ele deu de ombros, olhando para a multidão.

– Nunca se sabe quando será necessário descrever algo.

Annabel achou aquela afirmação bastante estranha, mas não falou nada.

– Ademais – continuou ele, alegremente –, se não fossem os mal-enten-didos, a boa literatura seria bem escassa.

Ela o encarou, curiosa.

– Onde estariam Romeu e Julieta? – disse ele.

– Vivos.

– É verdade, mas pense nas horas de entretenimento que nós teríamos perdido.

Annabel deu um sorriso. Não pôde evitar.

– Eu prefiro comédias.

– Mesmo? Acredito que sejam mais divertidas, de fato. Mas, se existissem apenas comédias, ninguém nunca experimentaria o sentido aguçado do drama proporcionado pelas tragédias.

Ele se voltou para ela com uma expressão com a qual ela estava começando se acostumar: a máscara educada que ele usava para a sociedade, a que o rotulava como *bon vivant* entediado, por mais paradoxal que isso fosse. Então deixou escapar um suspiro levemente afetado antes de dizer:

– O que seria da vida sem a tristeza? – disse ele.

– Bastante feliz, creio eu.

Para Annabel, o momento mais triste pelo qual passara nos últimos tempos fora nas mãos (ou melhor, nas patas) de lorde Newbury. Ela teria ficado muito feliz se não tivesse experimentado isso.

– Hum – foi tudo o que ele disse, ou melhor, murmurou.

Annabel sentiu uma estranha necessidade de preencher o silêncio.

– Fui eleita a Winslow com Maior Probabilidade de Falar o que Pensa!

A declaração chamou a atenção dele.

– Jura? – Seus lábios se contraíram. – E quem fazia parte do eleitorado?

– Hã, os outros Winslows.

Ele riu.

– Somos oito – explicou ela. – Dez, contando com os meus pais. Aliás, nove, agora que meu pai faleceu, mas ainda assim é mais do que suficiente para uma votação satisfatória.

– Sinto muito pelo seu pai – disse ele.

Annabel assentiu, esperando o conhecido nó que se formaria na garganta. Mas não se formou.

– Ele era um bom homem – comentou ela.

O Sr. Grey moveu a cabeça em reconhecimento e perguntou:

– Que outros títulos a senhorita ganhou?

Ela fez uma careta de culpa.

– A Winslow com Maior Probabilidade de Cochilar durante a Missa.

Ele riu alto.

– Está todo mundo olhando – sussurrou ela, nervosa.

– Não dê importância. É para o seu bem, no fim das contas.

Certo. Annabel sorriu sem jeito. Era tudo só uma encenação, não era mesmo?

– Mais algum? – perguntou ele. – Não que seja possível haver outro melhor que o último.

– Eu fiquei em terceiro lugar entre os Winslows Mais Aptos a Correr Mais Rápido do que um Peru.

Dessa vez ele não riu, o que pareceu lhe exigir um corajoso esforço.

– A senhorita é *mesmo* uma moça do campo.

Ela assentiu.

– É tão difícil assim correr mais rápido do que um peru? – perguntou ele.

– Não para mim.

– Prossiga – insistiu ele. – Estou achando fascinante.

– Claro. O senhor não tem irmãos.

– Isso nunca me fez tanta falta quanto hoje à noite. Pense nos títulos que eu poderia ter ganhado.

– O Grey com Maior Probabilidade de Embarcar num Navio Pirata?

– Corsário, por favor. Sou refinado demais para a pirataria.

Ela revirou os olhos e depois sugeriu:

– O Grey com Maior Probabilidade de se Perder num Bosque?

– A senhorita é cruel. Eu sabia onde estava o tempo todo. Pensei que eu poderia ser o Grey com Maior Probabilidade de Ganhar uma Fortuna nos Dardos.

– O Grey com Maior Probabilidade de Abrir uma Biblioteca? – sugeriu ela.

Ele riu.

– O Grey com Maior Probabilidade de Arruinar uma Ópera.

Annabel ficou boquiaberta.

– O senhor canta?

– Já tentei. – Ele se aproximou dela como se fosse lhe contar um segredo. – Um momento que nunca mais se repetirá.

– Uma sábia decisão, provavelmente – murmurou ela –, considerando que deseja manter suas amizades.

– Ou, pelo menos, permitir que meus amigos não fiquem surdos.

Annabel sorriu, sentindo-se mais leve depois das brincadeiras.

– O Grey com Maior Probabilidade de Escrever um Livro!

Ele congelou.

– Por que diz isso?

– Eu… eu não sei – gaguejou ela, perplexa com a reação dele.

Ele não estava zangado, mas tinha assumido um ar extremamente sério.

– Talvez porque leve jeito com as palavras. Não falei uma vez que o senhor era um poeta?

– Falou?

– Antes de saber quem o senhor era – esclareceu ela. – No bosque.

– Ah, sim. – Ele apertou os lábios, pensativo.

– E o senhor mostrou grande interesse por *Romeu e Julieta*. A peça, claro, não os personagens. Quanto aos dois, o senhor foi bastante indiferente.

– Alguém precisa ser indiferente – concordou ele.

– Muito bem colocado – disse ela, e bufou em seguida.

– Eu me esforço.

Então ela se lembrou:

– Ah, e há ainda a Sra. Gorely!

– A Sra. Gorely?

– Sim, o senhor é um grande admirador dela. Eu deveria ler um de seus livros – refletiu Annabel.

– Posso lhe dar um dos meus exemplares autografados.

– Ah, não, não precisa. Reserve-os para os verdadeiros fãs. Nem sei se vou gostar. Lady Olivia parece não apreciar muito.

– Sua prima gosta – ressaltou ele.

– Verdade. Só que Louisa também gosta daqueles romances horrorosos da Sra. Radcliffe, que, sinceramente, eu não suporto.

– A Sra. Gorely é muito superior à Sra. Radcliffe – defendeu ele com firmeza.

– Já leu as duas?

– Claro. Não tem comparação.

– Hum. Bem, eu deveria tentar. Julgar por mim mesma.

– Então vou lhe dar um dos meus exemplares não autografados.

– O senhor tem várias edições?

Meu Deus, ela não tinha percebido quão longe ia a admiração dele.

Ele deu de ombros.

– Eu já tinha todos antes de encontrar a coleção autografada.

– Ah, claro. Não considerei essa hipótese. Muito bem, qual é o seu preferido? Vou começar por ele.

O Sr. Grey refletiu por um momento e balançou a cabeça.

– Eu não seria capaz de escolher um. Gosto de aspectos diferentes de cada um deles.

Annabel sorriu.

– O senhor parece os meus pais sempre que queríamos saber quem de nós eles amavam mais.

– É quase isso, creio eu – murmurou ele.

– Se o senhor tivesse dado à luz um livro – respondeu ela, apertando os lábios para não rir.

Mas ele não estava. Rindo, no caso.

Ela ficou surpresa.

E então ele riu. Foi mais uma gargalhada, ela pensou, mas tinha sido estranho porque parecia que ele estava cinco segundos atrasado em relação à piada, o que não era comum acontecer. Ou era?

– Posso falar abertamente, Srta. Winslow? – perguntou ele, um sorriso seco transformando sua entonação em algo carinhoso.

– Sempre – respondeu ela alegremente.

– Acho que a senhorita poderia...

Mas ele parou.

– O quê? – Ela estava sorrindo enquanto dizia isso, então percebeu que ele estava olhando por cima da cabeça dela, em direção à porta. E tinha uma expressão soturna.

Annabel passou a língua pelos lábios nervosamente e engoliu em seco. E se virou. Lorde Newbury tinha acabado de entrar no salão.

– Ele parece zangado – sussurrou ela.

– Ele não tem nenhum direito sobre a senhorita – argumentou o Sr. Grey entre dentes.

– O senhor também não – retrucou ela gentilmente.

Ela olhou para a porta lateral, a que levava ao toalete feminino. Mas o Sr. Grey a segurou com firmeza pelo pulso.

– Não pode fugir – aconselhou ele. – Se fizer isso, todos vão presumir que a senhorita fez algo errado.

– Ou – rebateu ela, *detestando* a onda de pânico que a inundava – talvez deem uma boa olhada nele e pensem que qualquer jovem em sã consciência gostaria de se manter bem longe.

Só que ninguém pensaria assim. E ela sabia disso. Lorde Newbury caminhava na direção deles, frio e resoluto, e a multidão se abria depressa para permitir sua passagem. É claro, se abria e se fechava novamente, virando-se para Annabel. Caso houvesse uma cena, ninguém estava disposto a perdê-la.

– Ficarei bem aqui ao seu lado – disse o Sr. Grey, baixinho.

Annabel assentiu. Era incrível (e aterrorizante) quanto conforto aquilo lhe dava.

Capítulo dezesseis

— Tio – começou Sebastian jovialmente, visto que aprendera havia muito que aquele era o tom mais eficaz a empregar –, é um prazer revê-lo. Embora, eu deva dizer, tudo pareça diferente com apenas um olho. – Ele deu um sorriso amarelo. – Até mesmo o senhor.

Newbury lançou um olhar irritado ao sobrinho, depois se virou para Annabel:

– Srta. Winslow.

– Lorde Newbury – cumprimentou ela, fazendo uma mesura.

– Devemos dançar a próxima música.

Era uma ordem, não um pedido. Sebastian se empertigou, na expectativa de que Annabel desse uma resposta ríspida, mas ela apenas engoliu em seco e assentiu. Sebastian compreendeu. Ela não tinha muito poder contra um conde, e Newbury sempre fora uma presença imponente e arrogante. Annabel também devia uma satisfação aos avós. Eles eram próximos de Newbury; ela não podia envergonhá-los recusando uma mera dança.

– Não deixe de trazê-la de volta para o meu lado – avisou Sebastian, dando ao tio um sorriso inteiramente falso, sem mostrar os dentes.

Newbury respondeu com um olhar frio, e naquele instante Sebastian soube que havia cometido um erro terrível. Ele jamais deveria ter tentado restituir a posição de Annabel na sociedade. Ela teria se saído muito melhor como uma pária. Poderia ter retornado à sua vida no campo, encontrado um escudeiro que falasse tão abertamente quanto ela e vivido feliz para sempre.

A ironia ia quase além do suportável. Todos achavam que Sebastian tinha ido atrás dela porque o tio a queria, mas a verdade era justamente o oposto.

Newbury tinha *desistido* dela. Até achar que Sebastian poderia, de fato, estar falando sério. Então passou a desejar a jovem mais do que nunca.

Sebastian supôs que devia haver um limite para o ódio que seu tio sentia dele, mas aparentemente não havia.

– A Srta. Winslow e eu temos um acordo – disse Newbury.

– O senhor não acha que cabe à Srta. Winslow decidir? – perguntou Sebastian gentilmente.

Os olhos de seu tio flamejaram e, por um momento, Sebastian pensou que ele o atacaria novamente. Só que dessa vez Newbury não foi pego de surpresa, e deve ter conseguido controlar melhor seus nervos, porque apenas cuspiu:

– Você é muito inconveniente.

– Estou apenas tentando reintegrá-la ao seio da sociedade – explicou Sebastian em um tom suave.

E incriminador. Se de fato Newbury tivesse um acordo com ela, jamais devia tê-la deixado para os lobos.

Ao ouvir aquilo, Newbury olhou imediatamente para os seios de Annabel. Sebastian se sentiu enojado.

Newbury ergueu os olhos novamente, ostentando um brilho que só poderia ser descrito como "orgulho de propriedade".

– Você não é obrigada a dançar com ele – sussurrou Sebastian.

Que se danassem os avós dela, que se danassem todas as expectativas da sociedade. Nenhuma dama deveria dançar com um homem que a olhava daquele jeito em público.

Mas Annabel apenas o encarou com o olhar mais triste do mundo e respondeu:

– Eu acho que sou.

Newbury deu um sorriso triunfante, pegou-a pelo braço e se afastou.

Sebastian assistiu, queimando por dentro, odiando aquele sentimento, odiando que todo mundo estivesse olhando para ele, à espera de uma reação.

Ele tinha perdido. De alguma forma, tinha perdido.

E se sentia perdido, também.

Na tarde seguinte

Visitas. Annabel era atormentada pelas visitas.

Agora que tanto lorde Newbury quanto o Sr. Grey pareciam interessados nela, a sociedade sentia a necessidade de vê-la com os próprios olhos. Não importava que aquelas mesmas pessoas a tivessem visto alguns dias antes, no começo da semana, quando ela se tornara objeto de pena.

No início da tarde, Annabel estava desesperada para sair dali, portanto inventou uma história ridícula sobre precisar de um chapéu da cor exata de seu novo vestido lilás. Sua avó finalmente a dispensou com um gesto e gritou:

– Então vá! Não aguento ouvir essas tolices por nem mais um minuto.

O fato de Annabel jamais ter demonstrado tanto entusiasmo pela moda parecia não ter chamado a atenção da velha senhora. A avó também não estranhou que, para quem estava tão obcecada por encontrar o tom de lilás com tanta precisão, Annabel não tenha achado necessário levar o vestido junto.

Mais uma vez, lady Vickers estava absorta em seu jogo de Paciência, e mais absorta ainda em sua garrafa de conhaque. Annabel poderia muito bem ter amarrado um cocar indígena na cabeça que ela não teria dito uma única palavra.

Annabel e sua aia, Nettie, partiram em direção à Bond Street pegando as ruas menos movimentadas. Ela teria vagado por essas ruas, se pudesse, mas de jeito algum poderia voltar sem um chapéu novo, por isso seguiu em frente, na esperança de que um pouco de ar fresco a ajudasse a pôr as ideias em ordem.

Não ajudou, é claro, e a multidão na Bond Street na verdade só deixou tudo pior. Parecia que todo mundo decidira sair de casa naquele dia, e Annabel levava esbarrões e empurrões, distraída pelo zumbido das conversas e pelos relinchos dos cavalos na rua. Além do mais, fazia calor e parecia não haver ar suficiente circulando.

Ela se encontrava numa enrascada. Lorde Newbury deixara claro na noite anterior que ainda pretendia se casar com ela. Era apenas uma questão de tempo até que ele oficializasse suas intenções.

Annabel tinha ficado tão aliviada quando parecera que ele havia desistido... Sabia que sua família necessitava do dinheiro, mas, se ele não pedisse sua mão, ela não precisaria dizer sim. Nem não.

Ela não teria que se comprometer com um homem que considerava repulsivo. Nem teria que rejeitá-lo e viver para sempre com a sensação de culpa por ter sido egoísta.

Para piorar a situação, ela recebera uma carta da irmã naquela manhã. Mary era a segunda mais velha, depois de Annabel, e as duas sempre foram próximas. Na verdade, se Mary não tivesse sido acometida por uma doença pulmonar naquela primavera, também teria ido a Londres. "Duas pelo preço de uma", dissera lady Vickers ao se oferecer para cuidar da apresentação das meninas. "Fica tudo mais barato dessa forma." A carta de Mary era alegre e otimista, cheia de notícias de casa, sobre o vilarejo, a assembleia local e um melro que, de alguma forma, entrara na igreja e não conseguia sair, se debateu de um lado para outro e, por fim, acabou pousando na cabeça do vigário.

Era uma carta adorável, e Annabel sentiu tantas saudades de casa que mal conseguia suportar. Mas não era só isso que havia na carta da irmã. Havia informações sobre contenção de despesas, a governanta que a mãe teve que dispensar e o embaraçoso jantar duas semanas antes, quando o baronete local e sua esposa apareceram sem avisar... e havia apenas um tipo de carne à mesa.

O dinheiro estava acabando. Mary não tinha dito isso com todas as letras, mas a mensagem estava lá, clara como o dia. Annabel deu um suspiro profundo e triste ao pensar na irmã. Mary provavelmente estava em casa imaginando que Annabel devia estar atraindo a atenção de um nobre absurdamente bonito e inacreditavelmente rico. Ela o levaria para casa, brilhando de felicidade, e ele encheria a família de dinheiro até que todos os problemas estivessem resolvidos. Em vez disso, Annabel tinha um nobre absurdamente rico e assustadoramente pavoroso, e um rebelde provavelmente pobre e inacreditavelmente bonito. Que a fazia se sentir...

Não. Ela não podia pensar naquilo. Não importava como o Sr. Grey a fazia se sentir, porque o Sr. Grey não planejava pedi-la em casamento. E mesmo que planejasse, ele estava longe de ter os meios que a ajudariam a sustentar sua família. Annabel não costumava dar crédito a esse tipo de fofoca, mas pelo menos doze dos dezoito visitantes que ela recebera naquela manhã acharam oportuno comentar que o Sr. Grey levava uma vida frugal. Isso sem falar nos tantos visitantes que apareceram após o incidente no clube.

Todos tinham uma opinião própria sobre o Sr. Grey, ao que parecia, mas a única coisa com a qual concordavam era que ele não possuía uma grande riqueza. Ou qualquer riqueza, na verdade.

E, de uma forma ou de outra, ele não a pedira em casamento. Nem pretendia pedir.

Com o coração pesado, Annabel virou a esquina que dava para a Brook

Street, permitindo que Nettie começasse a falar sobre as extravagantes toucas emplumadas que tinham visto numa vitrine da Bond Street. Ela estava a cerca de seis casas de distância da de seus avós quando viu se aproximar uma carruagem que vinha da direção oposta.

– Espere – pediu ela, estendendo a mão para deter Nettie.

A aia olhou para ela com desconfiança, mas parou. E parou de falar.

Annabel assistiu apavorada enquanto lorde Newbury descia para a calçada e subia a escada. Não havia dúvidas do porquê de ele estar ali.

– Ai! Senhorita...

Annabel se virou para Nettie e percebeu que estava apertando o braço da pobre garota como se fosse um torno.

– Sinto muito – disse ela imediatamente, soltando o braço da aia. – Não posso voltar para casa. Não ainda.

– A senhorita quer um chapéu diferente? – Nettie olhou para o pacote que estava carregando. – Havia aquele com as uvas, mas acho que era escuro demais.

– Não. Eu apenas... eu apenas... não posso voltar para casa. Agora não.

Completamente em pânico, Annabel agarrou a mão de Nettie e a arrastou de volta pelo caminho de onde tinham vindo, sem nem mesmo parar para respirar, até estarem fora da vista da casa dos Vickers.

– O que foi isso? – indagou a aia, sem fôlego.

– Por favor – implorou Annabel. – Por favor, não pergunte.

Ela observou em volta. Era uma rua residencial. As duas não poderiam ficar ali a tarde toda.

– Bem, nós vamos... – Annabel engoliu em seco. Para onde poderiam ir? Ela não queria voltar para a Bond Street. Tinham acabado de voltar, e certamente alguém que a vira ainda estaria lá para notar seu reaparecimento. – Vamos comer um doce! – disse ela, alto demais. – É isso. Não está com fome? Eu estou faminta. Você não?

Nettie a olhou como se Annabel tivesse enlouquecido. E talvez ela tivesse mesmo. Annabel sabia o que precisava fazer. Sabia disso havia mais de uma semana. Mas não queria fazê-lo naquela tarde. Era pedir demais?

– Venha – chamou Annabel com urgência. – Há uma confeitaria logo ali... Onde?

– Na Clifford Street? – sugeriu Nettie.

– Sim! Sim, acho que sim.

Annabel saiu correndo, mal prestando atenção aonde ia, tentando conter as lágrimas que ardiam em seus olhos. Precisava se controlar. Não podia entrar em um estabelecimento, nem mesmo em uma humilde confeitaria, naquele estado. Precisava respirar fundo, se acalmar e...

– Ah, Srta. Winslow!

Annabel congelou. Deus do céu, ela não queria falar com ninguém. Por favor, não naquela hora.

– Srta. Winslow!

Annabel respirou fundo e se virou. Era lady Olivia Valentine, sorrindo para ela enquanto entregava algo à própria aia e seguia na direção de Annabel.

– Que prazer em vê-la – cumprimentou Olivia, animada. – Ouvi dizer... Ah, Srta. Winslow, há algo errado?

– Não é nada – mentiu Annabel. – Eu apenas...

– Não, houve alguma coisa, sim – disse Olivia com firmeza. – Venha comigo. – Ela deu o braço a Annabel e a guiou alguns passos para trás. – Esta é minha casa – informou ela. – A senhorita pode descansar aqui.

Annabel não discutiu, grata por ter um lugar aonde ir, grata por ter alguém para lhe dizer o que fazer.

– A senhorita precisa de um chá – afirmou Olivia, acomodando a jovem em uma sala de estar. – Eu preciso de um chá só de olhá-la.

Ela tocou o sino para chamar uma criada e pediu um serviço de chá, depois se sentou ao lado de Annabel, pegando uma de suas mãos.

– Annabel – disse ela. – Posso chamá-la de Annabel?

Annabel assentiu.

– Há algo que eu possa fazer por você?

Annabel balançou a cabeça.

– Bem que eu gostaria.

Olivia mordeu o lábio, apreensiva, então perguntou, num tom de voz atencioso:

– Foi meu primo? Sebastian fez alguma coisa?

– Não! – exclamou Annabel. – Não. Não. Não, por favor, ele não fez nada. Ele tem sido extremamente gentil e generoso. Se não fosse por ele... – Ela balançou a cabeça novamente, mas dessa vez muito rápido, e isso a desorientou tanto que ela teve que colocar a mão na testa. – Se não fosse pelo Sr. Grey – recomeçou ela, assim que se sentiu suficientemente preparada para falar sem gaguejar –, eu teria me tornado uma pária.

Olivia assentiu lentamente.

– Só me resta presumir que tem a ver com lorde Newbury.

Annabel meneou a cabeça discretamente. Olhou para o colo, para as mãos, uma delas ainda agarrada às de Olivia, a outra fechada com força.

– Estou sendo muito boba e muito egoísta. – Ela respirou fundo e tentou limpar a garganta, mas o que saiu foi um som terrível, como se estivesse sufocando. O som que alguém emite logo antes de chorar. – Eu apenas não... não quero...

Ela não terminou a frase. Não precisava. Viu a piedade nos olhos de Olivia.

– Ele a pediu em casamento, então? – perguntou Olivia delicadamente.

– Não. Ainda não. Mas ele está na casa dos meus avós neste instante. Eu vi a carruagem dele. Eu o vi entrar. – Ela ergueu os olhos. Não queria nem pensar no que Olivia seria capaz de enxergar em seu rosto, em seu olhar, mas sabia que não poderia continuar fitando seu colo para sempre. – Sou uma covarde. Eu o vi e saí correndo. Apenas pensei: "Se eu não for para casa, ele não poderá me pedir em casamento, e eu não terei que aceitar."

– Você não pode recusar?

Annabel balançou a cabeça, totalmente derrotada.

– Não – respondeu ela, perguntando-se por que parecia tão exausta. – Minha família... Nós precisamos... – Ela engoliu em seco, fechando os olhos para lutar contra a dor de tudo aquilo. – Depois que meu pai morreu, a situação ficou muito difícil e...

– Está tudo bem – disse Olivia, apertando suavemente sua mão. – Eu compreendo.

Annabel sorriu por entre as lágrimas, um tanto agradecida pela bondade daquela mulher. Não parava de pensar que Olivia *jamais* conseguiria entender. Não lady Valentine, com seu marido amoroso e seus pais ricos e nobres. Ela jamais entenderia a pressão que recaía sobre os ombros de Annabel, por saber que tinha o poder de salvar a família, e tudo que ela precisava fazer era abrir mão de si mesma.

Olivia deixou escapar um longo suspiro.

– Bem – começou ela –, podemos adiar tudo isso por um dia, pelo menos. Você pode ficar aqui pelo resto da tarde. Eu adoraria sua companhia.

– Obrigada – respondeu Annabel.

Olivia acariciou a mão de Annabel e depois se levantou. Foi até a janela e olhou para fora.

– Não dá para ver a casa dos meus avós daqui.

Olivia se virou, sorrindo.

– Eu sei. Eu estava apenas pensando. Algumas das minhas melhores ideias me vêm quando estou à janela. Talvez eu saia para dar um passeio daqui a uma hora, mais ou menos. Para ver se a carruagem do conde ainda está diante da residência dos Vickers.

– A senhora não deveria – intercedeu Annabel. – Sua condição...

– Não me impede de caminhar – disse Olivia com uma expressão atrevida. – Preciso aproveitar o ar puro. Fiquei muito melancólica nos primeiros três meses e, de acordo com minha mãe, provavelmente ficarei melancólica nos últimos três, então é melhor aproveitar este intervalo.

– É o melhor período da gravidez – confirmou Annabel.

Olivia inclinou a cabeça, lançando um olhar interrogativo à jovem.

– Eu sou a mais velha de oito irmãos – explicou Annabel. – Minha mãe esteve grávida por quase toda a minha infância.

– Oito? Deus do céu! Eu sou apenas uma de três.

– É por isso que lorde Newbury deseja se casar comigo – revelou Annabel categoricamente. – Minha mãe teve seis irmãos. Meu pai, nove. Sem mencionar que, segundo as fofocas, sou tão fértil que os pássaros cantam quando eu me aproximo.

Olivia estremeceu.

– Chegou aos seus ouvidos – falou.

Annabel revirou os olhos.

– Eu achei até engraçado.

– Que bom que você encara isso com bom humor.

– É preciso – disse Annabel, dando de ombros, resignada. – Se não podemos encarar tudo com bom humor, aí... – Ela suspirou, incapaz de terminar a frase. Era triste demais.

Annabel cedeu ao peso do corpo, fixando o olhar na curva ornamentada do pé de uma mesinha. Ficou olhando até a vista embaçar e duplicar. Devia estar ficando vesga. Ou cega. Talvez, se ela ficasse cega, lorde Newbury não a quisesse mais. Será que era possível ficar cega mantendo os olhos vesgos durante dias? Talvez. Valia a pena tentar. Ela deixou a cabeça cair de lado.

– Annabel? Srta. Winslow? Você está bem?

– Tudo bem – respondeu Annabel, de forma automática, ainda fitando a mesinha.

– Ah, o chá chegou! – exclamou Olivia, aliviada por quebrar o silêncio constrangedor. – Aqui está. – Ela se sentou e colocou uma xícara em um pires. – Como você gosta do seu?

Annabel desviou o olhar da mesa com relutância e piscou, permitindo que os olhos voltassem ao normal.

– Com leite, por favor. Sem açúcar.

Olivia esperou o chá infusionar, conversando sobre amenidades. Annabel estava feliz – não, agradecida – por poder apenas ficar sentada, escutando. Ela soubera da cunhada de Olivia, que não gostava muito de ir à cidade, e do irmão gêmeo, que era (nos dias ímpares) um filhote do demônio. Nos dias pares, Olivia tinha dito, com os olhos voltados para o céu: "Eu *acho* que o amo."

Enquanto Annabel bebericava o chá quente, Olivia lhe contou sobre o trabalho do marido.

– Ele costumava traduzir documentos *pavorosos*. Textos terrivelmente chatos. As pessoas acham que os documentos do Departamento de Guerra são cheios de intrigas, mas, acredite, não é verdade.

Annabel dava um gole e assentia, dava outro gole e assentia.

– Ele reclama dos livros da Gorely o tempo todo – continuou Olivia. – A escrita é *mesmo* terrível. Mas acho que, no fundo, ele adora traduzi-los. – Ela ergueu os olhos, como se tivesse acabado de concluir algo. – Na verdade, ele tem que agradecer a Sebastian por esse trabalho.

– É mesmo? Por quê?

A boca de Olivia se abriu, mas foram necessários alguns segundos até que saíssem as palavras:

– Sinceramente, não sei bem como explicar. Sebastian fez uma leitura para o príncipe Alexei. A quem, eu suponho, você deve ter sido apresentada ontem à noite.

Annabel assentiu. Depois franziu a testa, estranhando.

– Fez uma leitura?

Olivia parecia incrédula.

– Foi notável. – Ela balançou a cabeça. – Ainda não consigo acreditar. As aias ficaram aos prantos.

– Meu Deus.

Annabel precisava mesmo ler um livro da tal Gorely.

– De alguma forma, o príncipe Alexei se apaixonou pela história. *A Srta.*

Butterworth e o barão louco. Ele pediu que Harry a traduzisse para que seus compatriotas também pudessem lê-la.

– Deve ser uma história e tanto.

– Ah, é, sim. Começa com uma morte por pombos.

Annabel engasgou com o chá.

– Está brincando.

– Não. Juro. Pombos bicam a mãe da Srta. Butterworth até a morte. E a pobre mulher passa por isso depois de ser o único membro de sua família, além da Srta. Butterworth, é claro, a sobreviver à peste.

– Bubônica? – indagou Annabel, de olhos arregalados.

– Ah, não, desculpe, foi varíola. Bem que eu *gostaria* que tivesse sido a peste bubônica.

– Preciso ler um desses livros – concluiu Annabel.

– Posso lhe dar um exemplar. – Olivia pousou a xícara, se levantou e cruzou a sala. – Temos muitos aqui. Harry às vezes marca as páginas, então tivemos que comprar um monte. – Ela abriu um pequeno armário e se curvou para olhar dentro dele. – Ah, Deus, esqueci que estou um pouco pesada.

Annabel fez menção de se levantar.

– Quer ajuda?

– Não, não. – Olivia deu um pequeno gemido enquanto se endireitava. – Aqui está. *A Srta. Sainsbury e o coronel misterioso.* Acho que este foi o livro de estreia da Sra. Gorely.

– Obrigada – disse Annabel pegando o livro.

Ela admirou a capa, passando os dedos pelas letras douradas. Abriu na primeira página e leu a abertura.

Os raios oblíquos da luz da alvorada ondulavam através da vidraça e a Srta. Anne Sainsbury estava encolhida debaixo de seu cobertor fino, imaginando, como era de costume, onde conseguiria dinheiro para sua próxima refeição. Ela olhou para sua fiel collie, deitada em silêncio no tapete ao lado da cama, e soube que havia chegado a hora de tomar uma decisão crucial. A vida de seus irmãos e irmãs dependia daquilo.

Ela fechou o livro com força.

– Alguma coisa errada? – perguntou Olivia.

– Não, é só que… Não foi nada. – Annabel tomou mais um gole de chá.

Não sabia se, naquele momento, queria ler sobre uma garota tomando decisões importantes. Principalmente sobre uma que tinha irmãos e irmãs que dependiam dela. – Acho que vou ler mais tarde.

– Se quiser ler agora, fico mais do que feliz em deixá-la em paz – comentou Olivia. – Ou eu poderia me juntar a você. Ainda estou na metade do jornal de hoje.

– Não, não. Vou começar à noite. – Annabel sorriu com tristeza. – Será uma distração bem-vinda.

Olivia ia começar a dizer alguma coisa, mas naquele exato momento as duas ouviram alguém chegando.

– Harry? – chamou Olivia.

– Sou só eu, infelizmente.

Annabel congelou. Era o Sr. Grey.

– Sebastian! – gritou Olivia, lançando um olhar tenso para Annabel.

Annabel balançou a cabeça freneticamente. Não queria vê-lo. Não naquele momento, quando se sentia tão frágil.

– Sebastian, eu não estava esperando você – avisou Olivia, correndo em direção à porta da sala de visitas.

Ele entrou, inclinando-se para beijá-la no rosto.

– Desde quando você me espera ou deixa de me esperar?

Annabel se esparramou em seu assento. Talvez ele não a visse. O vestido dela era quase do mesmo tom de azul do sofá. Talvez ela pudesse se camuflar. Talvez ele tivesse ficado cego por ter ficado vesgo durante vários dias. Talvez...

– Annabel? Srta. Winslow?

Ela deu um sorriso amarelo.

– O que está fazendo aqui? – Ele cruzou rapidamente a sala, a testa franzida de preocupação. – Aconteceu alguma coisa?

Annabel balançou a cabeça, incapaz de falar. Achou que tivesse se controlado. Estava *rindo* com Olivia, pelo amor de Deus. Mas bastou um olhar para o Sr. Grey e tudo o que ela tinha tentado conter voltou na mesma hora, como uma pressão no fundo dos olhos, um aperto na garganta.

– Annabel? – perguntou ele, ajoelhando-se diante dela.

Ela explodiu em lágrimas.

Capítulo dezessete

Depois que Annabel dançara com seu tio na noite anterior, Sebastian a vira apenas uma vez. Ela havia fechado os olhos e parecia estar ali à força, mas não tinha como prever *aquilo*. Estava chorando como se o mundo fosse desabar sobre ela.

Seb sentiu como se tivesse levado um soco no estômago.

– Bom Deus – exclamou ele, virando-se para Olivia. – O que aconteceu?

Olivia mordeu o lábio e não respondeu. Apenas inclinou a cabeça na direção de Annabel. Seb teve a impressão de que estava sendo repreendido.

– Não foi nada – comentou Annabel aos soluços.

– Não é verdade – rebateu ele.

Ele encarou Olivia mais uma vez, com uma expressão de impaciência e irritação.

– Não é verdade – confirmou Olivia.

Seb praguejou baixinho.

– O que Newbury fez?

– Nada – respondeu Annabel, balançando a cabeça. – Ele não fez nada, porque... porque...

Sebastian engoliu em seco, desconfortável com o enjoo que começava a sentir. Seu tio não tinha reputação de ser vil nem cruel, mas nenhuma mulher tinha motivos para considerá-lo gentil. Newbury era do tipo que provocava dor por descuido ou, mais precisamente, por egoísmo. Pegava tudo o que queria, porque achava que merecia. Se as necessidades dele entrassem em conflito com as de outra pessoa, ele, francamente, não se importava.

– Annabel – disse Sebastian –, precisa me contar o que aconteceu.

Mas ela ainda estava chorando, hiperventilando, com o nariz...

Ele estendeu seu lenço a ela.

– Obrigada – disse ela, e o usou. Duas vezes.

– Olivia, pode me contar que diabo está acontecendo? – perguntou ele, virando-se para a prima.

Olivia se aproximou e cruzou os braços, parecendo virtuosa como só uma mulher é capaz.

– A Srta. Winslow acredita que seu tio está prestes a pedi-la em casamento.

Ele deixou escapar um longo suspiro. Não estava surpreso. Annabel era tudo o que seu tio queria em uma noiva, ainda mais agora, quando achava que Sebastian também a desejava.

– Vamos pensar com calma – disse ele, tentando soar reconfortante. Ele pegou uma das mãos dela e a apertou. – Vai dar tudo certo. Eu também estaria chorando se ele viesse a me pedir em casamento.

Ela deu a impressão de que ia rir, mas logo voltou a chorar.

– Você não pode dizer não? – perguntou ele a Annabel. – Ela não pode dizer não? – indagou ele a Olivia.

Olivia cruzou os braços.

– O que você acha?

– Se eu achasse alguma coisa, não teria perguntado, certo? – disparou ele, ficando de pé.

– Ela é a mais velha de oito filhos, Sebastian. Oito!

– Pelo amor de Deus! – explodiu ele. – Você não consegue ser mais clara? Annabel ergueu os olhos, momentaneamente em silêncio.

– Agora entendo como você se sente – brincou ele.

– Não temos mais dinheiro – explicou Annabel em voz baixa. – Minha mãe teve que dispensar a governanta. A escola vai mandar meus irmãos de volta para casa.

– E seus avós?

Sem dúvida lorde Vickers tinha dinheiro suficiente para pagar algumas contas.

– Meu avô não fala com minha mãe há vinte anos. Ele nunca a perdoou por ter se casado com meu pai. – Ela hesitou por um momento, respirando fundo e depois assoando o nariz. – Só me recebeu aqui porque minha avó insistiu. E ela só fez isso porque… bem, não sei por quê. Ela deve ter achado que seria divertido.

Seb olhou para Olivia. Ela ainda estava de pé, com os braços cruzados, parecendo uma mamãe ganso defendendo o ninho.

– Com licença – pediu ele a Annabel, e então agarrou o pulso de Olivia e a arrastou cômodo afora. – O que você quer que eu faça? – sibilou ele entre dentes.

– Não sei do que você está falando.

– Pare de joguinhos. Você está me encarando desde que eu cheguei.

– Ela está chateada!

– Eu percebi – retrucou ele.

Ela o cutucou no peito.

– Bem, então faça alguma coisa.

– Não é minha culpa!

E não era mesmo. Newbury já queria Annabel muito antes de Sebastian aparecer na história. Ela provavelmente estaria na mesma situação se Seb nunca a tivesse conhecido.

– Ela precisa se casar, Sebastian.

Ah, pelo amor de Deus!

– Você está sugerindo que *eu* a peça em casamento? – indagou ele, sabendo muito bem o que ela estava sugerindo. – Eu a conheço há apenas uma semana.

Olivia o encarou como se ele fosse um completo canalha. Que diabo, ele se sentia como um. Annabel estava sentada do outro lado da sala, choramingando no lenço dele. Só um homem com um coração de pedra não iria querer ajudá-la.

Mas casamento? Que tipo de homem se casaria com uma mulher que conhecia… havia quanto tempo? Oito dias? A sociedade podia considerá-lo tolo e insensato, mas apenas porque ele gostava que fosse assim. Sebastian cultivava essa imagem porque… porque… Bem, diabo, ele não sabia por quê. Talvez porque fosse divertido.

Mas ele imaginava que Olivia o conhecesse melhor.

– Eu gosto da Srta. Winslow – sussurrou ele. – De verdade. E lamento que ela esteja nessa situação terrível. Deus sabe, e eu mais ainda, a existência miserável que deve ser conviver com Newbury. Só que não fui eu que causei isso. Não é problema meu.

Os olhos de Olivia se fixaram nos dele, repletos de decepção.

– Você se casou por amor – lembrou ele a ela.

Ela ficou de queixo caído, e ele soube que tinha acertado em cheio. No entanto, não sabia por que se sentia tão culpado por isso. De qualquer modo, agora ele não podia mais parar de provocá-la.

– Você me negaria esse mesmo direito? – perguntou ele.

Exceto pelo fato de que...

Ele observou Annabel. Ela estava olhando pela janela, desolada. Seus cabelos escuros tinham começado a se soltar das presilhas, e um cacho descia-lhe pelas costas, revelando o comprimento alguns centímetros abaixo dos ombros.

Devia ser mais longo quando estivesse molhado, pensou ele.

Mas ele jamais o veria molhado.

Sebastian engoliu em seco.

– Você está certo – disse Olivia, de repente.

– O quê? – Ele olhou para ela, piscando.

– Você está certo – repetiu ela. – Seria injusto da minha parte esperar que você se metesse nisso para salvá-la. Duvido que ela seja a primeira garota em Londres a ter que se casar com alguém de quem não gosta.

– Não é.

Ele encarou Olivia, desconfiado. Será que ela estava tramando alguma coisa? Podia ser. Ou podia não ser. Droga. Ele odiava quando não conseguia decifrar uma mulher.

– Não é como se você pudesse salvar todas elas.

Ele assentiu, mas sem muita convicção.

– Muito bem – disse Olivia rapidamente. – Podemos salvá-la por esta tarde, pelo menos. Eu falei que ela poderia ficar aqui até anoitecer. Sem dúvida, Newbury perderá a paciência antes disso e voltará para casa.

– Ele está na casa dela agora?

Olivia fez que sim.

– Ela estava voltando para casa, vindo de... bem, não sei de onde. Foi fazer compras, suponho. Então o viu descer da carruagem.

– E ela tem certeza de que ele estava lá para pedi-la em casamento?

– Não acredito que ela quisesse ficar tempo suficiente para descobrir – respondeu Olivia com acidez.

Sebastian assentiu, lentamente. Era difícil se colocar no lugar de Annabel, mas ele imaginou que teria feito o mesmo.

Olivia olhou para o relógio sobre a lareira.

– Eu tenho um compromisso.

Ele não acreditou nela nem por um segundo, mas mesmo assim disse:

– Eu fico aqui com ela.

Olivia deu um longo suspiro.

– Suponho que precisamos enviar um recado aos Vickers. Eles vão sentir falta dela em algum momento. Se bem que, conhecendo a avó, talvez não.

– Diga que você a convidou para uma visita – sugeriu ele. – Eles não poderiam se opor.

Olivia era uma das jovens matronas mais populares de Londres; qualquer um ficaria encantado se ela acolhesse uma filha ou neta debaixo de sua asa. Ela assentiu e se aproximou de Annabel. Sebastian se serviu de uma bebida e, depois de virá-la em um gole só, serviu mais uma dose. E serviu uma para Annabel também. Quando chegou com os copos, Olivia se despediu e se dirigiu à porta.

Ele lhe estendeu o copo.

– Ela tem um compromisso – avisou Annabel.

Sebastian assentiu.

– Pegue – disse ele. – A senhorita pode não querer. Mas pode querer também.

Ela pegou o copo, tomou um pequeno gole e o pousou.

– Minha avó bebe demais – comentou ela, com uma voz tão fraca que partia o coração.

Sebastian não falou nada, apenas se acomodou na cadeira mais próxima do sofá e fez um muxoxo, como quem concordava. Não lidava bem com mulheres tristes. Não sabia o que dizer. Nem fazer.

– Ela não fica bêbada. Só meio abobalhada.

– E carinhosa? – perguntou ele, dando um sorriso malicioso.

Era um comentário altamente inapropriado, mas ele não conseguia suportar a tristeza nos olhos dela. Se pudesse fazê-la sorrir, valeria a pena.

E ela sorriu! Apenas um pouco. Ainda assim, a sensação foi de vitória.

– Ah, sim. – Ela cobriu a boca com a mão e balançou a cabeça. – Sinto muito – disse ela com pesar. – Sinceramente, acho que nunca me senti tão envergonhada. Eu nunca a vi fazer aquilo antes.

– Deve ter sido meu rostinho bonito.

Annabel olhou para ele, com ar debochado.

– A senhorita não vai falar nada sobre minha modéstia e minha discrição? – indagou ele.

Ela balançou a cabeça, o brilho começando a retornar aos seus olhos.

– Eu nunca fui muito boa em mentir.

Ele riu.

Ela tomou outro gole da bebida e baixou novamente o copo. Mas não o soltou. Seus dedos ficaram tamborilando no vidro, traçando pequenas linhas rápidas ao redor da borda. Não parava quieta, sua Annabel.

Sebastian ficou se perguntando por que aquilo lhe agradava tanto. Ele não era assim. Sempre fora capaz de se manter impassível. Provavelmente era por isso que era tão bom de mira. Na guerra, às vezes tinha que ficar imóvel por horas em seu ninho de atirador, aguardando o momento perfeito para apertar o gatilho.

– Eu só queria que o senhor soubesse… – começou ela.

Ele esperou. O que quer que ela estivesse tentando dizer não era fácil.

– Eu só queria que o senhor soubesse – recomeçou ela, como se tentasse reunir coragem – que eu sei que isso não tem nada a ver com o senhor. E eu não espero…

Ele balançou a cabeça, tentando poupá-la de ter que verbalizar algo tão difícil.

– Shhh. Não precisa falar mais nada.

– Mas lady Olivia…

– Pode ser muito intrometida – completou ele. – Por enquanto, vamos apenas fingir que… Por acaso é um livro da Sra. Gorely?

Annabel olhou para baixo. Tinha esquecido que o livro estava em seu colo.

– Ah. Sim. Lady Olivia me emprestou.

Ele estendeu a mão.

– Qual deles?

– Bem… – Ela olhou para a capa. – *A Srta. Sainsbury e o coronel misterioso.* – Entregou o exemplar nas mãos dele. – Presumo que o senhor já tenha lido.

– É claro.

Sebastian abriu o livro na página inicial do primeiro capítulo. *Os raios oblíquos da luz da alvorada,* narrou ele para si mesmo. Lembrava-se com imensa clareza de quando havia escrito aquelas palavras. Não, isso não era verdade. Lembrava-se de ter *pensado* nelas. Pensou em todo o trecho de abertura antes de colocá-lo no papel. Ele o repassou diversas vezes, editando em sua mente, até deixá-lo do jeito que queria.

Tinha sido o momento dele. O verdadeiro divisor de águas. Ele se perguntou se todo mundo tinha um divisor de águas na vida. Um momento situado exatamente entre o *antes* e o *depois*. Aquele fora o dele. Naquela noite, em seu quarto. Não fora muito diferente da noite anterior ou da anterior à anterior. Ele não conseguia dormir. Não havia nada fora do comum nisso.

Exceto que, por algum motivo – um motivo inexplicável e milagroso –, tinha começado a pensar em livros.

E então pegou uma pena.

Agora, ele estava vivendo o seu *depois*. Olhou para Annabel e logo desviou o olhar. Não queria pensar no *depois* dela.

– Posso ler para a senhorita? – perguntou ele, um pouco alto.

Ele precisava fazer algo para mudar o rumo de seus pensamentos. Além disso, aquilo poderia animá-la.

– Pode – respondeu ela, os lábios formando um sorriso hesitante. – Lady Olivia contou que o senhor é ótimo com leituras.

Não era *possível* que Olivia tivesse contado *aquilo*.

– Ela contou, foi?

– Bem, não propriamente. Mas ela falou que o senhor levou as aias às lágrimas.

– De um jeito positivo – assegurou ele.

Annabel deu uma boa gargalhada. Ele se sentiu absurdamente contente.

– Vamos lá – disse ele. – *Capítulo um.* – Sebastian limpou a garganta e continuou: – *Os raios oblíquos da luz da alvorada ondulavam através da vidraça e a Srta. Anne Sainsbury estava encolhida debaixo de seu cobertor fino, imaginando, como era de costume, onde conseguiria dinheiro para sua próxima refeição.*

– Sou capaz de imaginar isso muito bem – interrompeu Annabel.

Ele olhou para ela com surpresa. E satisfação.

– Sério?

Ela assentiu.

– Eu costumava acordar cedo. Antes de vir para Londres. A luz é diferente na alvorada. É mais uniforme, eu acho. E mais dourada. Sempre pensei... – Ela hesitou, inclinando a cabeça de lado. Suas sobrancelhas se uniram e ela franziu a testa. Era uma expressão adorável. Sebastian chegou a acreditar que, se olhasse com vontade, conseguiria *enxergar* os pensamentos dela. – O senhor sabe o que eu quero dizer – concluiu ela.

– Eu sei?

– Sabe. – Ela se endireitou, e seus olhos brilharam com a lembrança. – O senhor mesmo falou. Quando eu o conheci, na festa de lady Trowbridge.

– No bosque – murmurou ele com um suspiro.

Uma lembrança que parecia muito agradável e distante.

– Sim. O senhor falou alguma coisa sobre a luz da manhã. Falou que... – Ela estacou, completamente corada. – Não importa.

– Preciso dizer que agora eu quero *muito* saber o que foi que eu falei.

– Ah... – Ela balançou a cabeça rapidamente. – Não.

– *Anna-bel* – provocou ele, gostando da forma como o nome dela soava musical.

– O senhor disse que gostaria de se banhar nela – revelou ela, as palavras saindo atropeladas.

– Eu disse isso?

Era estranho. Sebastian não se lembrava de ter dito aquilo. Às vezes, ele se perdia nos próprios pensamentos. Mas de fato parecia algo que ele diria.

Ela assentiu.

– Hum. Bem. Acho que eu gostaria mesmo. – Ele inclinou a cabeça na direção dela, como costumava fazer quando estava prestes a proferir uma gracinha. – Se bem que eu gostaria de um pouco de privacidade.

– É claro.

– Ou, quem sabe, nem *tanta* privacidade assim – refletiu ele.

– *Pare* – pediu ela.

Mas não pareceu ofendida. Não muito. Ele a observou quando ela achou que ele não estava olhando. Annabel parecia sorrir para si mesma. O suficiente para que ele visse sua coragem, sua força. Sua capacidade de se manter firme em meio à adversidade.

Ele parou. Que diabo estava pensando? Tudo o que ela fizera fora se defender do comentário inadequado dele. Não tinha nada a ver com adversidade, ora essa.

Sebastian precisava ter cuidado, senão a transformaria em algo que ela não era. Isso era o que ele fazia quase todas as noites, escondido em seu quarto com papel e tinta. Ele criava personagens. Se deixasse sua imaginação trabalhar livremente, ele a transformaria na mulher perfeita.

O que não era justo para nenhum dos dois.

Ele pigarreou e apontou para o livro.

– Posso prosseguir?

– Por favor.

– *Ela olhou para sua fiel collie...*

– Eu tenho um cachorro – Annabel deixou escapar.

Sebastian a olhou, surpreso. Não por ela ter um cachorro. Annabel parecia mesmo ser do tipo que teria um. Só que ele não esperava uma nova interrupção em tão pouco tempo.

– Tem?

– Um galgo.

– Ele corre?

Ela balançou a cabeça.

– O nome dele é Rato.

– Você é cruel, Annabel Winslow.

– Ele tem cara de rato, não posso negar.

– Suponho que ele não tenha vencido o concurso de Winslow Mais Apto a Correr Mais Rápido do que um Peru.

Ela riu.

– Não.

– A senhorita disse que ficou em terceiro lugar – lembrou ele.

– Os candidatos se restringiam à espécie humana – disse ela, e acrescentou: – Dois dos meus irmãos têm vento nos pés.

Ele ergueu o livro novamente.

– Quer que eu continue?

– Tenho saudade do meu cachorro – comentou ela, dando um suspiro. Aparentemente, não.

– Bem... Seus avós não têm um? – perguntou ele.

– Não. O único é aquele cachorro ridículo da Louisa.

Ele se lembrou da salsicha gorducha com pernas que tinha visto no parque.

– Ele era um tanto robusto.

Ela bufou.

– Quem chama um cachorro de Frederick?

– O quê?

Annabel pulava de um tópico a outro como um pássaro agitado.

Ela se sentou um pouco mais ereta.

– Louisa batizou o cachorro de Frederick. Não acha isso ridículo?

– Na verdade, não – admitiu ele.

– Meu *irmão* se chama Frederick.

Sebastian não conseguia entender por que ela estava falando tudo aquilo, mas ela parecia querer fugir dos problemas que tinha na cabeça, então ele embarcou.

– Frederick é um dos que têm vento nos pés?

– É, sim. Ele é também o Winslow com Menor Probabilidade de Virar Padre. – Ela apontou para si mesma. – Eu com certeza o teria desbancado *nisso* se as meninas não tivessem sido desqualificadas por motivos religiosos.

– É claro – murmurou ele. – A Willow com Maior Probabilidade de Cochilar durante a Missa e tudo mais. – Então lhe ocorreu perguntar: – Isso já aconteceu mesmo? A senhorita dormiu durante a missa?

Ela deixou escapar um suspiro cansado.

– Todas... as... semanas.

Ele riu.

– Teríamos feito uma dupla e tanto.

– O senhor também dorme durante a missa?

– Ah, não. Nunca dormi. Fui expulso por mau comportamento.

Annabel chegou mais perto dele, com um brilho nos olhos.

– O que o senhor fez para isso?

Sebastian se aproximou também, com um sorriso malicioso.

– Isso a senhorita nunca vai saber.

Ela recuou.

– Não é justo.

Ele deu de ombros.

– Agora eu simplesmente não vou à missa.

– Nunca?

– Não. Para ser sincero, eu *provavelmente* pegaria no sono. Dormiria, com certeza. Os horários das missas não eram nada adequados para quem tem insônia.

Annabel sorriu, mas havia algo de melancólico naquilo, então ficou de pé. Ele ameaçou fazer o mesmo, mas ela levantou a mão.

– Por favor. Não por minha causa. – Sebastian observou enquanto ela caminhava até a janela, encostando a cabeça no vidro enquanto olhava para fora. – Acha que ele ainda está lá? – indagou ela.

Ele não fingiu que não sabia exatamente do que ela estava falando.

– Provavelmente. Ele é muito insistente. Se seus avós lhe disseram que a senhorita logo estaria de volta, ele vai esperar.

– Lady Olivia falou que passaria por lá depois do compromisso dela para ver se a carruagem ainda estava na frente. – Ela se virou e perguntou, sem olhar diretamente para ele: – Ela não tinha compromisso nenhum, tinha?

Ele pensou em mentir. Mas não o fez.

– Não.

Annabel assentiu devagar, seu rosto pareceu se contrair, e tudo em que ele conseguiu pensar foi: *Ah, meu Deus, chega de lágrimas*, porque ele não sabia lidar com choro. Muito menos com o *dela*. Mas antes que ele conseguisse pensar em algo reconfortante para dizer, percebeu que...

– A senhorita está rindo?

Ela balançou a cabeça. Enquanto ria.

Ele se levantou.

– O que é tão engraçado?

– Sua prima – soltou ela. – Acho que ela está tentando arrumar um compromisso para o senhor.

Era a coisa mais ridícula que ele já tinha ouvido. E a mais verdadeira.

– Ah, Annabel... – Ele suspirou, indo na direção dela com a graça de um predador. – Eu já fui comprometido muito, muito tempo atrás.

– Sinto muito. – Ela ainda estava rindo. – Eu não quis insinuar...

Sebastian ficou esperando, mas o que quer que ela não quisesse insinuar tinha se perdido em uma nova onda de risadas.

– Ah! – Ela se apoiou na parede com as mãos na barriga.

– Não foi tão engraçado – retrucou ele.

Mas ele estava sorrindo quando falou aquilo. Era impossível não sorrir quando ela ria.

Annabel deu uma risada extraordinária.

– Não, não – disse ela, ofegante. – Não foi isso. Eu estava pensando em outra coisa.

Ele esperou. Nada. Por fim, ele questionou:

– A senhorita se importaria de me dizer em quê?

Ela soltou uma gargalhada, possivelmente pelo nariz, e pôs as duas mãos sobre a boca, ou seja, sobre o rosto inteiro.

– Parece que a senhorita está chorando – comentou ele.

– Não estou – foi a resposta abafada dela.

– Eu sei. Só pensei em lhe dizer isso, caso alguém entre aqui e pense que eu a fiz chorar.

Ela espiou por entre os dedos.

– Perdão.

– O que é tão engraçado? – Àquela altura, ele precisava saber.

– Ah, foi só que... ontem à noite... quando o senhor estava conversando com seu tio...

Ele se recostou no sofá, esperando.

– O senhor disse que desejava me reintegrar no seio da sociedade.

– Não foi a forma mais elegante de me expressar – admitiu ele.

– E tudo em que eu conseguia pensar era... – Parecia que ela ia explodir novamente. – Eu não sei se gosto tanto assim do seio da sociedade.

– Não é meu tipo favorito de seio – concordou ele, esforçando-se bastante para não olhar os seios dela.

Isso só fez com que ela risse ainda mais – e determinadas regiões do corpo dela se sacudissem ainda mais.

O que teve um enorme efeito em determinadas regiões do corpo *dele*.

Sebastian ficou imóvel.

Ela cobriu os olhos, envergonhada.

– Não acredito que eu acabei de dizer isso.

Ele prendeu a respiração. Não conseguia parar de olhar para ela, para os lábios dela, rosados e carnudos, ainda arqueados em um sorriso.

Sebastian queria beijá-la. Queria beijá-la mais do que queria respirar. Queria beijá-la além da razão, porque, se estivesse sendo racional, teria se afastado. Teria saído da sala. Teria se enfiado em um banho frio.

Em vez disso, ele deu um passo na direção dela. Pôs as mãos sobre as dela, mantendo-as delicadamente sobre os olhos. Os lábios dela se separaram e ele ouviu um leve sopro. Se ela tinha inspirado ou expirado, ele não sabia. E não se importava. Ele só queria que a respiração dela fosse a respiração dele.

Ele se aproximou mais. Devagar. Não podia se apressar, não podia correr o risco de perder um segundo. Queria se lembrar daquele momento. Queria que cada instante ficasse gravado em sua memória. Queria saber como era estar a 2 centímetros de distância, depois 1, depois...

Os lábios dele tocaram os dela. Um pequeno toque fugaz antes de ele se afastar. Ele queria olhar para ela, para saber exatamente como ela reagiria a um beijo.

Para saber exatamente como ela reagiria enquanto esperava por mais um.

Ele entrelaçou os dedos nos dela e lentamente retirou a mão dela dos olhos.

– Olhe para mim – sussurrou ele.

Ela balançou a cabeça, mantendo os olhos fechados.

E então ele não conseguiu esperar mais. Passou os braços em volta dela, puxando-a contra si e trazendo os lábios dela ao encontro dos seus. Foi muito mais que um beijo. Suas mãos deslizaram pela cintura dela até suas nádegas, e ele as apertou. Não sabia se estava tentando pressioná-la contra si ou se queria apenas se deleitar com a luxúria do corpo de Annabel.

Ela era uma deusa em seus braços, suave e suntuosa, e ele queria senti-la, cada centímetro. Queria tocar, acariciar e apertar e, Deus do céu, quase se esqueceu de que a estava beijando também. Mas o corpo dela... o corpo dela era uma obra de arte. Era um maldito milagre, e, quando finalmente desgrudou a boca da dela para tomar fôlego, ele não pôde evitar. Sebastian soltou um gemido e depois foi descendo até o queixo, até o pescoço. Não queria beijá-la apenas na boca. Queria beijá-la por inteiro.

– Annabel – disse ele com um suspiro, seus dedos ágeis encontrando os botões do vestido dela.

Ele era bom naquilo. Sabia como despir uma mulher. Sebastian costumava fazer isso devagar, saboreando cada momento, cada centímetro de carne, mas com ela... ele não podia esperar. Agia como se estivesse louco, soltando botão por botão até ter aberto o suficiente para conseguir puxar o vestido dela para baixo.

A combinação que ela usava era muito simples, feita não de seda, mas de algodão branco, fino, sem rendas. Isso o deixou descontrolado. Ela não precisava de ornamentos. Era perfeita por si só.

Com dedos vacilantes, ele alcançou os laços nos ombros dela e os desfez, mal conseguindo respirar quando as finas tiras de tecido caíram.

Ele sussurrou o nome dela, uma, duas, três vezes. Ele a ouviu gemer, um pequeno ruído suave que ficou mais profundo e rouco quando a mão dele deslizou do ombro em direção à curva deliciosa de seu seio. O espartilho não estava muito apertado, mas mesmo assim empurrava tudo para cima, deixando seus seios incrivelmente firmes e roliços.

Sebastian quase perdeu o controle naquele momento.

Precisava parar. Era loucura. Ela era uma verdadeira dama, e ele a estava tratando como...

Ele deu um último beijo na pele dela, sentindo aquele perfume quente, e então se afastou.

– Sinto muito – disse ele, quase engasgando.

Mas não sentia. Ele sabia que deveria, só que era impossível se arrepender de tê-la apertado de forma tão íntima.

Ele começou a se afastar, porque achava que não era capaz de vê-la sem tocá-la novamente, mas, pouco antes disso, percebeu que ela mantinha os olhos fechados.

O coração dele se partiu e ele correu para junto dela.

– Annabel? – Ele tocou seu ombro, depois sua bochecha. – O que houve?

– Nada – respondeu ela baixinho.

Sebastian deslizou os dedos até o rosto dela, bem próximo às pálpebras.

– Por que está de olhos fechados?

– Eu estou com medo.

– De quê?

Ela engoliu em seco.

– De mim mesma – disse ela, e abriu os olhos. – Do que eu desejo. E do que eu preciso fazer.

– Você não queria que eu...

Pelo bom Deus, será que ela não o desejava? Ele tentou raciocinar. Ela havia retribuído o beijo? Havia tocado nele de volta? Sebastian não conseguia se lembrar. Ficara tão hipnotizado por ela, pelo próprio desejo, que não conseguia se lembrar do que ela tinha feito.

– Não – respondeu ela, com delicadeza. – Eu queria. Esse é o problema. – Ela fechou os olhos novamente, mas apenas por um instante. Parecia estar tentando recompor algo dentro de si, e então voltou a abri-los. – Você poderia me ajudar?

Ele começou a dizer que sim, que a ajudaria. Faria o que estivesse ao seu alcance para protegê-la de seu tio, para salvar sua família e manter seus irmãos na escola, mas só então percebeu que ela estava apontando para os laços da combinação e que tudo o que ela queria era ajuda para se vestir.

E assim ele fez. Deu os laços e abotoou o vestido, e não pronunciou uma palavra quando ela se sentou perto da janela enquanto ele preferiu uma cadeira próximo à porta.

Eles esperaram. E esperaram. Por fim, depois do que pareceu horas, Annabel se levantou e anunciou:

– Ela voltou.

Sebastian ficou de pé e observou Annabel enquanto ela espiava pela janela Olivia descer da carruagem. Ela se virou, e de pronto ele deixou escapar:

– Você quer se casar comigo?

Capítulo dezoito

Annabel quase caiu de cara no chão.

– O quê?

– Não era exatamente a resposta que eu esperava – murmurou Sebastian.

Ainda assim, ela não conseguiu entender.

– *Você* quer se casar *comigo*? – indagou ela.

Ele deixou a cabeça cair de lado.

– Se não me engano, foi essa a pergunta que acabei de lhe fazer, então sim.

– Você não precisa fazer isso – retrucou Annabel, enfática, porque…

Porque ela era uma idiota, e isso era o que idiotas faziam quando homens as pediam em casamento. Diziam que eles não precisavam fazer isso.

– Você está recusando? – perguntou ele.

– Não!

Ele sorriu.

– Então está aceitando.

– Não.

Deus do céu, ela estava atordoada.

Ele deu um passo na direção dela.

– Você não está sendo muito clara, Annabel.

– Você me pegou desprevenida de propósito – acusou ela.

– Eu mesmo me peguei desprevenido – respondeu ele, com delicadeza.

Ela se agarrou ao encosto da cadeira em que se sentara antes. Era um móvel terrivelmente desconfortável, mas ficava perto da janela, e ela queria ficar de olho em lady Olivia, e… Ah, pelo amor de Deus, por que ela estava divagando sobre aquela cadeira estúpida? Sebastian Grey tinha acabado de pedi-la em *casamento*.

Annabel espiou pela janela. Lady Olivia ainda estava descendo da carruagem. Annabel tinha dois minutos, três no máximo.

– Por quê? – perguntou ela a Sebastian.

– Está me perguntando por quê?

Ela assentiu.

– Não sou uma donzela em perigo. Quer dizer, *sou*, mas não é sua responsabilidade me resgatar.

– Verdade – concordou ele.

Ela tinha um argumento na ponta da língua. Não era um argumento coerente, mas ainda assim era um argumento. A resposta dele, no entanto, a deixou completamente desconcertada.

– Verdade? – perguntou ela.

– Sim, você tem razão. Não é minha responsabilidade. – Ele caminhou na direção dela, sedutoramente diminuindo a distância entre eles. – No entanto, seria um prazer.

– Ah, meu Deus.

Ele deu um sorriso.

– Estou de volta!

Era lady Olivia, anunciando sua chegada ainda no corredor.

Annabel olhou para Sebastian. Ele estava de pé, bem próximo a ela.

– Eu beijei você – sussurrou ele.

Ela não conseguiu falar. Mal conseguia respirar.

– Eu beijei você como um marido beija sua esposa.

De alguma forma, ele estava ainda mais perto do que antes. Agora ela definitivamente não conseguia respirar.

– E eu acho – murmurou ele, sua respiração agora tão perto que ela sentia o calor na própria pele – que você gostou.

– Sebastian? – Era lady Olivia. – Ah!

– Um instante, Olivia – disse ele, sem sequer se virar. – E feche a porta.

Annabel ouviu a porta bater.

– Sr. Grey, não sei se…

– Não acha que está na hora de começar a me chamar de Sebastian?

Ela engoliu em seco.

– Sebastian, eu…

– Sinto muito. – Era lady Olivia novamente, adentrando a sala. – Eu não posso permitir.

– Você *pode*, Olivia – grunhiu Sebastian.

– Não, não posso. É minha casa, ela é solteira e…

– E eu estou *pedindo* que ela se case comigo.

– Ah!

A porta se fechou novamente.

Annabel tentou manter os pensamentos em ordem, mas era difícil. Sebastian estava sorrindo para ela como se quisesse mordiscá-la da cabeça aos pés, e ela começava a experimentar sensações estranhíssimas em regiões do corpo que ela mal lembrava que existiam. Mas não podia ignorar que provavelmente lady Olivia estava do outro lado da porta e também não podia ignorar que...

– Alto lá! – exclamou ela, esticando os braços.

Deu um empurrãozinho nele e, ao ver que isso não fez efeito, aumentou um pouco a força.

Ele recuou um passo, mas não parou de sorrir.

– Você acabou de falar para lady Olivia que não queria se casar comigo – argumentou ela.

– Como?

– Apenas algumas horas atrás. Quando eu estava chorando. Você falou que me conhecia havia pouco mais de uma semana.

Sebastian pareceu não se preocupar.

– Ah, *aquilo*.

– Acha que eu não escutei?

– De fato, eu conheço você há pouco mais de uma semana.

Ela não respondeu. Então ele se aproximou e roubou um beijo rápido.

– Mudei de ideia.

– Em duas horas? – perguntou ela, olhando desesperadamente ao redor em busca de um relógio.

– Duas horas e meia, na verdade. – Ele lhe deu seu sorriso mais perverso. – Mas foram duas horas e meia bastante relevantes, concorda?

Olivia irrompeu sala adentro.

– *O que* você fez com ela?

Sebastian soltou um grunhido.

– Você daria uma péssima espiã, sabia?

Olivia atravessou a sala em praticamente um segundo.

– Você a desonrou na minha sala de estar?

– Não – respondeu Annabel imediatamente. – Não. Não. Não, não, não. Não.

Era um bocado de nãos, pensou Seb, contrariado.

– Ele me beijou – contou Annabel a Olivia –, foi só isso.

Sebastian cruzou os braços.

– Quando você se tornou tão puritana, Olivia?

– É a *minha* sala de estar!

Sebastian não via problema algum naquilo.

– Você não estava aqui – salientou ele.

– Basta! – declarou Olivia, passando por ele, decidida, e pegando Annabel pelo braço. – Você vem comigo.

Ah, não, ela não iria.

– Aonde você pensa que a está levando? – inquiriu ele.

– Para casa. Acabei de passar por lá. Newbury já foi embora.

Seb cruzou os braços.

– Ela ainda não me deu uma resposta.

– Ela dará amanhã. – Olivia se virou para Annabel. – Você pode dar sua resposta amanhã.

– Não. Espere. – Sebastian se esticou e puxou Annabel de volta. Olivia *não iria* se meter em seu pedido de casamento. Segurando Annabel firmemente ao seu lado, ele se virou para Olivia e disse: – Ainda há pouco você estava me pressionando a pedi-la em casamento, e agora quer levá-la embora?

– Você tentou seduzi-la.

– Se eu tivesse tentado seduzi-la – rosnou ele –, você teria se deparado com uma cena bem diferente quando chegou.

– Eu ainda estou aqui – avisou Annabel.

– Posso ser a única mulher em Londres que não se apaixonou por você – anunciou Olivia, apontando o dedo para Sebastian –, mas isso não significa que não sei quão charmoso você é capaz de ser.

– Ora, Olivia – disse ele –, que adoráveis elogios.

Annabel levantou a mão.

– Ainda estou aqui.

– Ela tomará a decisão na privacidade do próprio lar, não enquanto você a olha com esses… esses… *olhos*.

Por cerca de dois segundos, Sebastian ficou em silêncio. Depois se curvou de tanto rir.

– O que foi? – disparou Olivia.

Seb cutucou Annabel, então indicou Olivia com a cabeça.

– Eu costumo olhar para *ela* com o nariz.

Annabel mordeu o lábio, claramente se esforçando para não rir. Ele sabia que ela tinha um ótimo senso de humor.

Olivia cruzou os braços e se virou para Annabel:

– Ele é melhor do que o lorde Newbury – disse ela, com convicção –, por muito pouco.

– O que está acontecendo aqui? – Era Harry, parecendo um tanto desalinhado, como se tivesse passado a mão pelos cabelos a tarde toda. Havia uma mancha de tinta em sua bochecha. – Sebastian?

Seb olhou para o primo, depois para Olivia, e começou a rir tanto que precisou se sentar.

Harry deu de ombros, como se aquilo não fosse nada fora do comum.

– Ah, boa tarde, Srta. Winslow. Não a vi.

– Não falei que você sabia como ela era? – murmurou Olivia.

– Estou procurando uma pena – disse sir Harry, dirigindo-se à escrivaninha e vasculhando as gavetas. – Quebrei três só hoje.

– Você quebrou três penas? – indagou Olivia.

Ele abriu outra gaveta.

– É aquela bendita Gorely. Algumas frases dela… Por Deus, elas não acabam nunca. Não sei se tenho capacidade para traduzi-las.

– Faça um esforço – disse Sebastian, ainda tentando recuperar o fôlego.

Harry olhou para ele.

– O que há com você?

Seb abanou a mão no ar, dispensando a pergunta.

– Estou apenas me divertindo um pouco às custas da sua esposa.

Harry encarou Olivia, que apenas revirou os olhos. Depois se dirigiu a Annabel:

– Eles podem ser um pouco cansativos às vezes. Espero que você esteja sendo bem-tratada.

Annabel corou de leve.

– Bem, estou, sim – gaguejou ela.

Harry, no entanto, era daltônico, o que o deixava alheio ao rubor de uma mulher.

– Ah, aqui está. – Ele ergueu uma pena. – Finjam que eu não estou aqui. Continuem o que quer que vocês estivessem… – ele olhou para Sebastian e balançou a cabeça – … hã… fazendo.

– Sim – disse Sebastian, um tanto solene.

Ele soou como um noivo no altar. E gostou disso.

– Eu deveria ir para casa – comentou Annabel enquanto observava Harry deixar o aposento.

Sebastian levantou-se, quase totalmente recuperado de seu acesso de riso.

– Eu vou com você.

– Não vai, não – interveio Olivia.

– Vou, sim – retrucou ele, e então ergueu o queixo e a olhou de cima.

– O que está fazendo? – explodiu ela.

– Estou *olhando* para você – respondeu ele, quase cantarolando.

Annabel tampou a boca com a mão.

– Com o meu na-riz – acrescentou, caso Olivia não tivesse entendido a piada.

Olivia pôs as mãos no rosto. E não porque estivesse rindo.

Sebastian se inclinou na direção de Annabel, uma manobra nada fácil enquanto tentava manter o nariz apontado para Olivia.

– Não é meu tipo favorito de seio – sussurrou ele.

– Eu não quero nem saber o que você acabou de dizer a ela – grunhiu Olivia, ainda com o rosto escondido nas mãos.

– Não – concordou Seb –, não quer mesmo. – Ele endireitou a postura e sorriu. – Vou acompanhar Annabel até a casa dela.

– Ah, vá logo, então – cedeu Olivia, com um suspiro.

Sebastian se aproximou de Annabel e cochichou:

– Eu a venci pela exaustão.

– Até *eu* estou exausta.

– Pois eu ainda não.

Annabel corou novamente. Sebastian se deu conta de que jamais se sentira tão grato por não ser daltônico como o primo.

– Você precisa lhe dar pelo menos um dia para pensar na proposta – insistiu Olivia.

Sebastian arqueou uma sobrancelha.

– Sir Harry lhe deu um dia?

– Isso não está em questão – rebateu Olivia.

– Pois bem – disse Sebastian, voltando-se para Annabel. – Eu me rendo à grande sabedoria do meu querido primo. Acho que Harry foi o 12º homem a pedi-la em casamento. Ao passo que eu jamais havia pronunciado a palavra "casamento" diante de uma dama até hoje.

Annabel sorriu para ele. Foi como um nascer do sol.

– Amanhã vou procurá-la para saber sua resposta – anunciou ele, sentindo um sorriso se abrir no próprio rosto. – Enquanto isso... – Ele estendeu o braço. – Podemos partir?

Annabel deu um passo na direção dele, depois parou.

– Na verdade, acho que eu gostaria de voltar para casa sozinha.

– Gostaria?

Ela assentiu.

– Presumo que minha aia ainda esteja aguardando para me acompanhar. Não é muito distante. Além disso... – Ela baixou os olhos e mordeu o lábio.

Sebastian tocou o queixo dela.

– Seja franca, Annabel – disse ele baixinho.

– Creio que será difícil pensar com clareza na sua presença – respondeu ela, sem fitá-lo.

Ele considerou isso um ótimo sinal.

Annabel fechou a porta com cuidado ao entrar e parou por um segundo. A casa estava em silêncio; talvez, com sorte, seus avós tivessem saído. Ela pôs o livro no aparador do vestíbulo enquanto tirava as luvas, depois o pegou de volta, planejando subir para o quarto. Mas, antes que desse três passos, sua avó surgiu na entrada da sala de estar.

– Aí está você – disse lady Vickers, parecendo extremamente aborrecida. – Onde diabo se meteu?

– Fui fazer compras – mentiu Annabel. – Encontrei algumas amigas. Tomamos uma granita.

A avó soltou um suspiro de preocupação.

– Você vai arruinar sua silhueta.

Annabel deu um sorriso tenso e ergueu o livro que lady Olivia havia lhe emprestado.

– Vou para o quarto ler um pouco.

A avó esperou até que ela pisasse no primeiro degrau e falou:

– Você perdeu a visita do conde.

Annabel engoliu em seco e se virou.

– Ele esteve aqui?

A avó estreitou os olhos, mas, se suspeitava que Annabel evitara lorde Newbury de propósito, não falou nada. Indicou a sala de estar com a cabeça, claramente esperando que Annabel a seguisse. Annabel foi atrás dela e parou junto à porta enquanto a avó foi até o bar para se servir de uma bebida.

– Teria sido muito mais conveniente se você estivesse aqui – começou lady Vickers. – Mas tenho o prazer de afirmar que o tratamos da melhor forma possível. Ele passou quase uma hora com seu avô.

– Passou? – A voz de Annabel saiu aguda e hesitante.

– Sim, e *você* terá o prazer de saber que eu fiquei escutando atrás da porta o tempo todo. – Ela tomou um gole e soltou um suspiro de satisfação. – Seu avô esqueceu de mencionar uma coisa sobre sua família em Gloucestershire, então decidi interferir.

– Interferir?

– Posso ter 53 anos...

Na verdade, tinha 71.

– ... mas ainda sou afiada como uma espada. – Lady Vickers pousou a taça na mesa e se inclinou para a frente, parecendo extraordinariamente orgulhosa de si mesma. – Newbury pagará a universidade para todos os seus quatro irmãos e comprará um título para qualquer um que quiser. Quanto às suas irmãs, só consegui garantir um mísero dote, mas já é mais do que o que você mesma conseguiu. – Ela tomou um longo gole e riu. – E *você* fisgou um conde.

Era tudo que Annabel esperava. Seus irmãos e irmãs estariam resguardados. Teriam tudo de que precisassem.

– Ele não quer um noivado muito longo – contou lady Vickers. – Você sabe que ele quer um filho, e rápido. Ah, não me olhe com essa cara. Sabia que isso estava por vir.

Annabel balançou a cabeça.

– Eu... eu não estava olhando a senhora com cara nenhuma. Eu só...

– Meu *Deus* – gemeu a avó. – Vai me obrigar a ter *a conversa* com você?

Annabel esperava com todas as forças que não.

– Céus. Eu tive com sua mãe e com sua tia Joan. Vou precisar de uma dose maior se tiver que ter essa conversa com você.

– Não, está tudo bem – respondeu Annabel de pronto. – Não preciso da conversa.

A declaração deixou a avó espantada.

– Mesmo? – perguntou ela, subitamente muito interessada.

– Bem, não agora – disse Annabel, e continuou, embora num tom um pouco mais baixo: – Ou talvez não precise… jamais. Com a senhora.

– Como assim?

– Eu vim do campo – esclareceu ela, com uma falsa alegria. – Muitos… animais… e… hã…

– Olhe – disse lady Vickers –, você pode saber coisas sobre ovelhas que com certeza eu jamais desejaria ouvir, mas sei de uma coisinha ou outra sobre se casar com um nobre com excesso de peso.

Annabel desabou em uma cadeira. Qualquer que fosse o conhecimento que sua avó queria lhe transmitir, ela não estava certa de que conseguiria ouvi-lo sem se sentar.

– Tudo se resume a uma coisa – anunciou lady Vickers, sacudindo um dedo na direção da neta. – Quando ele terminar, fique de pernas para o ar.

O sangue desapareceu do rosto de Annabel.

– Faça isso – insistiu a avó. – Confie em mim. Isso ajudará a manter a semente lá dentro e, quanto mais cedo você engravidar, mais cedo poderá parar de dormir com ele. Esse, minha querida, é o segredo para um casamento bem-sucedido.

Annabel pegou seu livro e ficou de pé, caminhando um tanto atordoada.

– Preciso me deitar.

Lady Vickers deu um sorriso.

– Vá, querida. Ah! Quase esqueci. Vamos viajar hoje à noite.

– O quê? Para onde?

E como ela daria a resposta a Sebastian?

– Winifred organizou uma festa de última hora no campo – contou ela –, e você vai conosco.

– Eu vou?

– Preciso ir também, para aquele maldito, aquele estúpido…

Annabel ficou de queixo caído enquanto ouvia aquela série de impropérios, surpreendentes até mesmo quando saíam da boca da avó.

– Eu odeio o campo – resmungou lady Vickers. – É um desperdício de ar puro.

– Temos mesmo que ir?

– Claro que temos que ir, sua boba. Alguém precisa resolver as coisas.

– Como assim? – indagou Annabel, cautelosa.

– Winifred é uma maldita fingida, mas me deve um favor – disse a avó com rispidez. – Ela me garantiu que Newbury estará presente. Só que não pude impedi-la de convidar aquele outro também.

– Sebas… O Sr. Grey? – questionou Annabel, deixando cair o livro.

– Sim, esse – confirmou lady Vickers, parecendo bastante ofendida.

Ela esperou cerca de meio segundo enquanto Annabel se atrapalhava, deixando o livro cair pela segunda vez antes de finalmente largá-lo sobre a mesa.

– Acho que não posso condená-la – continuou ela. – Será o *maior* evento da temporada.

– Ele confirmou presença? Mesmo sabendo que o tio estará lá?

– Quem vai saber? Winifred enviou os convites esta tarde. – Lady Vickers deu de ombros. – Ele é *mesmo* bonito.

– O que isso tem a ver com… – Annabel fechou a boca. Não queria ouvir a resposta.

– Vamos partir em duas horas – disse lady Vickers, terminando a bebida.

– Duas horas? Eu não consigo me aprontar em duas horas.

– Claro que consegue. As criadas já arrumaram suas coisas. Winifred não mora muito longe da cidade, e o sol se põe tarde nesta época do ano. Com bons cavalos, chegaremos lá logo após o anoitecer. E prefiro ir logo esta noite. Detesto viajar de manhã.

– A senhora tem estado muito ocupada – pontuou Annabel.

Lady Vickers se empertigou, parecendo bastante orgulhosa de si mesma.

– Tenho mesmo. Você faria bem em seguir o meu exemplo. Ainda vamos fisgar esse conde.

– Mas eu… – Annabel congelou, imediatamente emudecida diante do olhar da avó.

– Tenho certeza – interrompeu lady Vickers, estreitando os olhos até se tornarem duas lascas de gelo – de que você não ia dizer que não quer se casar com ele.

Annabel não respondeu. Nunca ouvira a avó falar num tom tão ameaçador. Ela balançou a cabeça em negativa, devagar.

– Muito bem. Porque eu sei que você não gostaria de dificultar ainda mais a vida de seus irmãos.

Annabel deu um passo para trás. Como era possível que a avó a estivesse ameaçando?

– Ah, pelo amor de Deus – disparou lady Vickers. – Não faça essa cara de apavorada. Acha que eu vou bater em você?

– Não! É só que...

– Você vai se casar com o conde e pode ser amante do sobrinho dele.

– Vovó!

– Não me olhe como uma maldita puritana. Você não poderia esperar nada melhor. Se engravidar do homem errado, pelo menos tudo fica em família.

Annabel não conseguia encontrar as palavras.

– Ah, a propósito, Louisa também vai conosco. A tiazinha chata dela pegou um resfriado e não poderá lhe fazer companhia esta semana, então eu falei que a levaria junto. Não queremos que ela fique mofando dentro do quarto, não é mesmo?

Annabel balançou a cabeça.

– Pois bem. Vá se aprontar. Partiremos em uma hora.

– A senhora disse duas.

– Eu disse? – Lady Vickers deu de ombros. – Devo ter mentido. Melhor isso do que ter esquecido.

Annabel viu, boquiaberta, a avó sair da sala. Sem dúvida, aquele tinha sido o dia mais estranho e mais importante de sua vida.

No entanto, tinha a impressão de que o dia seguinte seria ainda mais...

Capítulo dezenove

Na manhã seguinte

Sebastian sabia exatamente por que fora convidado para a festa na casa de lady Challis. Ela nunca tinha gostado dele, e ele nunca fora convidado para nenhum evento dos Challis antes. No entanto, lady Challis, apesar de seu jeito de beata, era uma anfitriã extremamente competitiva e, se conseguisse organizar a festa do ano – contando com a presença de Annabel, Sebastian *e* lorde Newbury sob o mesmo teto –, então, em nome de Deus, ela o faria.

Seb não gostava muito de ser tratado como fantoche, mas não estava disposto a permitir que Newbury tivesse acesso irrestrito a Annabel, o que aconteceria caso recusasse o convite.

Além disso, ele dissera a Annabel que lhe daria um dia para avaliar seu pedido e pretendia cumprir sua promessa. Se ela ia estar em Berkshire, na casa de lorde e lady Challis, ele também estaria. Contudo, Seb não era tolo e sabia que lady Vickers, lady Challis e seus comparsas estariam torcendo para que lorde Newbury vencesse a guerra pela mão de Annabel. Como as batalhas mais difíceis são travadas pelos melhores soldados, ele tratou de arrancar Edward da cama e o meteu na carruagem para Berkshire. Edward não havia sido convidado, mas ele era jovem, solteiro e, até onde Sebastian sabia, tinha todos os dentes. O que significava que nunca seria expulso de uma festa numa casa de campo. Nunca.

– Harry e Olivia sabem que você roubou a carruagem deles? – perguntou Edward, esfregando os olhos.

– O termo correto é "recrutar". E, sim, eles sabem.

Sabiam mais ou menos. Sebastian deixara um bilhete.

– Quem vai estar lá? – Edward bocejou.

– Cubra a sua boca.

Edward olhou atravessado para ele.

Sebastian ergueu o queixo enquanto olhava impaciente pela janela. A rua estava lotada de gente e a carruagem se movia a passo de tartaruga.

– Além da Srta. Winslow e do meu tio, não faço ideia.

– Srta. Winslow... – repetiu Edward, com um suspiro.

– Não ouse – rebateu Seb.

– O que foi?

– Não faça essa cara quando estiver pensando nela.

– Que cara?

– Essa que você... – Seb fez uma expressão abobalhada e deixou a língua pender no canto da boca. – *Esta*.

– Bem, você há de convir, ela é muito...

– Cale-se – advertiu Seb.

– Eu ia dizer que ela é muito encantadora – informou Edward.

– Você não ia dizer isso.

– Ela tem um belo par de...

– *Edward!*

– ... olhos – completou o outro, com um sorriso malicioso.

Sebastian o encarou, cruzou os braços e se virou para a janela. Depois descruzou os braços, olhou para Edward mais uma vez por um bom tempo e o chutou.

– Por que isso?

– Por qualquer comentário inapropriado que você fosse fazer.

Edward começou a rir. Pela primeira vez, Seb não sentiu que alguém estivesse rindo *com ele*. Definitivamente, o primo estava rindo *dele*.

– Preciso lhe dizer – apontou Edward – que é mesmo engraçado você se apaixonar pela mulher com quem seu tio quer se casar.

Sebastian se mexeu desconfortavelmente em seu assento.

– Eu não estou apaixonado por ela.

– Não – disse Edward, com ironia –, só quer se casar com ela.

– Olivia lhe contou?

Oras, ele pedira a Olivia que não dissesse nada a ninguém.

– Ela não disse nada – respondeu o primo, com um sorriso. – Você, sim.

– Filhote ... – murmurou Seb.

– Acha que ela vai aceitar?

– Por que não aceitaria? – questionou Sebastian em um tom defensivo.

– Não me entenda mal; se eu fosse mulher, não conseguiria pensar em mais ninguém com quem iria preferir me casar...

– Acredito que falo por todos os homens do mundo quando digo que me sinto aliviado por isso não ser uma hipótese plausível.

Edward fez uma careta diante do insulto, mas não se ofendeu.

– Newbury pode fazer dela uma condessa – lembrou o primo.

– Talvez eu também possa – murmurou Seb.

– Pensei que você não se importasse com o título.

– Não me importo mesmo. – E era verdade. Embora ele talvez se importasse agora. – Não por mim, pelo menos.

Edward deu de ombros, inclinando a cabeça levemente para o lado. Havia algo familiar naquele movimento, algo que Sebastian não conseguia identificar.

Até que ele percebeu que era um pouco como se olhar no espelho.

– Ela odeia Newbury – deixou escapar Sebastian.

Edward bocejou.

– Ela não seria a primeira mulher a se casar com um homem que odeia.

– Ele tem o triplo da idade dela.

– Mais uma vez, não seria a primeira.

Seb abanou a mão em sinal de frustração.

– Por que está falando tudo isso?

Edward assumiu um semblante sério.

– Apenas acredito que é importante estar preparado – respondeu.

– Então você acha que ela não vai aceitar.

– Honestamente, eu não faço ideia. Nunca sequer vi vocês dois juntos. Mas prefiro que você fique surpreso a ter o coração partido.

– Meu coração não será partido – resmungou Seb.

Porque ela não ia dizer não. Ela comentara que não conseguiria pensar claramente na presença dele. Se alguma vez uma mulher quis aceitar uma proposta de casamento, essa mulher era Annabel.

Mas *querer aceitar* era o suficiente? Os avós dela não ficariam contentes se Sebastian fosse o escolhido em vez de Newbury. E ele sabia que Annabel se preocupava com a falta de dinheiro da família. Certamente ela não abriria mão da própria felicidade em troca de algumas moedas. Não era como se estivessem à beira da miséria. Não era possível, não se os irmãos dela ainda estavam frequentando a escola. E Sebastian tinha dinheiro. Não tanto quanto Newbury – ah, está bem, nem perto disso –, mas tinha o suficiente para pagar pela educação dos irmãos dela.

Annabel não sabia disso. A maior parte da sociedade o considerava um parasita divertido. Até mesmo Harry pensava que ele tomava o desjejum todos os dias com os Valentines porque não podia comprar a própria comida.

Sebastian devia seu lugar na sociedade ao seu charme e à sua boa aparência. E ao fato de sempre haver a possibilidade de seu tio morrer antes de gerar um novo herdeiro. O que ninguém imaginava era que Sebastian tinha uma fonte de renda. Ninguém suspeitava que ele ganhara uma bela quantia escrevendo romances góticos sob um pseudônimo feminino.

Depois que a carruagem se livrou do tráfego de Londres, Edward adormeceu. E permaneceu assim até eles pararem diante de Stonecross, a mansão dos Tudors que servia como uma das imensas casas de campo dos Challis. Ao saltar, Seb se viu analisando o ambiente com um olhar cuidadoso.

Parecia quase como se ele estivesse de volta à guerra, vigiando locais, observando os soldados. Era o que ele costumava fazer. Ele observava. Nunca estivera na linha de frente. Nunca havia se envolvido em combates corpo a corpo, nunca olhara o inimigo nos olhos. Ele fora excluído da ação, sempre observando, atirando de longe.

E ele nunca errava.

Sebastian tinha as duas qualidades encontradas em todos os grandes franco-atiradores: mira excelente e paciência. Não dava nenhum tiro a menos que fosse certeiro e nunca perdia o controle. Mesmo na ocasião em que Harry quase foi morto, quando um capitão francês se aproximou dele por trás, Sebastian se manteve absolutamente imóvel. Ele observou e aguardou, e só disparou no momento certo. Harry nunca soube quão perto esteve da morte.

Depois do tiro, Sebastian vomitou no meio dos arbustos.

Era estranho que ele se sentisse novamente como um soldado. Ou talvez não fosse assim tão estranho. Ele vinha travando uma guerra contra o tio durante sua vida inteira.

No desjejum daquela manhã, lady Challis informou a Annabel e Louisa que a maioria dos convidados, inclusive lorde Newbury, só chegaria no fim da tarde. Como não mencionou Sebastian, Annabel não questionou. Perguntas como essa seriam imediatamente relatadas à avó, e ela não queria repetir o tipo de conversa da noite anterior.

Era uma adorável manhã de verão, então Annabel e Louisa decidiram caminhar até o lago, mais pelo fato de que ninguém mais parecia querer ir. Quando chegaram lá, Louisa imediatamente pegou uma pedra e a atirou, quicando-a no espelho-d'água.

– Como você fez isso? – indagou Annabel.

– Fazer uma pedra quicar? Você não sabe?

– Não. Meus irmãos sempre alegaram que nenhuma garota seria capaz de fazer isso.

– E você acreditou neles?

– Claro que não. Mas tentei durante anos e nunca consegui provar que eles estavam errados.

Annabel pegou uma pedra e tentou fazê-la quicar na água. A pedra afundou instantaneamente.

Louisa deu um sorriso esnobe, pegou outra pedra e a fez voar.

– Um, dois, três, quatro… *cinco*! – gritou ela, contando os quiques. – Meu recorde é seis.

– Seis? – indagou Annabel, sentindo-se uma fracassada. – Sério?

Louisa deu de ombros, procurando outra pedra.

– Meu pai me ignora na Escócia, tanto quanto o faz em Londres. A única diferença é que, para me ocupar, tenho lagos e pedras em vez das festas da temporada. – Ela encontrou uma bela pedra achatada e a pegou. – Tive bastante tempo para praticar.

– Me mostre como você…

Mas Louisa já a havia atirado.

– Um… dois… três… *quatro*. – Ela bufou, irritada. – Sabia que essa era pesada demais.

Annabel viu, incrédula, a prima atirar mais três pedras no lago, cada uma quicando cinco vezes.

– Acho que estou com inveja – anunciou por fim Annabel.

Louisa abriu um sorriso.

– De mim?

– Você não parece ter força suficiente nem para *erguer* uma daquelas pedras, menos ainda para fazê-las quicar na água.

– Ai, Annabel – repreendeu Louisa, sem deixar de sorrir. – Não precisa ser tão cruel.

Annabel fez uma careta fingida.

– Eu não consigo correr – disse a prima. – Fui banida de todos os torneios de arco e flecha por ameaçar a segurança dos demais competidores e jogo cartas mal para diabo.

– *Louisa!*

Louisa falara um palavrão. Annabel não podia acreditar.

– Mas sei fazer as pedras quicarem na água com maestria.

Ela atirou outra pedra no lago.

– Sabe mesmo – concordou Annabel, devidamente impressionada. – Você vai me ensinar?

– Não. – Louisa arqueou as sobrancelhas. – Gosto de ter algo em que sou muito melhor do que você.

Annabel mostrou a língua.

– Você *disse* que consegue dar seis quiques.

– Eu consigo – insistiu Louisa.

– Pois eu não vi. – Annabel caminhou até uma rocha grande e passou a mão no topo, certificando-se de que estava seca antes de se sentar. – Eu tenho a manhã toda. E a tarde também, acabo de constatar.

Louisa fez uma careta, depois resmungou e saiu batendo os pés na tentativa de encontrar mais pedras. Quicou cinco vezes, depois quatro, depois cinco de novo.

– Estou esperando! – clamou Annabel.

– As pedras estão acabando!

– Uma desculpa bem conveniente.

Annabel examinava as unhas para ver se havia alguma sujeira debaixo delas quando Louisa pegou sua pedra derradeira. Quando Annabel ergueu os olhos, uma pedra voava pela superfície. Um... dois... três... quatro... cinco... *seis*!

– Você conseguiu! – exclamou Annabel, dando um pulinho. – Seis!

– Não fui eu – disse Louisa.

Ambas se viraram.

– Senhoritas – cumprimentou Sebastian, com uma mesura elegante.

Ele ficava absurdamente belo ao sol da alvorada. Annabel nunca percebera que seus cabelos tinham um tom avermelhado. Ela se deu conta de que nunca o havia visto pela manhã. Eles tinham se encontrado ao luar e à tarde. Na ópera, ela o vira sob a luz trêmula de centenas de velas.

A luz da manhã *era* diferente.

– Sr. Grey – murmurou ela, sentindo-se tímida de repente.

– Foi incrível! – exclamou Louisa. – Qual é o seu recorde?

– Sete.

– Sério?

Annabel não sabia se alguma vez vira a prima tão animada. Exceto, talvez, quando ela estava falando sobre os tais livros da Sra. Gorely. Que Annabel ainda precisava ler. Ela tinha começado *A Srta. Sainsbury e o coronel misterioso* na noite anterior, mas só conseguira avançar por dois capítulos. Ainda assim, era impossível não ficar impressionada com as adversidades que a pobre Srta. Sainsbury havia conseguido superar em apenas 24 páginas. Ela tinha sobrevivido ao cólera e a uma infestação de ratos e torcera o tornozelo duas vezes. Os problemas de Annabel não pareciam tão terríveis em comparação com os dela.

– Sabe atirar pedras, Srta. Winslow? – perguntou Sebastian educadamente.

– Para meu eterno constrangimento, não.

– Eu consigo fazer seis quiques – disse Louisa.

– Mas não conseguiu hoje – interveio Annabel, incapaz de resistir ao desejo de provocar a prima.

Louisa pôs o dedo em riste, irritada, e foi até a margem do lago, procurando outra pedra adequada. Sebastian se aproximou e parou ao lado de Annabel, as mãos levemente entrelaçadas nas costas.

– Ela sabe? – perguntou ele baixinho, indicando Louisa com a cabeça.

Annabel balançou a cabeça.

– Alguém sabe?

– Não.

– Entendo.

Ela não tinha certeza de que ele entendia alguma coisa, porque ela própria não entendia nada.

– Um convite bastante repentino ao campo, não acha? – murmurou ele.

Annabel revirou os olhos.

– Suspeito que minha avó esteja por trás disso.

– Foi ela quem me convidou?

– Não, acredito que na verdade ela tenha dito que não poderia *impedir* que você fosse convidado.

Ele riu.

– Eu sou tão querido.

O coração de Annabel parou por um segundo.

– O que foi? – indagou ele ao perceber que de repente ela parecia assustada.

– Eu não sei. Eu...

– Aqui está! – anunciou Louisa, andando de volta para junto deles. Ela segurava uma pedra redonda e chata, o braço estendido acima da cabeça. – Esta é a pedra perfeita para quicar na água.

– Posso ver? – perguntou Sebastian.

– Só se o senhor prometer não jogar.

– Eu lhe dou a minha palavra.

Ela entregou a pedra ao Sr. Grey, que a virou de um lado para outro, testando seu peso e sua textura. Depois a devolveu, meio que dando de ombros.

– Acha que não é boa? – questionou Louisa, um pouco desconcertada.

– Não é *ruim*.

– Ele está tentando abalar sua confiança – comentou Annabel.

Louisa suspirou.

– Isso é verdade?

Sebastian deu um sorriso falso para Annabel.

– A senhorita me conhece tão bem...

Louisa foi até a beira da água.

– Não foi muito gentil da sua parte, Sr. Grey.

Sebastian riu e se apoiou na rocha onde Annabel estava sentada.

– Eu gosto da sua prima – declarou ele.

– Eu também gosto dela.

Louisa respirou fundo, concentrou-se e atirou a pedra, com um movimento incrivelmente preciso do pulso, na opinião de Annabel.

Todos eles contaram: "Um... dois... três... quatro... cinco... *seis*!"

– Seis! – gritou Louisa. – Eu consegui! Seis! Rá! Eu disse que conseguia fazer seis. – A última frase foi dirigida a Annabel.

– Agora você tem que fazer sete – disse Sebastian.

Annabel explodiu em gargalhadas.

– Hoje não – comentou Louisa. – Hoje vou viver a glória da minha *hexatidão*.

– *Hexatidão?*

– *Hexatitude.*

Annabel deu um sorriso.

– *Hexateza* – proclamou Louisa. – Além disso – acrescentou ela, meneando a cabeça em direção a Sebastian –, eu não vi o senhor fazer sete.

Ele levantou as mãos em derrota.

– Faz muitos, muitos anos.

Louisa deu um sorriso genuíno para os dois.

– Diante disso, acredito que me retirarei para comemorar. Vejo vocês mais tarde. Talvez *muito* mais tarde.

E, tendo dito isso, ela partiu, deixando Annabel e Sebastian completamente a sós.

– Eu já disse que gosto da sua prima? – ponderou Sebastian. – Acho até que eu a amo. – Ele inclinou a cabeça para Annabel. – De forma puramente platônica, é claro.

Annabel respirou fundo, mas, quando soltou o ar, se sentiu trêmula e nervosa. Sabia que Sebastian queria uma resposta, e ele *merecia* uma. Mas ela não tinha nada a dizer. Apenas uma sensação horrível de vazio por dentro.

– Você parece cansado – disse ela.

Ele parecia mesmo.

Sebastian deu de ombros.

– Eu não dormi bem. Raramente durmo.

A voz dele soou estranha, e ela o observou com mais atenção. Ele não a encarava; seus olhos estavam fixos em algum ponto completamente aleatório. A raiz de uma árvore, ao que parecia. Depois fitou os próprios pés, um dos quais juntava um montinho de terra. Havia algo familiar na expressão dele, e então ela se lembrou: era a mesma expressão que ele tinha naquele dia no parque, logo após ter atirado no alvo.

E, na ocasião, ele não quisera falar sobre o ocorrido.

– Sinto muito – disse ela. – Eu detesto quando não consigo dormir.

Ele deu de ombros novamente, o que começou a parecer forçado.

– Estou acostumado.

Annabel ficou algum tempo em silêncio, então percebeu que a pergunta óbvia era:

– Por quê?

– Por quê? – repetiu ele.

– Sim. Por que você tem dificuldade para dormir? Sabe a causa?

Sebastian sentou-se ao lado dela, olhando para o lago, onde algumas ondulações provocadas pelas pedras ainda repercutiam na superfície. Pensou por um momento, depois abriu a boca como se fosse dizer algo.

Mas não disse nada.

– Eu aprendi que tenho que fechar os olhos – disse ela, captando a atenção dele. – Quando estou tentando dormir – esclareceu. – Tenho que fechar os olhos. Se eu ficar olhando para o teto, vou ter que aceitar a derrota. Afinal, não vou conseguir dormir com os olhos abertos.

Sebastian refletiu sobre aquilo por um instante, com um sorriso irônico.

– Eu olho para o teto – admitiu ele.

– Bem, aí está o seu problema.

Ele se virou. Annabel estava olhando para ele com uma expressão transparente, os olhos sinceros. E, enquanto estava sentado ali, desejando que fosse aquele o problema, de repente ele pensou: "Bem, talvez seja." Talvez algumas das perguntas mais complexas tivessem respostas simples.

Talvez *ela* fosse a sua resposta simples.

Ele queria beijá-la. O desejo o atingiu de repente, de forma avassaladora. No entanto, queria apenas encostar os lábios nos dela. Nada além disso. Apenas um simples beijo de gratidão, de amizade, talvez até de amor.

Mas ele não iria beijá-la. Ainda não. Ela inclinara a cabeça para o lado, e a maneira como o encarava... Sebastian queria saber em que ela estava pensando. Queria saber mais sobre ela. Queria saber quais eram suas ideias, suas esperanças e seus medos. Queria saber em que ela ficava pensando nas noites em que não conseguia dormir, e também com que ela sonhava quando finalmente pegava no sono.

– Eu fico pensando na guerra – confessou ele.

Nunca havia contado aquilo para ninguém.

Ela assentiu. De leve, um movimento tão breve que ele mal pôde notar.

– Deve ter sido terrível.

– Nem tudo. Só que o que eu mais penso durante a noite...

Sebastian fechou os olhos por um instante, incapaz de afastar o cheiro acre de pólvora, o sangue e, o pior de tudo, o barulho.

Annabel pousou a mão sobre a dele.

– Eu sinto muito.

– Não é tão ruim quanto antes.

– Isso é bom. – Ela sorriu encorajadoramente. – O que você acha que mudou?

– Eu...

Mas ele não terminou a frase. Não podia contar a ela. Ainda não. Como poderia lhe contar sobre seus escritos, se nem sabia se ela gostava deles? Nunca se incomodara com o fato de Harry e Olivia acharem os livros da Sra. Gorely terríveis (bem, não *tão* terríveis, pelo menos), mas se Annabel os detestasse...

Talvez fosse demais para suportar.

– Acho que foi o tempo – respondeu Sebastian. – O tempo cura todas as feridas, é o que dizem.

Ela assentiu novamente, um pequeno movimento que ele gostava de pensar que só ele conseguia detectar. Annabel o encarou com curiosidade, a cabeça inclinada para o lado.

– O que foi? – perguntou ele, observando-a franzir a testa.

– Acho que seus olhos são da cor dos meus – disse ela, admirada.

– Que belos bebês de olhos acinzentados teremos – exclamou ele, sem pensar.

A animação desapareceu dos olhos de Annabel e ela desviou o olhar. Maldição. Ele não queria pressioná-la. Pelo menos não por ora. Sebastian estava tão *feliz* naquele momento! Completa e perfeitamente confortável. Contara a outro ser humano um de seus segredos mais profundos e não tinha sido o fim do mundo. Era impressionante quanto aquilo o fez se sentir bem.

Não, "feliz" não era o termo correto. Era frustrante tentar encontrar as palavras certas. Não sabia como explicar. Ele se sentia...

Aliviado.

Leve.

Descansado. Ao mesmo tempo, queria fechar os olhos, encostar a cabeça em um travesseiro ao lado dela e dormir. Nunca havia sentido nada assim.

E então ele tinha estragado tudo. Annabel estava fitando o chão, as bochechas contraídas, e toda a cor se esvaíra dela. Ela parecia exatamente a mesma, não pálida, não corada, mas ainda assim sem cor.

A raiva começou a queimar dentro de Seb. Aquilo partiu o coração dele.

Ele conseguiu visualizar a vida dela como esposa de seu tio. Aquele casamento não a destruiria, apenas a sugaria pouco a pouco.

Sebastian não podia permitir que isso acontecesse. Simplesmente não podia permitir.

– Ontem eu lhe perguntei se você queria se casar comigo – disse ele.

Ela desviou o olhar. Dessa vez não para os pés, mas para longe.

Annabel não tinha uma resposta. Ele ficou surpreso com a dor que o atingiu. Ela não estava sequer recusando; estava apenas implorando por mais tempo.

Implorando silenciosamente, ele se corrigiu. Talvez a cena pudesse ser descrita mais precisamente como "evitando a questão".

Ainda assim, Sebastian havia pedido sua mão *em casamento*. Será que ela pensava que ele fazia propostas como aquela da boca para fora? Ele sempre achou que, quando finalmente pedisse uma mulher em casamento, ela explodiria em lágrimas de felicidade e ficaria fora de si de tanta alegria. Um arco-íris irromperia no céu, borboletas dançariam sobre os dois e o mundo inteiro cantaria de mãos dadas.

Ou, pelo menos, ela diria sim. Ele não se considerava o tipo de homem que pediria a mão de uma mulher que pudesse dizer não.

Ele ficou de pé. Estava inquieto demais para permanecer sentado. Toda aquela paz, toda aquela adorável leveza, havia desaparecido.

Que diabo ele deveria fazer agora?

Capítulo vinte

Annabel observou enquanto Sebastian caminhava em direção à água. Ele parou bem na beira do lago, perto o suficiente para quase molhar os sapatos. Seus olhos estavam fixos na margem oposta, a postura, rígida e inflexível.

Aquilo era tão incomum. Era tão... errado.

Sebastian tinha graça, desenvoltura. Todos os movimentos dele eram como uma dança secreta, todo sorriso era um poema silencioso. Aquilo não estava certo. Não era ele. Desde quando ela o conhecia tão bem que podia afirmar que ele estava estranho apenas ao olhá-lo? E por que doía tanto saber que ela entendia isso? Que o *conhecia*?

Depois do que pareceu uma eternidade, Sebastian se virou e disse, com uma formalidade dolorosa:

– Pelo seu silêncio, devo imaginar que você não tem uma resposta.

Ela balançou a cabeça muito de leve, apenas o suficiente para dizer não.

– Isso abala mesmo minha confiança – comentou ele –, deixá-la assim sem palavras.

– É tudo muito complicado – retrucou Annabel.

Sebastian cruzou os braços e olhou para ela com uma sobrancelha erguida. E assim, do nada, ele estava de volta. A rigidez tinha ido embora, substituída por uma confiança descontraída. Quando ele caminhou na direção dela, o fez com uma graciosidade tão arrogante que a hipnotizou.

– Não é complicado – disse ele. – Não poderia ser mais simples. Eu pedi sua mão em casamento e você quer se casar comigo. Tudo o que você precisa fazer é aceitar.

– Eu não disse que...

– Você quer – interveio ele, com um grau incrivelmente irritante de certeza. – Você sabe que quer.

Ele estava certo, é claro, mas Annabel não pôde deixar de se afetar pela arrogância dele.

– Você é tão seguro de si.

Sebastian deu um passo na direção dela, abrindo lentamente um sorriso. Sedutoramente.

– Não deveria?

– Minha família... – sussurrou ela.

– Não vai passar fome. – Ele tocou o queixo dela, erguendo seu rosto gentilmente. – Eu não sou um pobretão, Annabel.

– Nós somos oito.

Ele ponderou.

– Muito bem, ninguém vai passar fome, mas pode ser que todos emagreçam um pouco.

Ela soltou uma gargalhada. Odiava que ele fosse capaz de fazê-la rir num momento como aquele. Não, ela amava. Não, ela *o* amava.

Oh, Deus.

Ela deu um pulo.

– O que foi? – perguntou ele.

Annabel balançou a cabeça.

– Me diga – insistiu ele, pegando a mão dela, puxando-a de volta para si. – Aconteceu alguma coisa. Eu vi nos seus olhos.

– Não, Sr. Gr...

– Sebastian – lembrou ele, dando um beijo suave na testa dela.

– Sebastian – resmungou ela.

Era difícil falar quando ele estava tão perto. Era difícil pensar.

Os lábios dele desceram até a bochecha dela, leves e macios.

– Eu conheço algumas formas de fazer você falar – sussurrou ele.

– Q-Quê?

Ele mordeu o lábio inferior de Annabel e depois avançou para a orelha dela.

– Em que você estava pensando? – murmurou ele.

Ela só conseguia gemer.

– Terei que ser mais persuasivo.

As mãos dele desceram pelas costas dela, deslizando para baixo até apalpar suas nádegas, pressionando-as contra ele. Annabel sentiu a cabeça pender para trás, fugindo daquele ataque libidinoso, mas ainda assim ela mal conseguia respirar. Seu corpo estava totalmente contraído e quente, e ela sentia o volume do membro dele crescendo.

– Eu quero você – sussurrou ele. – E eu sei que você me quer.

– Aqui? – indagou ela, arfando.

Ele riu.

– Sou um pouco mais refinado do que isso. Mas – acrescentou ele, parecendo pensativo – estamos *mesmo* sozinhos aqui.

Ela assentiu.

– Nenhum dos convidados chegou ainda. – Ele beijou a pele macia onde a orelha dela encontrava a linha do maxilar. – E acho que é seguro supor que sua encantadora prima não vai nos perturbar.

– Sebastian, eu...

– Ela será a madrinha dos nossos filhos.

– O quê?

No entanto, ela mal conseguia falar, de tão ofegante. A mão dele havia encontrado o caminho sob a saia dela e subia implacavelmente por sua perna. E tudo o que ela queria – ah, meu bom Deus, ela era uma menina travessa – era se curvar, abrir um pouco mais as pernas e deixar tudo mais fácil para ele fazer o que quisesse.

– Ela pode ensiná-los a quicar pedras na água – disse ele, alcançando a parte macia logo acima do joelho.

Annabel estremeceu.

– Sente cócegas aqui? – perguntou ele com um sorriso, e então subiu a mão. – Teremos muitos filhos, eu acho. Muitos e muitos e muitos.

Ela precisava detê-lo. Precisava falar alguma coisa, dizer que ainda não havia decidido, que não podia se comprometer enquanto não tivesse tempo suficiente para pensar com clareza, o que obviamente não ia acontecer na presença dele. Ele estava falando sobre o futuro, sobre filhos, e ela sabia que seu silêncio parecia um consentimento.

Ele passou o dedo ao longo da parte interna da coxa dela.

– Acho que não existe a *menor* chance de não termos muitos filhos – murmurou ele enquanto seus lábios encontravam a orelha dela novamente. – Não vou deixar você sair da nossa cama.

As pernas dela amoleceram.

O dedo escorregou ainda mais para cima, alcançando a dobra quente onde a perna e o quadril se encontravam.

– Devo lhe contar o que pretendo fazer quando estivermos lá? Na nossa cama?

Ela assentiu.

Sebastian sorriu. Ela sentiu o sorriso dele contra sua orelha, os lábios dele se mexerem, abrindo e fechando, ouviu a respiração dele se encher de entusiasmo.

– Primeiro – começou ele –, eu vou me certificar de lhe dar prazer.

Um pequeno gemido escapou dos lábios de Annabel. Ou talvez tenha sido um ganido.

– Vou começar com um beijo – relatou ele, a voz quente e baixa contra a pele dela. – Mas onde, eu me pergunto?

– Onde? – sussurrou ela.

Não era realmente uma pergunta, e sim um eco de incredulidade.

Ele tocou os lábios dela.

– Na boca? Talvez. – O dedo dele percorreu uma trilha preguiçosa até a clavícula dela. – Eu gosto desta parte do seu corpo. E destes... – Ele tomou um dos seios na palma da mão, gemendo enquanto o apertava. – Eu poderia me perder neles o dia inteiro.

Annabel arqueou as costas, querendo lhe oferecer mais. Seu corpo havia assumido o controle e estava desesperado por Sebastian. Ela não conseguia parar de pensar no que ele fizera com ela na sala de estar dos Valentines. Como ele tocara seus seios. Durante toda a sua vida, Annabel os detestara, detestara como os homens olhavam e assobiavam e, quando bebiam demais, agiam como se ela fosse uma fruta madura, pronta para ser colhida do pé.

Mas Sebastian tinha feito com que ela se sentisse bonita. Ele amava o corpo dela, e isso fez com que *ela* também amasse o próprio corpo.

Ele enfiou a mão no corpete do vestido e deslizou os dedos sob a combinação até conseguir roçar seu mamilo.

– Você não faz ideia – continuou ele em uma voz rouca – de quanto vou amar você aqui.

Annabel perdeu o ar e ficou desapontada quando ele moveu a mão novamente. Era uma posição muito desconfortável, e ela só conseguia pensar que, se pudesse tirar toda aquela maldita roupa, ele poderia tocar todas as partes de seu corpo. Poderia apalpar, apertar e chupar.

– Ai, meu Deus – gemeu ela.

– Em que você está pensando? – sussurrou ele.

Ela balançou a cabeça. Annabel não era capaz de dar voz a tantos pensamentos devassos.

– Está imaginando onde mais eu poderia beijar?

Meu bom Deus, ela esperava que ele não lhe exigisse uma resposta.

– Eu poderia beijar você todinha – brincou ele.

A outra mão de Sebastian, a que estava no meio das pernas de Annabel, envolveu a coxa dela e a apertou.

– Se eu quiser lhe dar prazer – murmurou ele –, prazer de verdade, acho que vou ter que beijar você bem aqui.

O dedo dele mergulhou entre as pernas dela.

Annabel quase deu um pulo para trás. Teria feito isso, se o braço dele não estivesse tão firme ao redor de seu corpo.

– Você gosta disto? – perguntou ele, traçando pequenos círculos enquanto se aproximava do que havia mais acima entre as suas pernas.

Ela assentiu. Ou talvez tenha pensado que assentiu. Definitivamente, não negou.

Um segundo dedo se juntou ao primeiro e, com uma delicadeza mordaz, ele a provocou, acariciando sua intimidade molhada. Annabel sentiu seu corpo começar a tremer e estremecer e se agarrou firmemente aos ombros dele, com medo de desabar se o soltasse.

– Você deve ter o sabor do paraíso, eu imagino – prosseguiu ele, obviamente disposto a não parar até que ela explodisse em seus braços. – Eu lamberia você bem aqui. – Ele passou a ponta do dedo levemente sobre a pele dela. – E depois aqui. – Repetiu a carícia do outro lado. – E depois eu viria *para cá*. – Ele alcançou a parte mais sensível de sua carne, e ela quase gritou.

Sebastian pressionou ainda mais a boca na orelha dela.

– Eu também lamberia isto aqui.

Annabel o apertou, levando os quadris em direção à mão dele.

– Mas mesmo isto pode não ser suficiente – sussurrou ele. – Você é uma mulher exigente, e pode ser trabalhoso lhe dar prazer.

– Ai, Sebastian… – gemeu ela.

Ele riu levemente contra a pele dela.

– Talvez eu precise tocá-la um pouco mais fundo. – Um dos dedos dele começou a passear pela sua fenda, depois deslizou gentilmente para dentro. – Deste jeito. Você gosta disto?

– Sim – disse ela, ofegante. – Gosto.

Sebastian começou a mexer o dedo dentro dela.

– E disto?

– Sim.

Ah, ele era travesso, e ela era travessa, e ele estava fazendo coisas travessas com ela. E a única coisa em que ela conseguia pensar era que os dois estavam a céu aberto e qualquer um podia aparecer, e de alguma forma isso tornava tudo ainda mais delicioso.

– Entregue-se, Annabel – sussurrou ele no ouvido dela.

– Não posso – choramingou ela, enlaçando-o com as pernas.

Annabel estava em chamas. Ele era responsável por aquilo, e ela não tinha ideia de como fazê-lo parar.

Nem mesmo *se* queria fazê-lo parar.

– Entregue-se – sussurrou ele novamente.

– Eu... eu...

Ele riu.

– Vou falar com bastante clareza, Anna...

– Ah!

Ela não tinha certeza se conseguira se entregar ou não, mas algo dentro dela desmoronou. Annabel se agarrou aos ombros dele, como se sua preciosa vida dependesse disso, e então, quando começou a se sentir mole, ele a abraçou e a carregou no colo até um gramado a alguns metros de distância. Ela se sentou e depois se deitou, permitindo que o sol aquecesse seu rosto.

– Eu amo você de verde – disse ele.

Ela não abriu os olhos.

– Eu estou de rosa.

– Você ficaria ainda melhor se tirasse tudo – retrucou ele, dando um beijo no nariz dela – de modo a serem apenas você e a grama.

– Eu não sei o que você acabou de fazer comigo – respondeu ela.

Annabel parecia atordoada. Achava que nunca havia se sentido tão atordoada em toda a sua vida.

Ele a beijou novamente.

– Posso pensar em mais dez coisas que eu gostaria de fazer com você.

– Acho que eu morreria.

Sebastian riu alto.

– Obviamente, precisamos praticar mais. Aumentar sua capacidade de resistência.

Ela finalmente abriu os olhos e o encarou. Ele estava deitado de lado, a cabeça apoiada em uma das mãos, segurando um trevo na outra.

Ele fez cócegas no nariz dela.

– Você é tão linda, Annabel.

Ela soltou um suspiro de felicidade. Estava se sentindo linda.

– Vai se casar comigo?

Ela fechou os olhos novamente. Sentia-se absolutamente letárgica.

– Annabel?

– Eu quero – disse ela suavemente.

– Por que eu estou achando que isso não é a mesma coisa que um sim?

Annabel deu outro pequeno suspiro. O sol era extremamente agradável em seu rosto. Ela não conseguia nem se preocupar com as sardas que poderia ganhar.

– O que eu vou fazer com você? – indagou ele em voz alta.

Ela o ouviu se mexer, e de repente a voz dele estava muito mais próxima.

– Eu posso continuar criando maneiras de fazer você se comprometer.

Annabel riu.

– Deixe-me pensar. Número dez...

– Eu também faço isso – interveio ela, ainda estudando o interior de suas pálpebras, meio avermelhadas pela luz do sol. Era uma cor agradável e quente.

– Isso o quê?

– Contar às dezenas. É um número redondo e tão agradável!

Ele mordeu o lóbulo da orelha dela.

– Eu gosto de coisas agradáveis e redondas.

– Pare.

Mas mesmo ela sentiu que não estava falando sério.

– Quer saber como eu sei que você vai se casar comigo?

Ela abriu os olhos. Ele parecia bastante seguro de si.

– Como?

– Olhe para você. Toda feliz e contente. Se não fosse se casar comigo, estaria correndo em círculos como uma galinha... não, desculpe, um peru... se perguntando *o que eu fiz?*, *o que você fez?* ou *o que nós fizemos?*.

– Estou mesmo pensando em todas essas coisas – concordou ela.

Sebastian bufou.

– Está bem.

– Você não acredita em mim.

Ele a beijou.

– Nem um pouco. Mas o dia ainda não terminou, e eu sou um homem de palavra, então não vou atormentá-la.

Ele ficou de pé e estendeu a mão.

Annabel a pegou e se levantou, sorrindo, incrédula.

– *Aquilo* não foi atormentar?

– Minha querida Srta. Winslow, eu nem comecei a atormentá-la. – E então os olhos dele assumiram um ar extremamente diabólico. – Hum.

– O que foi?

Ele riu para si mesmo enquanto a conduzia colina acima em direção à trilha.

– Já houve alguma competição do Winslow Mais Capaz de Vencer a Tormenta?

Ela riu durante todo o caminho de volta para Stonecross.

Capítulo vinte e um

À noite

— Você o viu hoje à tarde?

Annabel teria olhado para Louisa, que acabara de entrar na sala, se Nettie não estivesse mexendo em seu cabelo como se fosse num torno.

– De quem você está falando? – perguntou Annabel. – Ai! Nettie!

Nettie puxou ainda mais, torcendo uma mecha e prendendo-a.

– Fique parada e não vai demorar tanto.

– Você sabe quem – respondeu Louisa, puxando uma cadeira.

– Você está de azul – disse Annabel, sorrindo para a prima. – É a cor que mais gosto em você.

– Não tente mudar de assunto.

– Ela não o viu – retrucou Nettie.

– Nettie!

– Bem, a senhorita não o viu mesmo – declarou a aia.

– Não o vi – confirmou Annabel. – Não o vejo desde o almoço.

O almoço fora servido ao ar livre, e, como não havia lugares marcados, Annabel acabara ficando em uma mesa para quatro pessoas junto de Sebastian, Edward e Louisa. Eles se divertiram muitíssimo, mas em determinado momento lady Vickers pedira para falar em particular com Annabel.

– O que você pensa que está fazendo? – indagou a avó, assim que elas se afastaram.

– Nada – insistiu Annabel. – Louisa e eu…

– Isso não tem a ver com a sua prima – interrompeu lady Vickers entre dentes, agarrando o braço de Annabel com força. – Estou falando do Sr. Grey, que não é, devo dizer, o conde de Newbury.

Annabel percebeu que o tom elevado da avó começava a chamar atenção, então ela passou a falar mais baixo, esperando que a avó seguisse o exemplo.

– Lorde Newbury ainda não chegou – disse ela. – Se ele tivesse chegado, eu...

– Se sentaria com ele? – Lady Vickers arqueou uma sobrancelha extremamente cética. – Prestaria atenção em cada palavra que ele proferisse e agiria como uma rameira?

Annabel suspirou e deu um passo para trás.

– Todo mundo está de olho em você – argumentou lady Vickers entre dentes. – Você pode fazer o que quiser depois de se casar. Inclusive vou lhe ensinar exatamente como proceder. Mas, por enquanto, deve continuar tão pura quanto a maldita neve. E sua reputação também!

– O que a senhora acha que eu tenho feito? – indagou Annabel em voz baixa.

Sua avó não teria como saber o que havia acontecido no lago. Ninguém sabia.

– Você não aprendeu nada do que eu lhe ensinei? – Os olhos de lady Vickers, claros e sóbrios como Annabel jamais vira, se fixaram nos dela. – Não importa o que você faz, e sim o que as pessoas pensam que você faz. E você olha para aquele homem como se estivesse apaixonada por ele.

Mas ela *estava* apaixonada.

– Vou tentar me comportar melhor – foi tudo o que Annabel respondeu.

Ela voltou para o almoço, porque não poderia ser vista correndo para o quarto logo depois de a avó repreendê-la publicamente. Assim que terminou de comer, pediu licença e se recolheu durante a tarde. Avisou a Sebastian que precisava descansar. O que era verdade. E que não queria estar presente quando o tio dele finalmente chegasse.

O que também era verdade.

Então ela se sentou na cama com *A Srta. Sainsbury*. E seu coronel misterioso. E disse a si mesma que merecia uma tarde só para si. Tinha muito em que pensar.

Annabel sabia o que queria fazer e sabia o que *deveria* fazer, e sabia que eram coisas diferentes.

Ela também sabia que, se mantivesse a mente concentrada num livro durante a tarde inteira, conseguiria ignorar aquela tremenda confusão por algumas horas.

O que era extremamente tentador.

Talvez, se ela esperasse o suficiente, alguma coisa acontecesse e todos os seus problemas desaparecessem.

Quem sabe sua mãe encontrasse um colar de diamantes perdido havia muito tempo?

Lorde Newbury poderia encontrar uma garota com quadris ainda maiores.

Poderia haver uma inundação. Uma praga. De fato, o mundo estava repleto de calamidades. Bastava olhar para a pobre Srta. Sainsbury. Do terceiro ao oitavo capítulo, ela caíra do deque de um navio, fora capturada por um corsário e quase tinha sido pisoteada por uma cabra.

Quem poderia garantir que as mesmas coisas não aconteceriam com ela?

Embora, avaliando todas as possibilidades, o colar de diamantes fosse um pouco mais atraente.

No entanto, uma garota não podia se esconder por muito tempo, e naquele momento Annabel estava sentada diante do espelho, os cabelos sendo puxados de um lado para outro, enquanto Louisa a atualizava do que ela havia perdido.

– Eu vi lorde Newbury – disse Louisa.

Annabel soltou uma espécie de suspiro.

– Ele estava conversando com lorde Challis. Ele... é... – Nervosa, Louisa engoliu em seco e puxou o adorno de renda de seu vestido. – Ele comentou algo sobre uma licença especial.

– *O quê?* Ai!

– Não se mexa tão de repente – repreendeu Nettie.

– O que ele falou sobre licença especial? – sussurrou Annabel.

Não que houvesse um motivo real para sussurrar. Nettie sabia de tudo. Annabel lhe prometera duas toucas e um par de sapatos para que a aia ficasse quieta.

– Só disse que tinha uma. E que por isso chegou atrasado. Veio direto da Cantuária.

– Você falou com ele?

Louisa balançou a cabeça.

– Acho que ele nem me viu. Eu estava lendo na biblioteca e os ouvi pela porta entreaberta. Eles conversavam no corredor.

– Uma licença especial – repetiu Annabel, a voz abafada.

Uma licença especial significava que um casal poderia se casar logo, sem a necessidade de proclamas. Três semanas inteiras poderiam ser poupadas, e a cerimônia poderia ocorrer em qualquer lugar, em qualquer paróquia. Inclusive em qualquer momento, embora a maioria dos casais ainda fosse apegada à tradicional manhã de sábado.

Annabel percebeu seu olhar fixo no espelho. Era quinta à noite.

Louisa estendeu a mão para alcançar a dela.

– Eu posso ajudá-la – afirmou ela.

Annabel virou-se para a prima na mesma hora. Algo na voz de Louisa a deixou desconfortável.

– O que você quer dizer?

– Eu tenho… – Louisa parou, olhando para Nettie, que espetava outro grampo no cabelo de Annabel. – Preciso falar com a minha prima em particular.

– Este é o último – avisou Nettie, dando no cabelo de Annabel o que ela considerou uma reviravolta mais vigorosa do que o necessário, então colocou a mecha no lugar e deixou o aposento.

– Eu tenho dinheiro – disse Louisa, assim que a porta se fechou. – Não muito, mas o suficiente para ajudar.

– Louisa, não.

– Eu nunca gasto toda a minha mesada. Meu pai me dá muito mais do que eu preciso. – Ela deu de ombros com uma expressão triste. – É para compensar a ausência dele em todos os outros aspectos da minha vida, tenho certeza. Mas isso não importa. A questão é que posso enviar um pouco para a sua família. Será o suficiente para manter seus irmãos na escola por mais um ano, pelo menos.

– E no ano seguinte? – indagou Annabel.

Porque haveria outro depois daquele. E mais outro. Por mais generosa que fosse a oferta de Louisa, seu dinheiro não duraria para sempre.

– Vamos lidar com isso quando chegar a hora. Pelo menos ganharemos tempo. Você pode conhecer outra pessoa. Ou talvez o Sr. Grey…

– Louisa!

– Não, escute – interrompeu a prima. – Talvez ele tenha algum dinheiro do qual ninguém tenha conhecimento.

– Você não acha que ele teria dito alguma coisa, se fosse o caso?

– Ele não disse…

– Não, ele não disse – retrucou Annabel, odiando o fato de sua voz estar falhando.

Mas era *difícil*. Era difícil pensar em Sebastian e em todas as razões pelas quais ela não deveria se casar com ele.

– Ele comentou que não é nenhum pobretão e que não morreríamos de fome, mas, quando eu o lembrei de que somos oito, ele fez uma piada sobre emagrecermos!

Louisa se encolheu, envergonhada, depois tentou afastar o sentimento.

– Bem, sempre soubemos que ele não é tão rico quanto o conde. Mas, no fim das contas, quem é? E você não precisa de joias e palácios, precisa?

– Claro que não! Se não fosse pela minha família, eu...

– Você o quê? *O quê*, Annabel?

Eu me casaria com Sebastian.

Só que ela não ousaria dizer isso em voz alta.

– Você precisa pensar na sua própria felicidade – aconselhou Louisa.

Annabel soltou um suspiro.

– Em que você acha que eu tenho pensado? Se eu não estivesse pensando na minha própria felicidade, provavelmente *eu mesma* teria pedido ao conde que se casasse comigo.

– Annabel, você *não pode* se casar com lorde Newbury!

Annabel olhou para a prima em choque. Foi a primeira vez que ouviu Louisa levantar a voz.

– Não vou permitir que você faça isso – rebateu Louisa, exaltada.

– Acha mesmo que eu *quero* me casar com ele?

– Então não se case.

Annabel cerrou os dentes, frustrada. Não com Louisa. Com a vida.

– Eu não tenho as mesmas condições que você – argumentou ela finalmente, tentando manter a voz calma e serena. – Eu não sou filha do duque de Fenniwick, não tenho um dote que possibilitaria a compra de um pequeno reino nos Alpes, não fui criada em um castelo, e...

Ela parou. A mágoa no rosto de Louisa foi suficiente.

– Não foi isso que eu quis dizer – murmurou ela.

Louisa ficou em silêncio por um momento.

– Eu sei – concordou ela. – Mas sabe de uma coisa? Eu também não tenho as *suas* condições. Os homens nunca brigaram por mim no clube. Ninguém nunca flertou comigo na ópera, e eu nunca fui comparada a uma deusa da fertilidade.

Annabel deixou escapar um pequeno gemido.

– Você ouviu falarem disso também, não foi?

Louisa assentiu.

– Sinto muito.

– Não sinta. – Annabel balançou a cabeça. – É engraçado, eu acho.

– Não, não é – retrucou Louisa, que parecia estar tentando não sorrir.

Ela lançou um olhar para Annabel, viu que ela também estava segurando um sorriso e desistiu.

– Ah, é, sim.

E as duas caíram na gargalhada.

– Ah, Louisa – suspirou Annabel, depois que a risada se transformou em um sorriso melancólico –, eu amo você.

Louisa estendeu a mão e deu um tapinha na mão da prima.

– Eu também amo você, prima. – Então ela arrastou a cadeira para trás e se levantou. – Está na hora de descer.

Annabel se levantou e a seguiu até a porta.

Louisa saiu para o corredor.

– Lady Challis disse que haverá jogo de adivinhação após o jantar.

– Jogo de adivinhação – repetiu Annabel.

Aquilo parecia ridiculamente apropriado.

Lady Challis instruíra seus convidados a se reunirem na sala de estar antes do jantar. Annabel esperou até o último minuto para descer. Lorde Newbury não era idiota; ela o evitava havia dias e suspeitava que ele soubesse disso. Como era de esperar, assim que ela entrou na sala o viu aguardando na soleira da porta.

Sebastian, como ela pôde notar, também estava lá.

– Srta. Winslow – cumprimentou o conde, interceptando-a –, precisamos conversar.

– Jantar – respondeu Annabel enquanto fazia uma mesura. – Hã... Acho que está quase na hora de entrarmos.

– Temos tempo – retrucou Newbury num tom seco.

Pelo canto do olho, Annabel podia ver que Sebastian ia lentamente em sua direção.

– Conversei com seu avô – disse Newbury. – Está tudo arranjado.

Estava tudo *arranjado*? Annabel estava prestes a perguntar se ele sequer havia cogitado perguntar a *ela*. Mas se conteve. A última coisa que queria era fazer uma cena na sala de estar de lady Challis. Sem mencionar que lorde Newbury provavelmente consideraria aquilo um convite para pedi-la em casamento.

O que era a *última* coisa que ela queria.

– Definitivamente não é a melhor hora, milorde – argumentou ela.

Newbury fechou a cara. E Sebastian estava cada vez mais perto.

– Farei o anúncio após o jantar – avisou lorde Newbury.

Annabel engoliu em seco.

– O senhor não pode fazer isso!

A reação dela pareceu chamar a atenção dele.

– É mesmo?

– O senhor nem sequer me fez o pedido – protestou Annabel, quase mordendo a língua, de tão frustrada.

E com raiva por ter lhe dado abertura.

Newbury riu.

– Então é esse o problema? – Seu exíguo orgulho havia sido ferido. – Muito bem, após o jantar eu farei toda a encenação que a senhorita deseja. – Ele sorriu lascivamente, o lábio inferior tremendo por conta do esforço. – Talvez devesse me dar algo em troca.

O conde colocou a mão rechonchuda no braço dela e depois a deslizou até suas nádegas.

– Lorde Newbury!

Ele a beliscou.

Annabel pulou para longe, mas o homem já estava rindo para si mesmo enquanto se dirigia à sala de jantar. Ao observá-lo partir, ela teve uma sensação extremamente estranha.

Liberdade.

Porque, finalmente, depois de evitar e procrastinar e esperar que alguma coisa acontecesse para que não tivesse que dizer sim – ou não – ao homem cuja proposta de casamento resolveria todos os problemas de sua família, ela percebeu que simplesmente não poderia fazê-lo.

Talvez na semana anterior, talvez antes de Sebastian...

Não, ela pensou, por mais encantador e magnífico que ele fosse, por mais que o adorasse e tivesse esperanças de que ele a adorasse também, Sebastian não era o único motivo para ela não se casar com lorde Newbury. Era, no entanto, uma esplêndida alternativa.

– O que diabo acabou de acontecer? – indagou Sebastian, surgindo de repente ao seu lado.

– Nada – respondeu Annabel, esboçando um sorriso.

– Annabel…

– Não, de verdade. Não foi nada. *Finalmente*, não foi nada.

– O que você quer dizer?

Ela balançou a cabeça. Todo mundo estava indo jantar.

– Vou lhe contar mais tarde.

Annabel estava se divertindo demais com os próprios pensamentos para expressá-los, ainda que fosse a ele. Quem poderia pensar que um beliscão nas nádegas tornaria tudo tão claro? Nem tinha sido o beliscão, de fato, mas a expressão nos olhos do conde.

Como se ele fosse dono dela.

Naquele momento, ela percebeu que havia pelo menos dez razões pelas quais ela nunca poderia se casar com aquele homem.

Pelo menos dez, mas provavelmente havia uma centena.

Capítulo vinte e dois

Um, Annabel pensou alegremente ao se sentar à mesa, lorde Newbury era velho demais. Sem mencionar que **dois**: ele estava tão desesperado por um herdeiro que era bem provável que a machucasse durante o ato, e nenhuma mulher com o quadril quebrado poderia carregar um bebê por nove meses. E é claro que também havia o fato de...

– Por que você está sorrindo? – sussurrou Sebastian.

Ele estava de pé atrás dela, supostamente a caminho de seu lugar à mesa, que ficava na diagonal do dela, duas cadeiras mais próximas à cabeceira. Annabel não sabia por que o lugar dela estava no meio do caminho do dele, o que a levou a pensar que **três**: ela parecia ter chamado a atenção do homem mais charmoso e adorável da Inglaterra, então quem era ela para recusar um presente como aquele?

– Estou só feliz por estar na ponta da mesa com o restante dos plebeus – respondeu ela.

Lady Challis era uma defensora fervorosa das regras de etiqueta, e não haveria desvios na ordem apropriada de classificação quando se tratava dos lugares à mesa. O que significava que, com quase quarenta convidados entre Annabel e a cabeceira, lorde Newbury parecia a quilômetros de distância.

O que era ainda mais agradável, ela estava sentada ao lado do primo de Sebastian, Edward, cuja companhia ela tanto havia apreciado durante o almoço. Como seria rude permanecer perdida nos próprios pensamentos, Annabel decidiu listar seus irmãos nos números **quatro** a **dez**. Certamente eles a amavam o suficiente para não querer que ela entrasse em uma união hedionda como aquela apenas por causa deles.

Annabel se virou para o Sr. Valentine, radiante. Exibia um sorriso tão largo, na verdade, que ele pareceu surpreso.

– Não é uma noite maravilhosa? – perguntou ela, porque de fato *era*.

– Hã… Sim.

Ele piscou algumas vezes, depois lançou um rápido olhar para Sebastian, quase como se buscasse aprovação. Ou talvez apenas para se certificar de ele estava vendo aquilo.

– Estou muito feliz que o senhor esteja aqui – continuou ela, olhando alegremente para a sopa.

Estava com fome. A felicidade sempre a deixava com fome. Ela olhou de novo para o Sr. Valentine, para que ele não pensasse que ela estava contente só por causa da sopa (embora ela estivesse contente pela refeição também), e acrescentou:

– Eu não tinha me dado conta de que o senhor viria.

Sua avó conseguira a lista de convidados de lady Challis, e Annabel tinha certeza de que não havia nenhum membro dos Valentines.

– Eu fui convidado de última hora.

– Tenho certeza de que lady Challis ficou muito feliz com isso. – Ela sorriu novamente; parecia não conseguir evitar. – Agora, Sr. Valentine, precisamos falar de assuntos muito mais importantes. Acredito que o senhor deve conhecer muitas histórias terrivelmente constrangedoras sobre seu primo, o Sr. Grey.

Ela se inclinou um pouco para a frente, os olhos brilhando.

– Quero ouvir *todas* elas.

Sebastian não sabia se estava intrigado ou furioso.

Não, não era verdade. Ele ponderou sobre a raiva por cerca de dois segundos, depois se lembrou de que nunca se zangava e concluiu que ficar intrigado fazia mais sentido.

Ele quase intercedera quando Newbury encurralou Annabel na sala de estar e, na verdade, teve um desejo absurdo de beliscar a pálpebra do tio depois que ele beliscou as nádegas de Annabel. Mas, assim que se aproximou, Annabel havia passado por uma tremenda transformação. Por um instante, foi quase como se ela não estivesse lá, como se sua mente tivesse decolado para algum lugar distante e maravilhoso.

Ela parecia aliviada. Leve.

Sebastian não conseguia entender o que seu tio poderia ter dito para deixá-la tão feliz, mas não tentaria questioná-la quando todos seguiam para a sala de jantar.

Então, chegou à conclusão de que, se Annabel não ficara furiosa com o beliscão de Newbury, ele também não ficaria.

Durante o jantar, ela estava radiante, o que, diante do fato de eles estarem sentados em lados opostos e a duas pessoas de distância, era um tanto irritante. Ele não podia desfrutar de todo o esplendor dela, nem podia receber crédito por aquilo. Annabel parecia estar apreciando bastante a conversa com Edward, e Sebastian percebeu que, se ele se inclinasse um pouco para a esquerda, poderia ouvir parte do que eles estavam falando.

Até poderia ouvir mais, não fosse o fato de lady Millicent Farnsworth também estar à sua esquerda. Ela era praticamente surda.

Assim como ele com certeza estaria no fim da noite.

– ISTO É PATO? – gritou ela, apontando para uma fatia de ave que era, afinal, pato.

Sebastian engoliu em seco, como se isso pudesse de alguma forma desalojar a voz dela do ouvido dele, e comentou algo sobre o pato (que ele ainda não tinha provado) estar delicioso.

Ela balançou a cabeça.

– EU NÃO GOSTO DE PATO. – E então, para a sorte dele, em um sussurro, ela acrescentou: – Me dá urticária.

Sebastian chegou à conclusão de que, até ter idade suficiente para ser avô, aquilo era o máximo que ele gostaria de saber sobre qualquer mulher com mais de 70 anos.

Enquanto lady Farnsworth estava ocupada com seu *boeuf bourguignon*, Sebastian esticou o pescoço apenas um pouco além do que seria considerado sutil, tentando ouvir o que Annabel e Edward estavam conversando.

– Eu fui convidado de última hora – disse Edward.

Sebastian presumiu que ele estivesse falando sobre a lista de convidados.

Annabel dirigiu a ele – Edward, não Sebastian – outro de seus sorrisos exuberantes.

Sebastian resmungou consigo mesmo.

– O QUÊ?

Ele se encolheu. Foi um reflexo natural. Gostava bastante de sua orelha esquerda.

– O *bourguignon* não está maravilhoso? – perguntou ele a lady Farnsworth, apontando para o prato a fim de deixar claro a que se referia.

Ela assentiu, falou algo sobre o Parlamento e espetou uma batata.

Sebastian olhou para Annabel, que continuava conversando animadamente com o primo dele.

Olhe para mim, ele mentalizou.

Ela não olhou.

Olhe para mim.

Nada.

Olhe para...

– O QUE O SENHOR ESTÁ OLHANDO?

– Apenas admirando sua pele tão clara, lady Farnsworth – disse Seb delicadamente, sempre rápido no gatilho. – A senhora deve ser bastante cuidadosa em não se expor ao sol.

Ela assentiu e murmurou:

– Eu cuido do meu dinheiro.

Sebastian ficou estupefato, tentando entender. O que diabo ela pensava que ele tinha dito?

– COMA A CARNE. – Ela deu outra garfada. – É A MELHOR COISA DA MESA.

Ele comeu. Mas precisava de sal. Ou melhor, *ele* precisava do saleiro, que estava exatamente diante de Annabel.

– Edward – chamou ele –, poderia pedir o sal à Srta. Winslow?

Edward virou-se para Annabel e repetiu o pedido, embora, na opinião de Sebastian, não houvesse necessidade de seus olhos viajarem para qualquer lugar abaixo do rosto dela.

– É claro – murmurou Annabel, alcançando o saleiro.

Olhe para mim.

Ela o entregou a Edward.

Olhe para mim.

E então... *finalmente*. Ele lhe dirigiu seu sorriso mais encantador, do tipo que fazia promessas de segredos e prazer. Ela corou. As bochechas, os ouvidos e o colo, tão deliciosamente exposto acima do acabamento rendado do corpete. Sebastian se permitiu um suspiro de satisfação.

– Srta. Winslow? – chamou Edward. – Está se sentindo bem?

– Ótima – disse ela, abanando-se. – Está quente aqui, não acha?

– Talvez um pouco – mentiu ele, que vestia camisa, gravata, colete e paletó, e parecia fresco e confortável como uma lasca de gelo.

Enquanto isso, Annabel, cujo vestido era decotado o suficiente para expor metade do colo, acabara de tomar um longo gole de vinho.

– Acho que minha sopa estava quente demais – disse ela, lançando um rápido olhar para Sebastian.

Ele respondeu passando a língua discretamente pelos lábios.

– Srta. Winslow? – chamou Edward novamente, parecendo bastante preocupado.

– Eu estou bem – respondeu ela.

Sebastian riu.

– EXPERIMENTE O PEIXE.

– Farei isso – disse Seb, sorrindo para lady Farnsworth.

Ele pegou um pedaço do salmão, que de fato estava excelente. Pelo visto, a senhora entendia de peixes. Depois deu uma olhada em Annabel, que parecia desejar desesperadamente um copo d'água. Edward, por outro lado, tinha o olhar vidrado, o que o acometia toda vez que o jovem pensava em Annabel, em seus...

Sebastian o chutou.

Edward se virou para encará-lo.

– Está tudo bem, Sr. Valentine? – perguntou Annabel.

– Meu primo – disse ele entre dentes – tem pernas surpreendentemente longas.

– Ele chutou o senhor? – Ela se virou para Sebastian. – *Você o chutou?* – sussurrou ela, sem emitir qualquer som.

Sebastian deu outra garfada no peixe.

Ela se voltou para Edward.

– Por que ele faria tal coisa?

Edward corou até a ponta das orelhas. Sebastian decidiu deixar Annabel descobrir por si mesma. Ela se virou e fez uma careta para ele.

– Srta. Winslow, qual poderia ser o problema? – rebateu ele.

– ESTÁ FALANDO COMIGO?

– A Srta. Winslow estava querendo saber que espécie de peixe estamos comendo – mentiu Sebastian.

Lady Farnsworth olhou para Annabel como se ela fosse uma idiota, balançou a cabeça e murmurou algo que Sebastian não foi capaz de compreender.

Ele pensou ter ouvido salmão. Talvez carne, também. E poderia jurar que ela disse algo sobre um cachorro.

Isso o preocupou.

Ele olhou para o prato, certificando-se de identificar tudo o que parecia ser algum tipo de carne, e então, satisfeito por estar tudo dentro dos conformes, deu uma garfada no *bourguignon*.

– É bom – disse a velha senhora, dando uma leve cutucada nele.

Sebastian sorriu e assentiu, aliviado por ela ter baixado o tom de voz.

– O senhor deveria pegar um pouco mais. É a melhor coisa na mesa.

Sebastian não estava tão certo disso, mas...

– ONDE ESTÁ A CARNE?

E lá se foi seu ouvido.

Lady Farnsworth estava esticando o pescoço, olhando de um lado para outro. Quando ela abriu a boca para gritar outra vez, Sebastian levantou a mão num gesto que esperava ser capaz de fazê-la se calar e fez sinal para um lacaio.

– Mais carne para a senhora – pediu ele.

Franzindo o rosto, o lacaio explicou que não havia mais.

– Poderia conseguir alguma coisa que *se pareça* com carne?

– Temos pato em um molho semelhante.

– Por Deus, não.

Sebastian não fazia ideia de quão séria era a urticária de lady Farnsworth ou quanto tempo duraria, mas definitivamente não queria descobrir.

Com um gesto exagerado em direção à outra ponta da mesa, ele falou a respeito de um gato e, enquanto ela olhava naquela direção, Sebastian rapidamente despejou o que restava de seu *bourguignon* no prato dela.

Quando não localizou o gato (ou sapo, ou rato, ou pato) próximo à cabeceira da mesa, a mulher se virou com uma expressão um tanto irritada, mas Sebastian rapidamente a refreou.

– Eles encontraram uma última porção.

Lady Farnsworth soltou um grunhido de prazer e voltou a comer. Seb arriscou um olhar na direção de Annabel, que parecia ter assistido à conversa toda.

Ela estava sorrindo de orelha a orelha.

Seb pensou em todas as mulheres que havia conhecido em Londres, que teriam olhado horrorizadas ou enojadas, ou, se tivessem algum senso de humor, teriam reprimido o sorriso ou tentado escondê-lo com a mão.

Mas não Annabel. Ela sorria como se gargalhasse, magnífica e grandiosa. Seus olhos verde-acinzentados se tornavam prateados à luz da noite, brilhantes diante daquelas travessuras.

E Sebastian percebeu, bem ali à mesa de jantar de lady Challis, que jamais seria capaz de viver sem ela. Ela era tão bonita, tão feminina, que ele literalmente perdia o ar. O rosto dela, em formato de coração, com aquela boca que sempre parecia esconder um sorriso; a pele não tão pálida quanto a moda exigia, mas absolutamente perfeita para ela. Ela parecia saudável, beijada pelo sol.

Annabel era o tipo de mulher para quem um homem desejava voltar. Não, ela era *a* mulher para a qual ele queria voltar. Ele a pedira em casamento... mas por quê? Mal conseguia se lembrar do motivo. Gostava dela, sentia desejo por ela e, Deus era testemunha, sempre havia adorado salvar mulheres que precisavam ser salvas. Mas nunca havia pedido nenhuma delas em casamento.

Será que seu coração fora capaz de compreender algo que seu cérebro não havia conseguido?

Ele a amava.

Ele a *venerava*.

Sebastian queria se deitar na cama ao lado dela todas as noites, fazer amor como se não houvesse amanhã e depois acordar em seus braços na manhã seguinte, descansado e saciado, pronto para se dedicar à única tarefa de fazê-la sorrir.

Ele levou a taça aos lábios, sorrindo para o vinho. A luz tremulante das velas dançava do outro lado da mesa e Sebastian Grey estava feliz.

Após a refeição, as damas deixaram a sala de jantar para que os cavalheiros pudessem desfrutar do vinho do Porto. Annabel encontrou Louisa (que, infelizmente, ficara presa ao lado de lorde Newbury na cabeceira da mesa) e as duas se dirigiram de braços dados à sala de estar.

– Lady Challis diz que devemos ler, escrever e bordar até que os cavalheiros se juntem a nós – avisou Louisa.

– Você trouxe seu material de bordado?

Louisa fez uma careta.

– Acho que ela falou algo sobre disponibilizar algum.

– O verdadeiro objetivo da festa acaba de ficar claro – disse Annabel secamente. – Quando retornarmos a Londres, lady Challis terá um novo conjunto de fronhas.

Louisa deu uma risadinha.

– Vou pedir que alguém vá buscar meu livro – comentou ela. – Quer que tragam o seu também?

Annabel assentiu e esperou enquanto a prima falava com uma aia. Quando ela terminou, as duas entraram na sala, sentando-se o mais afastadas possível do centro. Poucos minutos depois, uma aia chegou carregando dois livros. Ela estendeu os exemplares de *A Srta. Sainsbury e o coronel misterioso*, e as duas damas os pegaram.

– Ah, que engraçado, estamos lendo o mesmo livro! – exclamou Louisa, vendo que os dois tinham o mesmo título.

Annabel olhou, surpresa, para a prima.

– Você já não leu esse?

Louisa deu de ombros.

– Gostei tanto de *A Srta. Truesdale e o cavalheiro mudo* que pensei em reler os outros três. – Ela olhou para o exemplar de Annabel. – Em que parte você está?

– Hum. – Annabel abriu o livro e encontrou a página. – Acho que a Srta. Sainsbury acabou de se jogar sobre uma cerca viva. Ou talvez dentro da cerca.

– Ah, a cabra – murmurou Louisa, esbaforida. – Eu amei esse trecho. – Ela ergueu seu exemplar. – Ainda estou no começo.

Elas se acomodaram com seus livros, mas, antes que pudessem virar uma única página, lady Challis apareceu.

– O que está lendo? – perguntou ela.

– *A Srta. Sainsbury e o coronel misterioso* – respondeu Louisa educadamente.

– E a senhorita? – indagou, virando-se para Annabel.

– Ah, o mesmo livro, na verdade.

– Estão lendo o mesmo livro? Que graça! – Lady Challis acenou para uma amiga do outro lado da sala. – Rebecca, venha ver isso. Elas estão lendo o mesmo livro.

Annabel não sabia por que aquilo era tão surpreendente, mas ficou quieta e esperou que lady Westfield se aproximasse.

– Primas – disse lady Challis. – Lendo o mesmo livro.

– Na verdade eu já o li – mencionou Louisa.

– Que livro é esse? – perguntou lady Westfield.

– *A Srta. Sainsbury e o coronel misterioso* – repetiu Annabel.

– Ah, sim. Da Sra. Gorely. Eu gostei muitíssimo dessa história. Principalmente quando o pirata revelou ser…

– Não diga nada! – exclamou Louisa. – Annabel ainda não terminou.

– Ah, sim, claro.

Annabel franziu a testa, folheando as páginas.

– Pensei que ele fosse um corsário.

– É um dos meus favoritos – apontou a prima.

Lady Westfield voltou-se para Annabel:

– E a senhorita, está gostando?

Annabel limpou a garganta. Não sabia se estava gostando tanto assim do livro, mas não desgostava. E havia algo bastante reconfortante na leitura. O texto a fazia se lembrar de Sebastian, na verdade. A Sra. Gorely era uma das autoras favoritas dele, e Annabel conseguia entender o porquê. Havia trechos em que a romancista quase soava como ele.

– Srta. Winslow? – chamou lady Westfield. – Está gostando do livro?

Annabel se assustou, depois percebeu que não havia respondido à pergunta da senhora.

– Acho que sim. A história é bastante divertida, ainda que um pouco implausível.

– Um pouco? – retrucou Louisa, rindo. – É totalmente implausível. Mas é isso que a torna tão maravilhosa.

– Acredito que sim – concordou Annabel. – Eu só gostaria que a escrita fosse um pouco menos floreada. Às vezes acho meio entediante o excesso de adjetivos.

– Ah, acabei de ter uma ideia maravilhosa! – exclamou lady Challis, batendo palmas. – Vamos guardar as adivinhações para outra noite.

Annabel soltou um enorme suspiro de alívio. Odiava adivinhações.

– Em vez disso, faremos uma leitura!

Annabel a encarou abruptamente.

– O quê?

– Uma leitura. Já temos dois exemplares aqui. Tenho certeza de que tenho outro em nossa biblioteca. Deve ser mais que suficiente.

– A senhora pretende ler *A Srta. Sainsbury*? – indagou Louisa.

– Ah, não, eu não – retrucou lady Challis, levando a mão ao peito. – A anfitriã jamais participa.

Annabel tinha certeza de que aquilo não era verdade, mas não havia muito que pudesse fazer a respeito.

– Poderia ser uma de nossas intérpretes, Srta. Winslow? – sugeriu lady Challis. – A senhorita tem uma aparência *teatral*.

Esta era mais uma entre todas as coisas de que Annabel tinha certeza: não era um elogio. Mas ela concordou em ler porque, novamente, não havia muito que pudesse fazer a respeito.

– A senhora deveria pedir que o Sr. Grey participasse – sugeriu Louisa.

Annabel decidiu chutá-la mais tarde, já que não conseguiria alcançar a prima naquele momento.

– Ele é um grande fã da Sra. Gorely – prosseguiu Louisa.

– É mesmo? – murmurou lady Challis.

– Sim, ele é – confirmou Louisa. – Conversamos recentemente sobre nossa admiração pela autora.

– Muito bem, então – decidiu lady Challis. – Será o Sr. Grey. E acho que a senhorita também, lady Louisa.

– Ah. Não. – A jovem corou violentamente, o que, no caso de Louisa, significava que ela tinha pensamentos igualmente violentos. – Eu não conseguiria. Sou... Sou péssima nessas coisas.

– Não há momento melhor do que este para praticar, não acha?

Annabel estava ansiosa para se vingar da prima, mas até ela achou que isso seria cruel demais.

– Lady Challis, tenho certeza de que podemos encontrar outra pessoa que gostaria de participar. Ou talvez Louisa possa ser nossa diretora!

– Precisam de uma?

– Hã... sim. Quero dizer, é claro que devemos ter uma. Toda peça de teatro exige um diretor, não é? E o que é uma leitura senão teatro?

– Muito bem – concordou lady Challis, abanando a mão num gesto de desdém. – Resolvam isso entre vocês. Se me dão licença, vou ver por que os cavalheiros estão demorando tanto.

– Obrigada – disse Louisa, assim que lady Challis se retirou. – Eu nunca seria capaz de ler diante de todas essas pessoas.

– Eu sei – disse Annabel.

Também não estava particularmente ansiosa por ler *A Srta. Sainsbury* na frente de todos os convidados, mas pelo menos já tinha alguma prática. Ela e seus irmãos costumavam fazer leituras e encenações em casa.

– Que trecho deveríamos ler? – perguntou Louisa, folheando o livro.

– Não sei. Ainda nem cheguei à metade. Só não me dê o papel da cabra – pediu Annabel em tom ríspido.

Louisa riu.

– Não, não, você deveria ser a Srta. Sainsbury, é claro. O Sr. Grey será o coronel. Ah, meu Deus, precisamos de um narrador. Talvez o primo do Sr. Grey?

– Acho que seria muito mais engraçado se o Sr. Grey interpretasse a Srta. Sainsbury – disse Annabel, totalmente indiferente.

Louisa deu um suspiro.

– Annabel, você é má.

Annabel deu de ombros.

– Eu posso ser a narradora.

– Ah, não. Se quer que o Sr. Grey interprete a Srta. Sainsbury, você precisa ser o coronel. O Sr. Valentine será o narrador. – Louisa franziu o cenho. – Talvez devêssemos perguntar ao Sr. Valentine se ele deseja participar antes de lhe atribuir um papel.

– Eu não tive escolha – lembrou Annabel.

Louisa refletiu.

– Verdade. Muito bem, deixe-me encontrar uma passagem apropriada. Quanto tempo acha que deveria durar a leitura?

– O mínimo possível – respondeu Annabel, com firmeza.

Louisa abriu seu livro e passou várias páginas.

– Isso pode ser difícil, se estivermos evitando a cabra.

– Louisa...

– Presumo que sua proibição também se estenda às ovelhas.

– A todas as criaturas de quatro patas.

Louisa balançou a cabeça.

– Você está tornando isso muito difícil. Terei que eliminar todas as cenas a bordo.

Annabel inclinou-se por cima do ombro da prima, murmurando:

– Ainda não cheguei a essa parte.

– De ordenha de cabras – confirmou Louisa.

– O que as senhoritas estão procurando?

Annabel ergueu os olhos e derreteu um pouco por dentro: Sebastian estava de pé diante delas, vendo nada além do que o topo de suas cabeças enquanto as duas examinavam o livro.

– Vamos encenar um trecho do livro – disse ela, com um sorriso aflito. – *A Srta. Sainsbury e o coronel misterioso.*

– É mesmo? – Ele imediatamente se sentou ao lado delas. – Qual trecho?

– Estou tentando decidir – respondeu Louisa, olhando para ele. – Ah, a propósito, o senhor vai ser a Srta. Sainsbury.

Ele estranhou.

– Jura?

Ela apontou com a cabeça para Annabel.

– Annabel vai ser o coronel.

– Um pouco revolucionário, não acha?

– Será mais divertido assim – argumentou Louisa. – Foi ideia dela.

Sebastian voltou toda a força de seu olhar para Annabel.

– Por que não estou surpreso? – murmurou ele secamente.

Ele se sentou muito perto dela. Sem tocá-la; nunca seria indiscreto a ponto de fazer isso em um lugar tão público. Mas *parecia* que eles estavam se tocando. O ar entre os dois se aqueceu e a pele dela começou a formigar e a tremer.

Em um segundo, Annabel estava de volta ao lago, as mãos dele na pele dela, os lábios por todo o seu corpo. Seu coração começou a disparar, e ela desejava mesmo, *mesmo*, que tivesse se lembrado de levar um leque. Ou que tivesse um copo de ponche na mão.

– Seu primo poderia ser o narrador – anunciou Louisa, completamente alheia à hiperventilação de Annabel.

– Edward? – disse Sebastian, sentando-se como se estivesse completamente indiferente. – Ele vai gostar disso.

– Sério? – Louisa sorriu e ergueu os olhos. – Eu só preciso encontrar a cena certa.

– Algo dramático, eu espero.

Ela assentiu.

– Annabel insistiu que não incluíssemos as cabras.

Annabel queria fazer um comentário conciso, mas não estava sendo capaz de manter o controle sobre a própria respiração.

– Não sei se lady Challis apreciaria ter cabras em sua sala de estar – concordou Sebastian.

Annabel enfim conseguiu respirar normalmente, mas o restante de seu corpo se comportava de forma muito estranha. Ela tremia, como se seus membros estivessem desesperados para se mover, e sentia um aperto forte no peito.

– Nem sequer pensei em trazer uma cabra de verdade – disse Louisa com uma risada.

– A senhorita pode tentar escalar o Sr. Hammond-Betts – sugeriu Sebastian. – O cabelo dele é *bem* macio.

Annabel tentou fixar os olhos em um ponto bem à sua frente. Eles estavam conversando ao lado dela, sobre *cabras*, pelo amor de Deus, e ela sentia como se fosse entrar em combustão a qualquer momento. Como os dois ainda não haviam notado?

– Acho que ele não aceitaria – brincou Louisa, com uma risadinha.

– Que pena – murmurou Sebastian. – Ele se parece mesmo com o personagem.

Annabel respirou fundo mais uma vez. Toda vez que Sebastian baixava a voz e falava assim, suave e rouco, todo o corpo dela se contorcia por dentro.

– Ah, aqui está – disse Louisa animadamente. – O que acham deste trecho?

Ela passou o braço por Annabel para entregar o livro a Sebastian. Isso, é claro, significava que ele também precisava esticar o braço sobre ela.

A mão dele roçou na manga de seu vestido. A coxa dele encostou na dela.

Annabel ficou de pé, arrancando o livro da mão de quem quer que fosse. Não sabia exatamente quem estava segurando o exemplar – e não se importava com isso.

– Com licença – grunhiu ela.

– Está tudo bem? – perguntou Louisa.

– Sim, eu, hã, eu apenas… – Ela limpou a garganta. – Já volto. – Então completou: – Com sua licença. – E depois: – Só um instante. – E depois: – Eu…

– Apenas *vá* – ordenou Louisa.

Ela foi. Ou melhor, tentou. Tinha tanta pressa que não estava prestando atenção aonde estava indo e, quando chegou à porta, por pouco não colidiu com o cavalheiro que entrava na sala.

O conde de Newbury.

A vertigem que borbulhava dentro de Annabel morreu em um segundo.

– Lorde Newbury – murmurou ela, fazendo uma mesura respeitosa.

Não queria hostilizá-lo; apenas desejava *não* se casar com ele.

– Srta. Winslow.

Os olhos dele varreram a sala antes de voltarem para os dela. Annabel notou que seu maxilar se contraíra ao ver o sobrinho, mas, fora isso, a única expressão em seu rosto era de satisfação.

O que a deixou bastante nervosa.

– Farei o anúncio agora – disse ele.

– O quê? – De alguma forma ela conseguiu fazer a frase sair sem um grito. – Milorde – disse ela, tentando parecer apaziguadora ou, se não isso, pelo menos razoável –, este sem dúvida não é o momento.

– Bobagem – retrucou ele com desdém. – Acredito que estamos todos aqui presentes.

– Eu não disse "sim" – disparou Annabel.

Ele se virou para ela com um olhar fulminante. E não falou mais nada, como se nada mais fosse necessário.

Annabel ficou furiosa. O homem nem sequer a achou digna de resposta.

– Lorde Newbury – chamou ela com firmeza, colocando a mão no braço dele –, eu o proíbo de anunciar esse casamento.

O rosto dele, já rosado, ficou quase roxo, e uma veia começou a inchar em seu pescoço. Annabel soltou o braço dele e deu um passo cauteloso para trás. Achava que ele não a atacaria em um local público, embora o conde tivesse dado *um soco* em Sebastian na frente de todo o clube. Parecia sensato se distanciar.

– Eu não disse "sim" – repetiu ela, já que ele não lhe respondera.

Newbury olhava para ela com uma expressão furiosa e por um momento ela temeu que ele fosse ter um derrame. Nunca em sua vida ela testemunhara um ser humano sentir tanta raiva. Saliva se acumulava nos cantos da boca dele e os olhos estavam arregalados como os de um sapo. Aquilo era pavoroso. *Ele* era pavoroso.

– Não cabe à senhorita dizer "sim" – cuspiu ele por fim, ainda soando como um sussurro ríspido. – Nem "não". A senhorita foi comprada e vendida e, na semana que vem, terá apenas que abrir as pernas e cumprir as suas malditas obrigações de esposa. E fará isso repetidamente até produzir um menino saudável. Estamos entendidos?

– Não – retrucou Annabel, certificando-se de que sua voz, pelo menos, soasse perfeitamente clara –, não estamos.

Capítulo vinte e três

— Vamos ver, lady Louisa, que trecho a senhorita escolheu?

Sebastian sorriu quando pegou o exemplar de *A Srta. Sainsbury* que caíra no tapete depois que Annabel o derrubou de suas mãos. Era divertido estar prestes a fazer uma leitura de seu próprio trabalho. Um tanto absurdo o fato de ele interpretar a Srta. Sainsbury, mas ele confiava o suficiente em sua masculinidade para ter certeza de que o faria com desenvoltura.

Além disso, ele era bastante bom naquele tipo de coisa, se a opinião dele valia de algo. Não importava se da última vez que lera em público havia caído da mesa e deslocado o ombro. Não se arrependia nem um pouco. Tinha levado as aias às lágrimas. Lágrimas!

Fora um momento belíssimo.

Sebastian pegou o livro, endireitando-o para devolvê-lo a Louisa a fim de que ela pudesse encontrar a página novamente. No entanto, ao notar a expressão preocupada da moça, parou. Então se virou, seguindo o olhar dela.

Annabel estava perto da porta. O tio dele também.

– Eu odeio esse homem – sussurrou Louisa veementemente.

– Eu também não gosto muito dele.

Louisa agarrou o braço de Sebastian com uma força que ele não imaginava que ela possuía. Quando ele se virou para encará-la, ficou surpreso com a ferocidade nos olhos da moça. Ela era sempre tão insossa e, no entanto, naquele momento, estava em chamas.

– O senhor não pode permitir que ela se case com ele – afirmou ela.

Sebastian voltou-se para a porta, estreitando os olhos.

– Não pretendo.

Ele esperou, no entanto, para ver se a situação se resolveria sozinha. Não queria fazer uma cena, pelo bem de Annabel. Sabia que lady Challis havia planejado a festa em sua casa tendo o triângulo amoroso Grey-Winslow-

-Newbury como sua principal fonte de entretenimento. Qualquer indício de escândalo estaria na boca de todos os fofoqueiros de Londres em questão de dias. Como era de esperar, os olhos de todos os presentes na sala se voltavam fixamente para Annabel e lorde Newbury.

Quando não, olhavam de relance para Sebastian.

Na verdade, ele tinha toda a intenção de ficar parado. Mas, quando o tio começou a se agitar e a espumar de raiva, sua pele enrubescida de fúria enquanto ele sibilava algo para Annabel entre dentes, Sebastian teve que reagir.

– Algum problema? – perguntou ele com uma voz fria e suave, um pouco atrás e ao lado de Annabel.

– Não é da sua conta – vociferou o conde.

– Eu ouso discordar – disse Sebastian calmamente. – Uma senhorita precisando de ajuda é sempre da minha conta.

– A senhorita em questão é minha noiva – retrucou Newbury. – Portanto, ela jamais será da sua conta.

– Isso é verdade? – perguntou Sebastian a Annabel.

Não porque ele acreditasse que pudesse ser, mas porque queria lhe dar a oportunidade de negar publicamente.

Ela balançou a cabeça.

Sebastian voltou-se para o tio.

– A Srta. Winslow parece dar a impressão de que *não* é sua noiva.

– A Srta. Winslow é uma idiota.

Sebastian sentiu o estômago revirar e experimentou uma sensação estranha nos dedos, cerrando as mãos. Ainda assim, manteve a calma, apenas erguendo uma sobrancelha enquanto comentava secamente:

– E ainda assim o senhor deseja se casar com ela.

– Fique fora disso – avisou o tio.

– Eu poderia – murmurou Seb –, mas me sentiria terrivelmente culpado pela manhã se permitisse que uma jovem tão adorável tivesse um fim tão terrível.

Os olhos de Newbury se estreitaram.

– Você não muda, não é?

Sebastian se manteve impassível.

– Se o senhor se refere ao fato de eu ser muitíssimo encantador...

Newbury trincou o maxilar, quase a ponto de tremer.

– Envolvente, até, diriam alguns.

Sebastian sabia que estava provocando o tio, mas era difícil resistir. Havia uma sensação de déjà-vu naquelas discussões. Eles agiam sempre da mesma maneira: o tio prosseguia dizendo que ele era um patético projeto de ser humano, enquanto Sebastian permanecia entediado, até que ele terminasse. Foi por isso que, quando Newbury começou a esbravejar seu último discurso, Sebastian apenas cruzou os braços, empertigou-se e se preparou para o que viria.

– Por toda a sua vida – enfureceu-se Newbury – você foi indolente e sem rumo, agindo como um libertino, sendo reprovado na escola...

– Bem, vejamos, isso não é verdade – interveio Seb, sentindo a necessidade de defender sua reputação diante de um público tão grande.

Ele nunca estivera entre os melhores da turma, mas também não era dos piores.

Mas seu tio não tinha a intenção de interromper o discurso.

– Quem você acha que pagou pela sua maldita educação? Seu pai? – O conde riu com desdém. – Ele nunca teve um xelim furado. Eu paguei as contas dele a vida toda.

Por um momento, Sebastian ficou surpreso.

– Bem, então acho que devo lhe agradecer – disse ele tranquilamente. – Eu não sabia disso.

– Claro que não sabia – respondeu o tio. – Você não presta atenção em nada. Nunca prestou. Fica apenas vagando por aí, dormindo com as esposas de outros homens, fugindo, deixando o país, e o resto de nós tem que assumir a responsabilidade por todas as suas palhaçadas.

Aquilo já era demais. Quando Sebastian se enfurecia, ficava insolente. E impertinente. E definitivamente muito engraçado. Ele se virou para Annabel e abriu os braços como se dissesse "Como assim?".

– E eu que pensava que estava servindo o Exército. Rei, pátria e todas essas coisas.

Uma pequena multidão havia se reunido ao redor deles. Aparentemente, lady Challis e seus convidados desistiram de tentar parecer discretos.

– Espero mesmo não estar enganado – acrescentou, voltando-se para os espectadores com uma expressão de incredulidade cuidadosamente elaborada. – Eu matei muitas pessoas na França.

Alguém riu. Outra pessoa disfarçou uma risada com a mão. Só que ninguém, Sebastian percebeu, fez menção de intervir. Ele se perguntou se teria feito isso, se fosse um espectador.

Provavelmente não. A cena era divertida demais. O conde espumando de ódio, o sobrinho zombando dele. Era o que esperavam dele, imaginava Sebastian. Sua perspicácia era mordaz; seu charme, lendário, e ele nunca perdia a paciência.

O rosto de Newbury adquiriu um tom ainda mais surpreendente de magenta. Ele sabia que, se Sebastian mantivesse o bom humor, teria o apreço da multidão. No fim, a maioria permaneceria do lado da posição social e da riqueza, mas, naquele momento, o conde era um bufão. E Sebastian sabia que ele odiava isso.

– Não meta o nariz onde não foi chamado – vociferou o tio, apontando um dedo grosso como uma salsicha para Sebastian, a alguns centímetros do peito dele. – Você nem se importava com a Srta. Winslow até saber que eu planejava me casar com ela.

– Isso não é verdade – defendeu-se Sebastian, quase afável. – E, na realidade, eu diria que o senhor é que decidira que não queria mais nada com ela até saber que *eu* poderia estar interessado.

– A última coisa que eu iria querer é uma de suas vagabundas. O que ela – Newbury acenou com a cabeça para Annabel, que assistia à discussão, horrorizada e boquiaberta – corre o risco de se tornar.

O estômago de Sebastian revirou mais uma vez.

– Cuidado – avisou ele, numa voz perigosamente suave. – O senhor está insultando uma dama.

Lorde Newbury revirou os olhos injetados.

– Estou insultando uma vagabunda.

E foi isso. Sebastian Grey, o homem que fugia de confrontos; o homem que passara a guerra inteira longe do front, matando os inimigos um por um; o homem que considerava a raiva uma emoção absolutamente entediante...

Ficou louco de ódio.

Ele não pensou, apenas sentiu, e perdeu a noção do que estava acontecendo ao seu redor. Todo o seu ser se encolheu e se contorceu, e um grito hediondo e primitivo saiu de sua garganta – Sebastian teve tanto controle sobre isso quanto sobre o resto de seu corpo, que se lançou para a frente, praticamente voando até derrubar o tio no chão.

Os dois colidiram com uma mesa, o peso de lorde Newbury partindo a madeira, e dois candelabros, ambos acesos, desabaram.

Ouviu-se um grito agudo, e Sebastian teve a leve impressão de ver alguém apagando as chamas, mas toda a maldita casa poderia estar pegando fogo que nada o impediria de seu único objetivo.

Pôr as mãos no pescoço do tio.

– Peça desculpas à senhorita – vociferou ele, dando uma joelhada exatamente onde doeria mais.

Newbury soltou um uivo com aquele golpe ofensivo. Os polegares de Sebastian repousavam ansiosamente na traqueia do tio.

– Isso não soou como um pedido de desculpas.

Newbury o encarou e cuspiu em seu rosto.

Sebastian não vacilou nem por um segundo.

– Peça desculpas – repetiu, pausada e severamente.

Ao redor de Sebastian, as pessoas estavam gritando, e alguém até agarrou um dos braços dele, tentando tirá-lo de cima do tio antes que ele o matasse. Mas Sebastian não ouvia nada do que diziam. Não conseguia escutar nada além do zunido ardente do ódio que dominava sua mente. Ele havia servido o Exército. Atirara em dezenas de soldados franceses na posição de franco--atirador, mas *nunca* desejara tanto ver um homem morto.

Ah, pelo bom Deus, era exatamente isso que ele desejava naquele momento.

– Peça desculpas ou, que Deus me perdoe, vou matar você! – vociferou ele.

Sebastian apertou as mãos, sentindo-se quase contente quando os olhos do tio se arregalaram e o rosto dele ficou roxo, e...

E então Sebastian foi arrancado de cima do conde e contido. Ouviu Edward grunhindo com o esforço enquanto dizia entre dentes:

– Controle-se!

– Peça desculpas à Srta. Winslow! – gritou Sebastian para o tio, tentando se soltar, mas Edward e lorde Challis o seguravam firme.

Dois outros cavalheiros ajudaram lorde Newbury a se sentar, ainda no chão, entre os escombros da mesa que havia sido quebrada. Ele estava sem ar, ofegante, e sua pele ainda tinha um terrível tom rosado, mas sentia ódio suficiente para tentar cuspir em Annabel, xingando:

– Vagabunda!

Sebastian soltou outro rugido e se jogou em cima do tio, arrastando Edward e lorde Challis consigo. Todos avançaram alguns passos, mas Sebastian foi contido antes que conseguisse alcançar o conde.

– Peça desculpas à senhorita – disparou ele.

– Não.

244

– *Peça desculpas!* – berrou Sebastian.

– Não tem problema – disse Annabel... ou pelo menos pensou ter dito isso.

Nem ela conseguia interromper o zunido ardente do ódio que percorria o corpo de Sebastian.

Ele deu um puxão para a frente, tentando mais uma vez alcançar o tio. Seu sangue fervia, seu pulso estava acelerado, e seu corpo inteiro ansiava por uma briga. Sebastian queria machucá-lo. Queria desfigurá-lo. Mas foi impedido por Edward e lorde Challis. Então, em vez disso, recuperou o fôlego e disse:

– Peça desculpas à Srta. Winslow ou então, Deus me perdoe, você terá o troco.

Várias cabeças se viraram para encará-lo. Ele havia acabado de sugerir um duelo? Nem mesmo Sebastian sabia ao certo.

Lorde Newbury ficou de pé e disse:

– Tirem-no de perto de mim.

Sebastian não recuou, apesar da força que os dois homens faziam para tentar segurá-lo. Ele viu quando Newbury limpou as mangas da camisa e tudo o que conseguiu pensar foi: aquilo não era certo. Não poderia terminar assim, com o tio indo embora. Não era justo, e não era certo, e Annabel merecia mais.

Foi então que ele disse. Claramente, desta vez.

– Nomeie seus padrinhos!

– Não! – gritou Annabel.

– Que diabo você está fazendo? – questionou Edward, puxando Sebastian para o lado.

Lorde Newbury virou-se devagar, olhando em choque para o sobrinho.

– Você está maluco? – indagou Edward, em voz baixa mas severa.

Sebastian finalmente se afastou do primo.

– Ele insultou Annabel e eu exijo uma retratação.

– Ele é seu *tio*.

– Não por escolha.

– Se você matá-lo... – Edward balançou a cabeça vigorosamente.

Ele olhou para lorde Newbury, depois para Annabel, depois para Newbury, então desistiu e virou-se para Sebastian com uma expressão de absoluto desespero.

– Você é o herdeiro dele. Todo mundo vai pensar que você o matou pelo título. Você será jogado na prisão.

O mais provável era que ele fosse enforcado, refletiu Sebastian, funesta-mente. Apesar disso, tudo o que disse foi:

– Ele insultou Annabel.

– Eu não me importo – argumentou Annabel de pronto, colocando-se ao lado de Edward. – Honestamente, não me importo.

– Eu me importo.

– Sebastian, *por favor* – implorou ela. – Isso só vai piorar as coisas.

– Pense – insistiu Edward. – Você não tem nada a ganhar. Nada.

Sebastian sabia que eles estavam certos, mas não conseguia se acalmar o suficiente para concordar. O tio o havia insultado durante toda a sua vida. Ele o havia xingado de vários nomes – alguns com razão, mas a maioria não. Sebastian o ignorara, porque aquele era o seu jeito de lidar com as coisas. Mas agora Newbury havia insultado Annabel...

Aquilo ele não podia tolerar.

– Eu sei que eu não sou uma... aquilo de que ele me chamou – disse Annabel delicadamente, colocando a mão no braço dele. – E eu sei que você também sabe. Isso é tudo o que importa para mim.

Só que Sebastian queria vingança. Não podia evitar. Era mesquinho e infantil, mas queria ver o tio *machucado*. Ele o queria humilhado. E o fato era que esse objetivo estava de acordo com o único outro propósito que ele tinha na vida: fazer de Annabel Winslow sua esposa.

– Eu retiro meu desafio – anunciou ele em voz alta.

Todos respiraram aliviados. Parecia que o cômodo estava tenso e aper-tado, todos os ombros levantados até as orelhas, todos os olhos arregalados e preocupados.

Lorde Newbury, ainda parado à porta que dava para o corredor, estreitou os olhos.

Sebastian não perdeu tempo. Segurando a mão de Annabel, caiu sobre um joelho.

– Ah, meu Deus! – exclamou alguém.

Outra pessoa chamou o nome de Newbury, talvez para impedi-lo de sair novamente.

– Annabel Winslow – começou Sebastian.

Quando ele olhou para ela, não foi com um sorriso charmoso e sedutor, do tipo que ele sabia que fazia os corações femininos pularem exaltados, dos 9 aos 90 anos. Também não era seu sorriso enviesado, do tipo que dava

246

a entender que ele sabia algumas coisas, segredos, e que se ele se inclinasse e sussurrasse em seu ouvido, você também ficaria sabendo.

Quando ele olhou para Annabel, era apenas um homem olhando para uma mulher, com a esperança de que ela o amasse do jeito que ele a amava.

Sebastian levou a mão dela aos lábios.

– Você me daria a grande honra de ser minha esposa?

Os lábios dela tremeram e ela sussurrou:

– Sim. – E então, mais alto: – Sim!

Ele ficou de pé e a abraçou. Ao seu redor, as pessoas estavam comemorando. Não todo mundo, mas o suficiente para tornar aquele momento um pouco teatral. Seb percebeu tardiamente que não era isso que ele queria. Não negava que sentira um pouco de alegria por ter superado publicamente o tio – nunca seria tão puro de coração para negar isso –, mas, enquanto segurava Annabel nos braços, sorrindo em meio aos seus cabelos, várias pessoas começaram a entoar "Beija! Beija!", e ele percebeu que não queria fazer aquilo diante de uma plateia.

Esse momento era sagrado. Era deles, e apenas deles, e ele não queria compartilhá-lo com ninguém.

Eles teriam o momento deles novamente, prometeu Sebastian ao soltar Annabel e sorrir alegremente para Edward, Louisa e todos os outros convidados de lady Challis.

Depois. Eles teriam um momento só deles, depois. Sozinhos.

Se fosse ele escrevendo a história, concluiu Sebastian, era assim que ele faria.

Capítulo vinte e quatro

Alguém estava no quarto dela.

Annabel congelou, mal conseguindo respirar debaixo dos cobertores. Ela havia tido muita dificuldade para pegar no sono; sua mente estava acelerada, e ela estava desnorteada e entusiasmada demais por finalmente ter decidido deixar toda a cautela de lado e se casar com Sebastian. Mas a mais absoluta determinação e seu truque de manter os olhos fechados o tempo todo finalmente venceram e ela adormeceu.

Contudo, provavelmente não mergulhara num sono muito profundo ou apenas alguns minutos tivessem se passado desde o momento em que adormecera. Porque algo a acordara. Um barulho, talvez. Ou a movimentação no cômodo. Mas tinha certeza de que havia alguém ali.

Talvez fosse um ladrão. Se fosse o caso, a melhor coisa a fazer seria ficar completamente imóvel. Ela não possuía nada de valor; nenhum de seus brincos tinha pedras verdadeiras e mesmo seu exemplar de *A Srta. Sainsbury e o coronel misterioso* era uma terceira edição.

Se fosse um ladrão, ele perceberia isso e tentaria outro quarto.

Se não fosse um ladrão… Maldição, então ela estava em apuros. Precisaria de uma arma, e tudo que tinha ao alcance era um travesseiro, um cobertor e um livro.

A Srta. Sainsbury, mais uma vez. Por algum motivo, Annabel não achava que aquilo fosse salvá-la.

Se não fosse um ladrão, será que ela deveria tentar sair da cama e se esconder? Ver se conseguia chegar até a porta? Deveria fazer alguma coisa? Deveria? Deveria? E se…? Mas talvez…

Annabel fechou os olhos com força, só por um instante, apenas para se acalmar. Seu coração batia acelerado, e foi necessário reunir toda a sua determinação para conseguir manter a respiração calma e sob controle. Ela precisava pensar. Manter a cabeça no lugar. O quarto estava escuro, muito mesmo. As cortinas eram grossas e cobriam completamente as janelas. Mesmo em uma noite de lua cheia – o que não era o caso –, apenas um vislumbre de luz esgueirava-se pelas bordas. Ela não conseguia ver sequer a silhueta do intruso. As únicas pistas que tinha sobre a localização dele eram os ruídos suaves de seus pés no tapete e um ocasional e tímido rangido do piso.

Ele estava se movendo devagar. Quem quer que fosse estava se movendo lentamente. Lentamente, mas...

Cada vez mais perto.

O coração de Annabel começou a bater tão alto que ela pensou que a cama fosse começar a tremer. O intruso estava se aproximando. Ele definitivamente estava se aproximando da cama. Não era um ladrão, era alguém que estava ali para lhe fazer algum mal ou uma crueldade, Santo Deus, não importava – ela só precisava sair dali.

Rezando para que o intruso estivesse tão cego na escuridão quanto ela, Annabel deslizou lentamente pela cama, torcendo para que ele não ouvisse seu movimento. Ele vinha pelo lado direito, então ela foi para a esquerda, jogando cuidadosamente as pernas para fora da cama e...

Ela gritou. Na verdade, o som não saiu. Havia uma mão sobre sua boca, um braço em volta de seu pescoço e qualquer ruído que ela pudesse ter emitido se perdeu em um soluço aterrorizado.

– Se você sabe o que é bom para você, ficará quieta.

Os olhos de Annabel se abriram, apavorados. Era o conde de Newbury. Ela conhecia a voz dele, até o cheiro dele, aquele odor horrendo de suor, aromatizado com conhaque e peixe.

– Se você gritar – ameaçou ele, quase como se estivesse se divertindo –, alguém entrará correndo. Sua avó, talvez, ou sua prima. Uma delas não está no cômodo ao lado?

Annabel assentiu, esfregando o queixo para cima e para baixo naquele antebraço carnudo. Ele estava vestindo uma camisa, mas ainda assim parecia pegajoso. E ela se sentia enojada.

– Imagine só – disse ele com uma risada maliciosa. – Entra a respeitável e pura lady Louisa. Ela também gritaria. Um homem entre as pernas de uma mulher... Sem dúvida, ela ficaria chocada.

Annabel não falou nada. Não conseguiria, de qualquer modo, com a mão dele cobrindo sua boca.

– Então a casa inteira viria correndo. Que escândalo. Você estaria arruinada. O idiota do seu noivo não iria mais querer saber de você, não é?

Não era verdade. Sebastian não a abandonaria. Annabel tinha certeza.

– Você cairia em desgraça – prosseguiu Newbury, saboreando sua história, então deslizou o braço para baixo apenas o suficiente para apalpar o peito dela. – É claro, você sempre pareceu perfeita para o papel.

Annabel soltou um pequeno gemido de angústia.

– Você gosta disto, não é? – disse ele rindo, apertando com mais força.

– Não – ela tentou dizer, mas a mão dele a impediu.

– Alguns diriam que você teria que se casar comigo – continuou Newbury, dando tapinhas no peito dela –, mas eu me pergunto: alguém pensaria que *eu* teria que me casar com *você*? Eu poderia argumentar que você não era virgem, que estava se divertindo colocando tio e sobrinho um contra o outro... Que mulher habilidosa você deve ser.

Incapaz de suportar mais, Annabel sacudiu a cabeça, tentando tirar a mão dele de seu rosto. Por fim, com uma risadinha, ele a afastou.

– Lembre-se – disse ele, aproximando os lábios flácidos da orelha dela –, não faça muito barulho.

– O senhor sabe que isso não é verdade – sussurrou Annabel bruscamente.

– Qual parte? Sobre a sua virgindade? Quer dizer que não é virgem? – Ele afastou as cobertas e a deitou na cama, montando nela à força. Cada uma de suas mãos segurou seus ombros com força, imobilizando-a. – Ora veja, isso muda tudo.

– Não – choramingou ela baixinho. – Sobre eu estar me divertindo...

Ah, de que adiantava? Não havia como discutir com ele. Newbury queria vingança. Contra ela, contra Sebastian, contra o mundo inteiro. Ele havia sido feito de bobo naquela noite, na frente de mais de uma dúzia de seus pares.

Ele não era o tipo de homem que deixaria aquilo barato.

– Você é uma garota muito, muito tola – afirmou ele, balançando a cabeça. – Poderia ter se tornado uma condessa. Em que estava pensando?

Annabel ficou parada, poupando energia. Não conseguiria se libertar enquanto ele estivesse com todo o seu peso sobre ela. Ela precisava esperar até que ele se mexesse, até que fosse capaz de desequilibrá-lo. E mesmo assim precisaria de toda a sua força.

– Eu tinha tanta certeza de ter encontrado a mulher certa...

Annabel olhou para ele, incrédula. Ele parecia quase arrependido.

– Tudo o que eu queria era um herdeiro. Apenas um filho insignificante e desprezível, para que esse meu sobrinho imbecil não herdasse nada.

Ela queria contestar, contar a ele todos os motivos que tornavam Sebastian brilhante. Ele tinha uma imaginação inacreditável e era incrivelmente esperto. Ninguém era capaz de passar a perna nele. Ninguém. E ele era divertido. Santo Deus, ele era capaz de fazê-la rir como mais ninguém no mundo. Ele também era perspicaz. E observador. Ele via tudo, notava todo mundo. E entendia as pessoas, não apenas suas esperanças e sonhos, mas *como* essas esperanças e sonhos se manifestavam.

Se isso não era ser brilhante, ela não sabia o que era.

– Por que o senhor o odeia tanto? – sussurrou ela.

– Porque ele é um idiota – disse lorde Newbury, com desdém.

Isso não é resposta, Annabel teve vontade de dizer.

– De todo modo, não importa – prosseguiu ele. – Ele se vangloria demais se acredita que eu busco uma esposa apenas para frustrar as ambições dele. É tão errado assim que um homem queira que seu título e sua casa sejam herdados pelo próprio filho?

– Não – falou Annabel delicadamente.

Porque talvez, se ela agisse como sua amiga, ele não a machucasse. E porque não era tão errado assim querer o que ele queria. O erro estava em *como* ele queria.

– Como ele morreu? – perguntou Annabel. Lorde Newbury permaneceu em silêncio. – Seu filho – esclareceu ela.

– Uma febre – disse ele secamente. – Após um ferimento na perna.

Annabel assentiu. Conhecera diversas pessoas que tiveram febre pelo mesmo motivo. Um corte profundo sempre era digno de observação. Infeccionou? Ficou vermelho? Quente? Uma ferida mal curada geralmente levava a uma febre, e uma febre levava muitas vezes à morte. Annabel sempre se perguntava por que algumas feridas se curavam de maneira simples e rápida, enquanto outras não. Não parecia haver uma explicação lógica, apenas a mão injusta e caprichosa do destino.

– Eu lamento muito – comentou ela.

Por um momento, ela pensou que ele tivesse acreditado. As mãos dele, duras e firmes nos ombros dela, afrouxaram um pouco. E os olhos dele... Pode ter sido uma ilusão de ótica por conta da luz fraca, mas ela pensou que talvez tivessem se suavizado. Então ele bufou e resmungou:

– Não, você não lamenta.

A ironia era que, sim, ela lamentava, ou pelo menos havia lamentado. Ela sentira alguma empatia por ele, que desapareceu assim que as mãos dele se moveram para o pescoço dela.

– Foi isso que ele fez comigo – disse lorde Newbury, suas palavras saindo como vapor entre os dentes. – Na frente de todos.

Meu Deus, ele iria estrangulá-la? A respiração de Annabel acelerou, e todos os nervos de seu corpo pareciam preparados para alçar voo. Mas lorde Newbury era duas vezes mais pesado do que ela, e parecia que nem todo o pavor do mundo lhe daria forças suficientes para derrubá-lo.

– Eu me caso com o senhor! – ela deixou escapar, assim que os dedos dele apertaram sua traqueia.

– O quê?

Annabel engasgou e ofegou, incapaz de falar, e ele afrouxou as mãos.

– Eu me caso com o senhor – implorou ela. – Abandonarei Sebastian. E me casarei com o senhor. Por favor, não me mate.

Lorde Newbury soltou uma gargalhada e Annabel lançou um olhar de pânico para a porta. Desse jeito ele iria de fato acordar todo mundo, como a avisara.

– Você achou que eu fosse matar você? – perguntou ele, tirando uma das mãos do pescoço dela para poder enxugar uma lágrima do olho. – Ah, como isso é engraçado!

Ele estava louco. Era tudo o que Annabel conseguia pensar, embora soubesse que ele *não* estava.

– Eu não vou matar você – continuou ele, como se ainda estivesse se divertindo bastante. – Eu seria a primeira pessoa de quem qualquer um suspeitaria e, embora duvide que fosse punido, seria uma situação muitíssimo inconveniente.

Inconveniente. Assassinato. Talvez ele *fosse* louco.

– Sem mencionar que isso poderia causar hesitação em outras jovens damas. Você não é a única em quem estou de olho. A caçula dos Stinsons é um pouco carente de seios, mas seus quadris parecem saudáveis o suficiente para ter filhos. E ela não fala a menos que seja convocada a isso.

"Porque ela tem *15 anos*", pensou Annabel, aterrorizada.

Santo Deus, ele queria se casar com uma *criança*.

– Ela não seria tão divertida de montar quanto você, mas eu não preciso de uma esposa para isso. – Ele se inclinou, seus olhos estranhamente brilhantes na luz fraca. – Talvez eu até tenha *você*.

– Não – choramingou Annabel sem conseguir se conter.

E, é claro, ele sorriu, sentindo um grande prazer diante da angústia dela. Annabel percebeu que ele a odiava. Ele passara a odiá-la como odiava Sebastian. Cega e irracionalmente.

Perigosamente.

Quando ele se inclinou sobre Annabel, seu rosto se aproximando do dela, tirou o peso do corpo de cima dos quadris e da barriga dela. Annabel inspirou rápida e profundamente com a descompressão e, percebendo que aquela poderia ser sua única chance, dobrou uma das pernas, acertando-o na virilha, e ele uivou de dor. Porém, não foi o suficiente para incapacitá-lo por completo, então ela o acertou de novo, ainda mais forte, depois levantou os braços e o empurrou. Lorde Newbury soltou um grito terrível, mas Annabel ergueu o joelho novamente, dessa vez para empurrá-lo com as pernas. Por fim, ela o tirou de cima de si e saiu correndo da cama.

O conde caiu no tapete com um baque, praguejando. Annabel correu em direção à porta, mas ele a pegou pelo tornozelo.

– Me... solte – disse ela.

A resposta dele foi:

– Sua rameira.

Annabel deu vários puxões com força, mas ele passou a outra mão em torno de sua panturrilha e segurou firme, puxando a perna dela para tentar levantar seu corpo desajeitado.

– Me solte! – gritou ela. Sabia que estaria a salvo se conseguisse se soltar.

Se ela era capaz de correr mais rápido do que um peru, maldição, também poderia escapar de – nas palavras de sua avó – um nobre com excesso de peso.

Ela puxou com força, quase conseguindo se libertar. Ambos avançaram, lorde Newbury deslizando pelo tapete como um assustador monstro encalhado na areia. Annabel quase caiu para a frente; por sorte, estava perto o suficiente de uma parede para esticar os braços e evitar a queda. Foi quando ela percebeu que estava perto da lareira. Com um braço apoiado, ela estendeu o outro às escuras, quase gritando de satisfação quando sua mão alcançou o cabo de ferro do atiçador.

Movendo-o rapidamente para conseguir segurá-lo com as duas mãos, ela girou o corpo de modo a ficar de frente para ele de novo. Ele tentava se levantar, uma tarefa nada fácil com as duas mãos segurando o tornozelo esquerdo dela.

– Me solte! – vociferou ela, elevando o atiçador acima da cabeça. – Me solte ou juro que vou...

A mão dele se afrouxou.

Annabel deu um salto para trás, avançando ao longo da parede em direção à porta, mas lorde Newbury estava imóvel.

Completamente imóvel.

– Ah, meu Deus – murmurou ela. – Ah, meu Deus.

E repetiu, porque não sabia mais o que dizer. Ou fazer.

– Ah, meu Deus.

Sebastian andava silenciosamente pela casa enquanto ia em direção ao quarto de Annabel no segundo andar. Ele era um especialista na arte das missões noturnas, uma habilidade da qual percebeu que felizmente não precisaria mais.

Tratava-se, ele supunha, de uma ciência e uma arte. Era necessário fazer uma pesquisa com antecedência – determinar a localização do quarto, conhecer a identidade dos ocupantes dos cômodos vizinhos e, é claro, percorrer a rota previamente para testar o chão quanto a ruídos ou saliências.

Sebastian gostava de estar preparado.

Ele não tinha conseguido realizar o habitual ensaio do percurso; não houvera tempo suficiente depois de pedir Annabel em casamento. Mas sabia em qual quarto ela estava e sabia que a avó estava no da esquerda, e a prima, no da direita.

Do outro lado do corredor estava lady Farnsworth, certamente um golpe de sorte. Ela não o ouviria, a menos que ele disparasse um canhão na porta dela.

A única coisa que ele não sabia era se havia alguma porta de comunicação entre os três quartos. Mas isso não o preocupava. Era um detalhe importante, mas nada que precisasse saber antes da hora. Seria algo fácil de verificar uma vez que estivesse lá dentro.

Os pisos de Stonecross eram bem-cuidados, e Sebastian não fez um único ruído ao se aproximar da porta de Annabel. Ele pôs a mão na maçaneta.

Parecia um pouco úmida. Curioso. Ele balançou a cabeça. A que horas as criadas de lady Challis poliam as maçanetas?

Ele a girou muito devagar, atento aos rangidos. Como tudo na casa, funcionava perfeitamente, movendo-se no sentido horário sem emitir um único som. Ele empurrou a porta, preparando-se para deslizar através da mais estreita fresta e depois fechá-la.

Quando entrou, levou menos de um segundo para saber que havia algo de errado. O ar não era o de um sono suave. Era pesado, denso e...

– Annabel?

Ela estava de pé não muito longe da lareira, um atiçador nas mãos. No chão estava lorde Newbury, completamente imóvel.

– Annabel? – chamou ele novamente.

Ela parecia estar em choque. Não se virou para ele, não percebeu sua chegada em momento algum.

Sebastian correu em sua direção, tirando cuidadosamente o atiçador das mãos dela.

– Eu não bati nele – disse ela, sem tirar os olhos do corpo esticado no chão. – Eu nem bati nele.

– O que aconteceu?

Ele olhou para o atiçador, apesar das declarações dela. Não havia sangue, nada que sugerisse um golpe.

– Acho que ele está morto – revelou ela, ainda naquele estranho sussurro monocórdico. – Ele estava segurando meu tornozelo. Eu ia bater nele se ele não me soltasse, mas então ele soltou e...

– O coração dele – concluiu Sebastian, interrompendo-a para que ela não tivesse que dizer mais nada. – Provavelmente foi o coração. – Ele pôs o atiçador no chão e o colocou com cuidado no suporte de ferramentas. O metal tilintou, mas o ruído foi breve, e ele não achou que aquilo pudesse chamar atenção. Voltou até Annabel, pegou sua mão e depois tocou o rosto dela. – Você está bem? – perguntou ele. – Ele machucou você? – Sebastian estava com muito medo da resposta, mas precisava perguntar. Precisava saber o que tinha acontecido para poder ajudá-la.

– Ele estava... Ele entrou e...

Mas Annabel praticamente se engasgou com as palavras e, quando ele a abraçou, ela logo desmoronou, perdendo todas as forças num piscar de olhos.

– Shhh… – sussurrou ele, embalando-a com carinho. – Está tudo bem. Estou aqui. Eu estou aqui agora.

Ela assentiu contra o peito dele, mas não chorou. Tremia e ofegava, mas não chorava.

– Ele não… Ele não conseguiu… Eu fugi antes que…

Graças a Deus, Sebastian agradeceu silenciosamente. Se seu tio a tivesse violentado… Por Deus, ele o teria trazido de volta do mundo dos mortos apenas para poder matá-lo outra vez. Sebastian testemunhara estupros durante a guerra, não pessoalmente, mas vira aquilo nos olhos das mulheres que haviam sido brutalizadas. Elas pareciam mortas por dentro, e Sebastian percebera que, de certa forma, elas tinham sido mesmo mortas, assim como os homens que foram para o campo de batalha. Foi pior para as mulheres. O corpo delas continuava vivo, mas com a alma morta.

– O que vamos fazer? – perguntou ela.

– Eu não sei – admitiu ele. – Vou pensar em algo.

Mas o quê? Ele sabia como resolver quase qualquer situação, mas aquilo… o corpo de seu tio no quarto de sua noiva…

Santo Deus. Era demais até mesmo para ele.

Pense. Ele tinha que pensar. Se estivesse escrevendo a cena…

– Primeiro, fechamos a porta – disse ele com segurança, tentando soar como se soubesse o que estava fazendo.

Sebastian soltou Annabel com muito cuidado, certificando-se de que ela era capaz de ficar de pé sozinha. Em seguida caminhou depressa até a porta e fechou-a com firmeza. Então atravessou o quarto para alcançar uma vela e acendê-la.

Annabel estava parada onde ele a havia deixado, abraçando o próprio corpo. Parecia estar congelando.

– Você precisa de um cobertor? – indagou ele.

A pergunta parecia totalmente absurda, dadas as circunstâncias. Mas ela estava com frio e ele era um cavalheiro, e algumas coisas estavam arraigadas muito profundamente para serem ignoradas.

Ela balançou a cabeça.

Seb pousou as mãos na cintura e olhou para o tio caído de bruços, imóvel, no tapete. Ele não sabia direito como a história terminaria entre eles dois, mas definitivamente não era *assim*. Droga. O que fazer?

– Se eu estivesse escrevendo isto… – murmurou ele, tentando ativar qualquer zona criativa de sua imaginação geralmente reservada para seus personagens. – Se eu estivesse escrevendo isto...

– O que você disse?

Ele voltou-se para Annabel. Estava tão perdido nos próprios pensamentos que quase se esquecera de que ela estava ali.

– Nada – respondeu ele, balançando a cabeça.

Ela deve ter achado que ele estava balbuciando uma bobagem qualquer.

– Já me sinto melhor – anunciou ela.

– O quê?

Annabel fez um movimento com a mão, como se afastasse algo.

– Está tudo sob controle. Seja lá o que for necessário, eu posso dar conta.

Ele piscou, surpreso com a rápida recuperação dela.

– Tem certeza? Eu posso...

– Vou chorar quando tudo estiver resolvido – afirmou ela num rompante.

– Eu amo você – declarou ele, sem sombra de dúvida no momento mais inadequado para dizer isso.

Havia algo em Annabel de pé ali, em sua singela camisola de algodão, pragmática e competente como uma deusa. Como seria possível não amá-la?

– Já lhe disse isso? – acrescentou ele.

Ela balançou a cabeça, os lábios trêmulos formando um sorriso.

– Eu também amo você.

– Ótimo – comentou ele, porque não era hora para sentimentalismo, embora não tenha resistido a acrescentar: – Seria uma imensa infelicidade para mim se você não me amasse também.

– Acho que precisamos levá-lo de volta para o quarto dele – disse ela, olhando para Newbury com o estômago embrulhado.

Sebastian assentiu, angustiado, calculando quanto seu tio devia pesar. Não seria fácil carregá-lo, mesmo para os dois juntos.

– Sabe onde fica o quarto dele? – perguntou ele.

Ela balançou a cabeça.

– Você sabe?

– Não.

Maldição.

– Podemos colocá-lo no salão – sugeriu ela. – Ou em qualquer outro lugar onde possa haver bebida. Se ele estivesse bêbado, talvez pudesse ter caído. – Ela engoliu em seco. – Batido a cabeça, quem sabe?

Sebastian soltou um longo suspiro, com as mãos na cintura, enquanto olhava para o tio. Ele parecia ainda mais repugnante morto do que vivo. Grande, inchado... Pelo menos ninguém duvidaria que seu coração pudesse ter parado, principalmente depois de toda a agitação daquele dia.

– A cabeça, o coração – murmurou ele. – Não importa. Eu me sinto mal só de olhar para ele.

Sebastian ficou parado por mais um instante, adiando o inevitável, e por fim endireitou os ombros e disse:

– Vou segurá-lo por debaixo dos braços. Você pega as pernas. Primeiro, vamos rolar o corpo. – Eles o viraram de costas, depois foram para seus respectivos locais e tentaram levantá-lo. – Santo Deus do céu – grunhiu Sebastian, as palavras deslizando de sua boca.

– Isso não vai funcionar – disse Annabel.

– Tem que funcionar.

Eles o ergueram e o arrastaram, arfando por conta do esforço, mas não conseguiam levantar o corpo do chão por mais do que alguns segundos por vez. Não havia como o levarem até o salão sem fazer barulho suficiente para acordar alguém.

– Vamos ter que chamar Edward – comentou Sebastian por fim.

Os olhos de Annabel se arregalaram, questionadores.

– Eu confio nele cegamente.

Ela assentiu.

– Talvez Louisa... – ela sugeriu.

– Ela não conseguiria levantar uma pena.

– Acho que ela é mais forte do que parece. – Annabel percebeu que parecia mais esperançosa do que qualquer outra coisa. Mordeu o lábio e olhou novamente para Newbury. – Acho que precisamos de toda a ajuda que pudermos obter.

Sebastian começou a assentir, porque eles precisavam mesmo de toda a ajuda que pudessem obter. Mas, como se revelou, a ajuda veio da forma mais surpreendente possível...

Capítulo vinte e cinco

— O que diabo está acontecendo aqui?

Annabel congelou. Não de pavor. Era muito, muito pior que pavor.

– Annabel? – disparou sua avó, irrompendo pela porta que ligava os quartos. – Parece uma manada de elefantes. Como você espera que uma mulher durma quando… Ah. – Ela parou no meio do caminho, ao notar a presença de Sebastian. Em seguida, olhou para baixo e viu o conde. – Maldito seja.

A avó emitiu um som que Annabel não conseguiu interpretar. Não era um suspiro; era mais como um grunhido. De extrema irritação.

– Qual de vocês o matou? – inquiriu ela.

– Nenhum de nós – respondeu Annabel rapidamente. – Ele simplesmente… morreu.

– No seu quarto?

– Eu não o convidei a *entrar* – retrucou ela.

– Não, você não faria isso.

E, que diabo, a avó parecia quase lamentar isso. Annabel só conseguiu encará-la, em choque. Ou talvez maravilhada.

– O que o senhor está fazendo aqui? – perguntou lady Vickers, dirigindo seu olhar frio para Sebastian.

– Exatamente o que a senhora está pensando – disse ele. – Infelizmente, o momento não poderia ter sido pior. – Ele olhou para o tio. – Ele já estava desse jeito quando eu cheguei.

– Melhor assim – murmurou lady Vickers. – Se ele tivesse chegado quando você estivesse em cima dela… Santo Deus, não consigo nem imaginar a comoção que seria.

Annabel achou que deveria corar. Deveria, sem dúvida. Mas não tinha forças. Ela não sabia mais se havia algo capaz de constrangê-la naquele momento.

– Bem, vamos ter que nos livrar dele – disse a avó, com o mesmo tom de voz que Annabel imaginou que ela teria usado para falar de um sofá velho, então inclinou a cabeça na direção de Annabel. – No fim das contas, tudo saiu da melhor forma para *você*, preciso dizer.

– O que a senhora está falando? – perguntou Annabel, horrorizada.

– Ele é o conde, agora – respondeu lady Vickers, apontando para Sebastian. – E é uma figura muito mais agradável do que o Robert aqui.

"Robert", pensou Annabel, olhando para lorde Newbury. Ela nunca soubera o nome dele até aquele momento. Aquilo pareceu estranho, de alguma forma. O homem queria se casar com ela, a atacara e agora tinha morrido aos seus pés. E ela nem mesmo sabia o nome dele.

Por um momento, todos ficaram apenas olhando para ele. Por fim, lady Vickers disse:

– Maldição, ele é gordo.

Annabel cobriu a boca com a mão, tentando não rir. Porque não era engraçado. *Não era* engraçado.

Mas ela queria *muito* rir.

– Acho que não conseguiremos levá-lo até o salão sem acordar metade da casa – argumentou Sebastian, em seguida dirigindo-se a Lady Vickers: – Acredito que a senhora não saiba onde fica o quarto dele.

– Imagino que tão longe quanto o salão, pelo menos. E bem ao lado do quarto dos Challis. Não conseguiríamos levá-lo até lá sem acordá-los.

– Eu estava pensando em acordar meu primo – sugeriu Seb. – Com uma pessoa a mais, talvez seja possível.

– Não vamos conseguir tirá-lo do lugar nem com cinco pessoas a mais – replicou lady Vickers. – Não sem fazer barulho.

Annabel deu um passo à frente.

– Talvez se nós…

Mas sua avó a interrompeu com um suspiro digno dos palcos de Covent Garden.

– Vamos lá – disse ela, indicando a porta de comunicação. – Coloque-o na minha cama.

– O quê? – perguntou Annabel, engasgando.

– Vamos fazer todos pensarem que ele morreu na cama comigo.

– Mas… mas…

Annabel, boquiaberta, olhou para a avó, depois para lorde Newbury e por fim para Sebastian, que parecia sem palavras.

Sebastian. Sem palavras. Aparentemente, a situação tinha chegado a esse ponto.

– Ah, pelo amor de Deus – exclamou lady Vickers, claramente irritada com a hesitação dos dois. – Não é como se nunca tivéssemos feito isso antes.

Annabel inspirou com tanta força que chegou a engasgar.

– Vocês... *o quê*?

– Aconteceu anos atrás – respondeu a avó, abanando a mão no ar como se estivesse espantando uma mosca. – Mas todo mundo sabia.

– E a senhora queria que eu me *casasse* com ele?

Lady Vickers plantou as mãos na cintura e olhou para Annabel.

– Acha mesmo que está na hora de reclamar? Além disso, ele não era tão ruim assim, se é que você me entende. E seu tio Percival até que saiu bem bonito.

– Ah, meu Deus – gemeu Annabel. – Tio Percy!

– Parece que é *meu* tio Percy – disse Sebastian, balançando a cabeça.

– Primo, creio eu – interferiu lady Vickers prontamente. – Então, vamos tirá-lo ou não? E ainda não ouvi "obrigado" de nenhum de vocês por estar me oferecendo em sacrifício, por assim dizer.

Era verdade. Por mais que sua avó a tivesse metido naquela confusão, insistindo que Annabel se casasse com lorde Newbury, ela sem dúvida estava fazendo o possível para tirá-la de outra confusão. Seria um escândalo terrível, e Annabel não queria nem imaginar os desenhos e as caricaturas que estampariam os jornais de fofoca. Embora, de alguma forma, também achasse que a avó não se importaria com um pouco de notoriedade na velhice.

– Obrigado – disse Sebastian, reencontrando as palavras. – Fico muito grato, a senhora pode acreditar.

– Vamos, vamos. – Lady Vickers agitou as mãos, dando ordem para se mexerem. – Ele não vai chegar até a minha cama por conta própria.

Sebastian pegou o tio pelos braços novamente e Annabel foi até os pés, mas, assim que segurou os tornozelos e começou a levantá-los, ouviu um som muito peculiar. E, quando ergueu a cabeça, seus olhos se arregalaram de pavor com o que aquilo significava...

Os olhos de Newbury se abriram.

Annabel gritou e o deixou cair.

– Deus Todo-poderoso! – berrou sua avó. – Vocês não conferiram se ele estava mesmo morto?

– Eu apenas presumi – protestou Annabel.

Seu coração estava disparado, e ela não conseguia desacelerar a respiração. Ela se deixou cair na beirada da cama. Foi como a vez em que seus irmãos puseram lençóis sobre sua cabeça e deram um susto nela bem no Dia das Bruxas, mas mil vezes pior. Mil vezes mil.

Lady Vickers se virou para Sebastian.

– Eu acreditei nela – disse ele, pousando a cabeça de lorde Newbury gentilmente de volta no tapete.

Todos ficaram olhando. Os olhos dele se fecharam novamente.

– Ele morreu de novo? – indagou Annabel.

– Se você estiver com sorte – disse a avó, num tom mordaz.

Annabel lançou um olhar aflito para Sebastian. Ele já estava olhando para ela, com uma expressão que claramente dizia: *Você não conferiu?*

Ela tentou responder arregalando os olhos e sinalizando com a mão, mas teve a sensação de que não estava se fazendo entender. Por fim, Sebastian apenas perguntou:

– *O que* está dizendo?

– Não sei – murmurou ela.

– Vocês são dois inúteis – resmungou lady Vickers.

Ela marchou em direção ao conde e se agachou.

– Newbury! – chamou ela. – Acorde.

Annabel mordeu o lábio e olhou, nervosa, para a porta. Havia muito tempo eles tinham desistido de tentar fazer silêncio.

– Acorde!

Lorde Newbury começou a emitir um som, uma espécie de gemido.

– Robert! – chamou lady Vickers. – Acorde.

Ela deu um tapa no rosto dele. Com força.

Annabel olhou para Sebastian. Ele parecia tão atordoado quanto ela, e igualmente grato por lady Vickers assumir a liderança.

Os olhos de lorde Newbury se abriram de novo, tremelicando como se fossem ao mesmo tempo uma borboleta e uma água-viva. Ele engasgou, ofegante, tentando se apoiar nos cotovelos. Olhou para lady Vickers, piscando os olhos incrédulos algumas vezes antes de dizer:

– Margaret?

Ela deu outro tapa nele.

– Idiota!

Newbury caiu de volta.

– Que diabo está havendo?

– Ela é minha neta, Robert – argumentou lady Vickers entre dentes. – Minha neta! Como ousa?

Vez por outra, pensou Annabel, a avó demonstrava seu amor por Annabel. Geralmente, das formas mais estranhas.

– Ela deveria se casar comigo – lamentou Newbury.

– Agora ela não vai mais. Isso não lhe dá permissão para *atacá-la*.

Annabel sentiu a mão de Sebastian deslizar sobre a dela, quente e reconfortante. Ela a apertou.

– Ela tentou me matar – acusou Newbury.

– Não tentei, não!

Annabel avançou na direção dele, mas Sebastian apertou a mão dela com mais força e a conteve.

– Deixe sua avó cuidar disso – murmurou ele.

Mas Annabel não podia permitir o insulto.

– Eu agi em legítima defesa – disse ela, irritada.

– Com um atiçador? – rebateu Newbury.

Annabel olhou para a avó, incrédula.

– De que outra forma o senhor queria que eu me defendesse?

– Realmente, Robert – disse lady Vickers, transbordando sarcasmo.

Ele finalmente conseguiu se sentar, grunhindo e gemendo o tempo todo.

– Pelo amor de Deus – rebateu ele. – Algum de vocês vai me ajudar?

Ninguém se mexeu.

– Eu não tenho força suficiente – retrucou lady Vickers dando de ombros.

– O que *ele* está fazendo aqui? – indagou lorde Newbury, apontando com a cabeça para Sebastian.

Sebastian cruzou os braços e o olhou com raiva.

– Não acho que o senhor esteja em condição de fazer perguntas.

– Está claro que eu preciso assumir o comando aqui – anunciou lady Vickers, como se não estivesse fazendo isso desde o início. – Newbury – disparou ela –, vá para o seu quarto e parta assim que amanhecer.

– Não vou – disse ele, bufando.

– Está preocupado se os outros vão achar que você foi enxotado e teve que sair com o rabo entre as pernas, não? – indagou ela astutamente. – Bem, então pondere a alternativa: se ainda estiver aqui quando eu acordar, vou contar para todo mundo que você passou a noite *comigo*.

263

Lorde Newbury ficou pálido.

– Ela normalmente dorme tarde – completou Annabel, que estava começando a recuperar o humor e, depois de tudo que lorde Newbury havia feito com ela, não resistiu a uma pequena provocação. Ela ouviu Sebastian conter o riso, e então acrescentou: – Mas eu não.

– Além disso – continuou lady Vickers, olhando feio para Annabel por ter ousado interrompê-la –, você vai parar com essa ridícula busca por uma noiva. Minha neta vai se casar com seu sobrinho e ele será seu herdeiro.

– Ah, não... – Lorde Newbury começou a se enfurecer.

– Quieto! – cortou lady Vickers. – Robert, você é mais velho do que eu. É inapropriado.

– Você ia deixar eu me casar com ela – alegou ele.

– Foi só porque eu achei que você fosse *morrer*.

Ele pareceu um pouco surpreso com a revelação.

– Tenha a decência de desistir – pediu ela. – Pelo amor de Deus, olhe para você. Se você se casar, provavelmente vai machucar a pobrezinha. Ou morrer em cima dela. E vocês dois... – Ela se virou para encarar Sebastian e Annabel, que estavam tentando não rir. – Isto não é engraçado.

– Bem, na verdade – murmurou Sebastian –, é um pouco, sim.

Lady Vickers balançou a cabeça. Parecia que queria muito se livrar de todos eles.

– Desapareça daqui – disse ela a lorde Newbury.

Ele desapareceu, bufando e dando todo tipo de grunhido ao sair. Só que todos sabiam que ele iria embora pela manhã. Provavelmente retomaria a busca por uma noiva; lady Vickers não o intimidava *tanto* assim. Mas qualquer ameaça que ele pudesse representar ao casamento de Sebastian e Annabel tinha desaparecido.

– E *você* – disse lady Vickers dramaticamente, encarando Annabel e Sebastian ao mesmo tempo, então era difícil saber com quem ela estava falando. – *Você.*

– Eu? – perguntou Annabel.

– Bem, vocês dois. – Ela deu outro daqueles suspiros dramáticos, depois se virou para Sebastian. – Você vai se casar com ela, não vai?

– Vou, sim – confirmou ele solenemente.

– Muito bem – resmungou ela. – Não sei se sou capaz de lidar com outro desastre. – Ela deu um tapinha no peito. – Meu coração, você sabe.

Annabel suspeitava de que o coração da avó era mais saudável do que o seu.

– Bem, eu estou indo dormir – anunciou lady Vickers – e não quero ser incomodada.

– Não será, é claro – murmurou Sebastian.

Annabel, percebendo que faltava um comentário de sua parte enquanto neta, acrescentou:

– A senhora precisa de alguma coisa?

– Silêncio. Silêncio é tudo de que eu preciso. – Lady Vickers olhou novamente para Sebastian, dessa vez estreitando os olhos. – Compreende o que eu quero dizer, não?

Ele assentiu e sorriu.

– Estou indo para o meu quarto – anunciou lady Vickers. – Vocês dois podem fazer o que quiserem. Apenas *não* me acordem.

E, com isso, ela saiu e bateu a porta de comunicação.

Annabel ficou olhando para a porta, depois se virou para Sebastian, sentindo-se bastante atordoada.

– Talvez minha avó tenha acabado de dar permissão para eu arruinar minha vida.

– Vou cuidar do que for necessário para arruinar a sua vida esta noite – disse ele, com um sorriso. – Caso você não se importe.

Annabel, de queixo caído, olhou para a porta e depois para ele.

– Eu acho que ela está brava – concluiu ela por fim.

– *Au contraire* – disse ele, aproximando-se dela por trás. – Ela claramente provou ser a mais sã de todos nós. – Sebastian se inclinou e a beijou na nuca. – Acho que estamos a sós.

Annabel se virou, torcendo os braços dele.

– Eu não me sinto só – discordou ela, apontando com a cabeça para o quarto da avó.

Ele a envolveu com os braços e passou os lábios na cavidade acima da clavícula dela. Por um momento, Annabel achou que ele estava ignorando as preocupações dela e tentando se aproveitar, então percebeu que ele estava rindo. Ou, pelo menos, tentando não rir.

– O que foi? – indagou ela.

– Não consigo parar de imaginá-la ouvindo atrás da porta – respondeu ele, suas palavras abafadas.

– E isso é engraçado?

– É.

Ainda que ele tenha respondido de forma pouco convicta.

– Ela teve um caso com o seu tio – comentou Annabel.

Sebastian ficou imóvel.

– Se você está tentando acabar com o meu desejo, não há imagem melhor para garantir isso.

– Eu sabia que meus tios Thomas e Arthur não eram filhos do meu avô, mas o tio Percy... – Annabel balançou a cabeça, ainda incapaz de acreditar nos acontecimentos daquela noite. – Eu não fazia ideia.

Ela começou a suspirar, encostando no peito dele, mas depois se endireitou num pulo.

– O que foi?

– Minha mãe. Não sei...

– Ela era uma Vickers – assegurou Seb com uma firmeza silenciosa. – Você tem os olhos do seu avô.

– Eu tenho?

– Não a cor, mas o formato. – Ele a virou, colocando as mãos sobre os ombros dela e girando-a até que ficassem frente a frente. – Bem aqui – disse ele delicadamente, tocando com o dedo o canto externo do olho dela. – A mesma curva.

Sebastian inclinou a cabeça e observou o rosto dela com uma atenção enternecedora.

– As maçãs do rosto também – murmurou ele.

– Eu me pareço muito com a minha mãe – disse ela, incapaz de tirar os olhos dele.

– Você é uma Vickers – concluiu ele, com um sorriso terno.

Ela tentou conter um sorriso.

– Nas coisas que valem a pena.

– Acho que sim – disse ele, inclinando-se para beijá-la no canto da boca. – Acha que sua avó já está dormindo?

Annabel balançou a cabeça.

Ele a beijou no outro canto da boca.

– E agora?

Ela balançou a cabeça de novo.

Sebastian se afastou, e a única coisa que ela conseguiu fazer foi rir quando ele contou de um a dez apenas mexendo a boca, sem emitir som, enquanto olhava para o teto.

Ela o observou achando graça, as risadas borbulhando dentro dela. Quando terminou a contagem, ele a encarou, seus olhos brilhando como os de um garotinho esperando pelo Natal.

– E agora?

Os lábios dela se entreabriram, e Annabel pensou em repreendê-lo, pedir que ele fosse paciente, mas simplesmente não queria fazer isso. Estava muito apaixonada, e ia se casar com ele. Tantas coisas tinham acontecido naquele dia para fazê-la perceber que a vida deveria ser vivida e que as pessoas deveriam ser apreciadas, e se ela tivesse apenas uma chance de ser feliz, iria agarrá-la com as duas mãos e não a deixaria ir embora.

– Sim – respondeu ela, estendendo os braços para envolver o pescoço dele. – Acho que agora ela já está dormindo.

Capítulo vinte e seis

Se fosse ele escrevendo aquela história, pensou Sebastian, enquanto tomava Annabel nos braços, aquele seria o fim do capítulo. Não, o capítulo teria terminado pelo menos três páginas antes, sem nenhuma sugestão de intimidade ou sedução, e com certeza sem a luxúria devastadora que irrompeu dentro dele no momento em que Annabel colocou as mãos em sua nuca e inclinou a cabeça na direção da dele.

Afinal de contas, não era permitido colocar esse tipo de coisa no papel.

Mas ele não estava escrevendo a história, estava vivendo, e quando pegou Annabel no colo e a levou para a cama, concluiu que viver aquilo era uma coisa muito boa, sem dúvida.

– Eu amo você – sussurrou ele, deitando-a na cama.

Os cabelos dela estavam soltos, uma massa escura e ondulada de deleite. Ele queria acariciar cada cacho, enrolar um por um nos dedos. Queria senti-los em sua pele, fazendo cócegas nos ombros, roçando o seu peito. Queria senti-la toda contra si, e queria isso todos os dias pelo resto da vida.

Sebastian se sentou ao lado dela na cama e se inclinou, um pouco por cima do corpo dela, esforçando-se para reservar um momento apenas para saborear, apreciar e agradecer. Annabel estava olhando para ele com todo o amor do mundo, e isso o deixou desarmado, sem palavras, sem nada além de uma incrível sensação de gratidão e responsabilidade.

Ele pertencia a alguém agora. Ele era *parte* dela. Suas ações… não eram mais apenas dele. O que ele fazia, o que ele falava… tudo isso agora significava alguma coisa para outra pessoa. Se ele a magoasse, se a decepcionasse…

– Você parece tão sério – sussurrou ela, tocando o rosto dele.

A mão dela estava gelada, e ele a virou e beijou sua palma.

– Minhas mãos estão sempre geladas – disse ela.

Ele percebeu que estava sorrindo.

– Você diz isso como se fosse um segredo profundo e sombrio.

– Meus pés também são gelados.

Ele deu um beijo delicado e sério no nariz dela.

– Prometo passar o resto da minha vida mantendo suas mãos e seus pés aquecidos.

Annabel deu um sorriso, aquele sorriso largo, lindo e magnífico que tinha, do tipo que tantas vezes se transformava em uma risada enorme, linda e magnífica.

– Prometo…

– Me amar mesmo que eu perca os cabelos? – sugeriu ele.

– Combinado.

– Jogar dardos comigo mesmo que eu sempre vença?

– Sobre isso eu não tenho tanta certeza…

– Prometa… – Ele parou por um momento. – Na verdade é só isso mesmo.

– Sério? Nada sobre devoção eterna?

– Já está inclusa na parte do cabelo.

– Amizade para a vida toda?

– Está ali junto com os dardos.

Ela riu.

– Você é um homem fácil de amar, Sebastian Grey.

Ele deu um sorriso de modéstia.

– Dou o melhor de mim.

– Já eu tenho um segredo.

– É mesmo? – Ele passou a língua pelos lábios. – Eu amo segredos.

– Abaixe aqui – instruiu ela.

Ele obedeceu.

– Mais perto. – E depois: – Mais perto.

Sebastian aproximou a orelha dos lábios dela.

– Eu faço tudo o que você me pede.

– Eu sou *muito* boa nos dardos.

Ele começou a rir. Uma risada abafada – uma reação grande e trêmula que o percorreu da barriga até as costas, passando pelos dedos dos pés. Então ele aproximou a boca do ouvido dela. Perto o suficiente para tocá-la, para deixar o calor de sua respiração tomar conta dela. E sussurrou:

– Eu sou melhor.

Annabel segurou a cabeça dele, puxando-a para aproximar a *própria* boca do ouvido *dele*.

– Você é *mesmo* mandona – disse ele antes que ela pudesse falar qualquer coisa.

– A Winslow Mais Capaz de Ganhar nos Dardos – foi tudo o que ela disse.

– Ah, mas no mês que vem você será uma Grey.

Ela deu um suspiro, um som de alegria e regozijo. Ele queria passar a vida inteira ouvindo sons como aquele.

– Espere! – exclamou Seb de repente, afastando-se.

Quase havia esquecido. Tinha ido ao quarto dela naquela noite com um propósito.

– Eu quero fazer de novo – falou.

Annabel inclinou a cabeça para o lado, com certa incompreensão no olhar.

– Quando eu a pedi em casamento – explicou ele –, não fiz da forma correta.

Annabel abriu a boca para protestar, mas ele colocou o dedo sobre os lábios dela.

– Shhh. Eu sei que isso vai contra todos os seus impulsos naturais de filha mais velha, mas vai ter que ficar quieta e ouvir.

Ela assentiu obedientemente, os olhos brilhando.

– Eu tenho que pedir novamente – disse ele. – Só vou fazer isso uma vez... quer dizer, quantas vezes forem necessárias, mas apenas com uma mulher, então tenho que fazer direito.

E então ele percebeu que não sabia ao certo o que dizer. Tinha quase certeza de que havia ensaiado algo mentalmente, mas naquele instante, observando o rosto dela, observando como os olhos dela procuravam os dele e como os lábios dela se moviam tão lentamente, mesmo em silêncio...

Todas as palavras desapareceram.

Ele era um homem das palavras. Escrevia romances, conversava com facilidade, e então, quando mais importava, as palavras tinham desaparecido.

Não havia palavras, percebeu ele. Não havia palavras boas o suficiente para o que queria dizer a ela. Qualquer coisa que dissesse seria apenas uma tradução insuficiente do que havia em seu coração. Era como um desenho de criança em vez de um quadro exuberante com um turbilhão de tintas e cores. E Annabel, *sua* Annabel, era justamente um exuberante turbilhão de cores.

Mas Sebastian não ia desistir. Nunca havia se apaixonado antes, e não planejava se apaixonar de novo, e agora, com ela em seus braços, à luz de velas, ele faria aquilo do jeito certo.

– Estou pedindo que se case comigo – disse ele – porque eu te amo. Não sei como isso aconteceu tão rápido, mas sei que é verdade. Quando eu olho para você...

Ele parou. Sua voz ficou rouca e depois ele engasgou, e precisou engolir em seco, para superar o dolorido nó de emoção que se formou em sua garganta.

– Quando olho para você – sussurrou ele –, eu simplesmente *sei*.

E ele percebeu que, às vezes, as palavras mais simples bastavam. Ele a amava e sabia disso, e isso bastava.

– Eu te amo – declarou ele. – Eu te amo. – Ele a beijou delicadamente. – Eu te amo, e ficaria honrado se me desse o privilégio de passar o resto da vida fazendo você feliz.

Ela assentiu, as lágrimas descendo pelas bochechas.

– Só se você me deixar fazer isso também – respondeu ela, baixinho.

Ele a beijou novamente, dessa vez com mais intensidade.

– Será um prazer.

O momento das palavras tinha acabado. Sebastian ficou de joelhos, soltou a camisa de dentro da calça e a tirou com um único movimento. Os olhos dela se arregalaram ao ver sua pele nua, e ele estremeceu de desejo enquanto a observava estender a mão lentamente para tocá-lo.

E então, quando ela encostou nele, quando a mão dela encontrou o coração dele, Sebastian gemeu, incapaz de acreditar que um pequeno toque teria o poder de deixá-lo em chamas.

Ele a desejava. Deus do céu, ele a desejava como nunca desejara nada antes, como jamais havia imaginado.

– Eu amo você – disse ele, porque o sentimento estava preso e ele precisava soltá-lo.

Mais uma vez. E mais uma. Ele se declarou para Annabel enquanto despia a camisola dela e enquanto tirava sua última peça de roupa. Ele se declarou para ela quando finalmente a apertou contra si, completa e totalmente, sem mais nada entre eles. E ele se declarou para ela quando se encaixou entre as pernas de Annabel, preparando-se para penetrá-la e fazer com que ficassem unidos para sempre.

Ela estava tão quente, tão úmida e acolhedora, mas ele se conteve, esforçando-se para permanecer firme apesar de seu desejo desesperado.

– Annabel – murmurou ele.

Sebastian estava dando a ela a última chance de dizer não, de dizer que não estava pronta ou que antes precisavam trocar os votos na igreja. Aquilo o mataria, mas ele iria parar. E pediu a Deus que ela fosse capaz de entender aquilo, porque ele achava que não seria capaz de articular nem mais uma palavra, que dirá uma frase inteira.

Ele a encarou, corado de paixão. Annabel ofegava, e ele podia sentir cada respiração quando o peito dela se arqueava. Queria pegar suas duas mãos e segurá-las sobre a cabeça dela, torná-la sua prisioneira, mantê-la ali por toda a eternidade.

E queria beijar seu corpo inteiro com paixão. Queria se fundir a ela, deixando claro, da forma mais primitiva possível, que ela era dele, e só dele.

E queria se ajoelhar diante dela, implorando que o amasse para sempre.

Queria todas as coisas com ela.

Queria qualquer coisa com ela.

Queria ouvi-la dizer...

– Eu te amo.

E foi o que ela sussurrou, as palavras vindo do fundo de sua garganta, de seu âmago, e bastou aquilo para libertá-lo.

Sebastian se projetou para a frente e gemeu quando sentiu que ela o agarrou, puxando-o para dentro.

– Você é tão... tão...

Mas ele não conseguiu concluir o pensamento. Só conseguia sentir, e sentir de novo, e deixar que seu corpo assumisse o controle.

Sebastian tinha sido feito para aquilo. Para aquele momento. Com ela.

– Ah, meu Deus – gemeu ele. – Ah, Annabel...

A cada movimento ela ofegava, arqueando as costas, levantando os quadris, puxando-o para mais perto. Ele estava tentando ir devagar, para dar a ela tempo de se adaptar, mas toda vez que ela gemia era como uma faísca que ateava fogo em seu sangue. E, quando ela começou a se movimentar, aquilo só os uniu ainda mais.

Ele passou a mão por um dos seios dela, quase se perdendo aqui e ali. Ela era perfeita, transbordando nos dedos dele, macia, roliça e gloriosa.

– Quero sentir o seu gosto – disse ele, ofegante, e aproximou a boca, passando a língua pelo mamilo macio, sentindo um momento de puro triunfo masculino quando ela deixou escapar um gritinho, arqueando as costas a ponto de se erguer da cama.

O que, claro, só o fez penetrar nela ainda mais fundo.

Ele a sugou, com a certeza de que ela era a mais gloriosa, a mais feminina criatura já feita. Queria ficar com ela para sempre, enterrado dentro dela, amando-a.

Apenas amando-a.

Queria que fosse bom para Annabel também. Não, queria que fosse espetacular. Mas era a primeira vez dela, e ele sabia que a primeira vez raramente era boa para uma mulher. E ele estava tão nervoso que seria capaz de perder o controle e se preocupar apenas com o próprio prazer em vez de ajudá-la a alcançar o dela. Ele não conseguia se lembrar da última vez que tinha ficado nervoso ao fazer amor com uma mulher. Porém, novamente, o que ele fizera antes… não era fazer amor. Ele não tinha percebido isso até aquele momento. Havia uma diferença, e a diferença estava em seus braços agora.

– Annabel – sussurrou ele, mal reconhecendo a própria voz. – Está…? Você…? – Ele engoliu em seco, tentando formular uma frase coerente. – Está doendo?

Ela balançou a cabeça.

– Doeu só por um instante. Agora está…

Ele prendeu a respiração.

– É difícil explicar – concluiu ela. – É maravilhoso.

– Fica cada vez melhor – garantiu ele.

E ficaria. Ele começou a se movimentar dentro dela, não aqueles primeiros movimentos hesitantes de quando estava tentando acalmá-la, mas algo real. Como um homem que estava chegando à própria casa.

Sebastian deslizou o braço entre eles, estendendo a mão para tocá-la, enquanto continuava a penetrá-la. Ela ergueu o quadril ligeiramente quando ele a encontrou, e ele a acariciou e a provocou, estimulado pela aceleração da respiração dela. Ela agarrou os ombros dele com força, os dedos tensos e rijos, e, quando gritou o nome dele, foi como um pedido.

Ela o desejava.

Ela estava implorando para ser libertada.

E ele jurou que a libertaria.

Ele levou a boca ao seio dela mais uma vez, mordiscando e lambendo. Se pudesse, ele a teria amado em todos os lugares, de uma só vez. E talvez ela se sentisse como ele, porque, justamente quando ele pensou que não seria mais capaz de se conter, ela arqueou e ficou tensa debaixo dele. As unhas dela arranhavam as costas dele, e ela o apertou com força, espremendo, tremendo. Annabel estava tão tensa, seus músculos tão fortes, que ela quase o expulsou de dentro dela, mas ele se impôs e, quase sem perceber, derramou-se dentro dela, atingindo o clímax no momento em que ela começava a se recuperar.

– Eu te amo – disse ele, e se aninhou ao lado dela.

Sebastian a puxou contra seu corpo, encaixando-se nas curvas dela, fechou os olhos e dormiu.

Capítulo vinte e sete

O sol nascia cedo naquela época do ano e, quando Annabel abriu os olhos e conferiu o relógio na mesinha ao lado da cama, eram quase cinco e meia. O quarto ainda estava muito escuro, então ela saiu da cama, vestiu um robe e foi até a janela para abrir as cortinas. Sua avó podia ter dado permissão tácita para Sebastian passar a noite no quarto dela, mas Annabel sabia que ele não poderia estar lá quando o resto da casa acordasse.

Seu quarto era virado para o leste, e ela ficou um instante na janela para apreciar o nascer do sol. A maior parte do céu ainda exibia os tons arroxeados da noite, mas na linha do horizonte o sol pintava uma faixa brilhante em tons de laranja e rosa.

E de amarelo. Bem lá no fundo, o amarelo começava a despontar.

Os raios oblíquos da luz da alvorada, pensou Annabel. Ela ainda não havia terminado o livro da Sra. Gorely, mas algo naquela frase de abertura a marcara. Annabel gostava dela. Ela a entendia. Não conseguia visualizar muito bem, mas algo naquela descrição a fazia se identificar.

Ouviu Sebastian se remexer na cama, atrás dela, e se virou. Ele parecia estar piscando para acordar.

– Já amanheceu – avisou ela, sorrindo.

Ele deu um bocejo.

– Quase.

– Quase – concordou ela, e tornou a olhar pela janela.

Ela o ouviu bocejar mais uma vez e então ele se levantou. Sebastian foi até ela, passando os braços ao seu redor e deixando o queixo pousar no topo de sua cabeça.

– É um belo nascer do sol – comentou ele, baixinho.

– Já mudou tanto, só no pouco tempo em que eu estou aqui assistindo.

Ela o sentiu concordar.

– Eu quase nunca vejo o nascer do sol nesta época do ano – disse ela, sentindo um bocejo sobre sua cabeça. – É sempre tão cedo.

– Eu pensei que você acordasse cedo.

– Acordo. Mas geralmente não tão cedo. – Ela se virou sem sair dos braços dele e ergueu os olhos para encará-lo. – E você? Isso parece o tipo de coisa que alguém deve saber sobre o futuro marido.

– Não – retrucou ele suavemente –, quando eu vejo o sol nascer é porque estou acordado há muito tempo.

Ela quase fez uma piada sobre ficar fora até tarde e participar de muitas festas, mas se conteve ao ver o olhar de resignação dele.

– Porque você não consegue dormir – concluiu ela.

Ele assentiu.

– Você dormiu ontem à noite – disse ela, lembrando-se do som lento e uniforme da respiração dele. – Dormiu profundamente, aliás.

Sebastian piscou, e seu rosto assumiu uma expressão de surpresa. E talvez de perplexidade também.

– Dormi, não foi?

Num impulso, ela ficou na ponta dos pés e beijou a bochecha dele.

– Talvez este seja um novo amanhecer para você.

Ele ficou olhando para Annabel por um longo instante, como se não soubesse ao certo o que falar.

– Eu te amo – declarou ele por fim, e a beijou de volta, de forma suave, cheio de amor, nos lábios. – Vamos lá fora – sugeriu ele de repente.

– O quê?

Ele a soltou e andou de volta em direção à cama, para a pilha formada por suas roupas caídas no chão.

– Vamos lá – disse ele. – Vista-se.

Annabel se permitiu passar um momento admirando as costas nuas dele, depois recobrou a atenção.

– Por que você quer ir lá fora? – perguntou ela, já procurando algo para vestir.

– Não posso ser visto aqui dentro – explicou ele –, mas não quero nem pensar em sair de perto de você. Vamos dizer a todo mundo que nos encontramos para um passeio matinal.

– Ninguém vai acreditar.

– Claro que não, mas ninguém vai poder provar que estamos mentindo.

Ele sorriu. O entusiasmo dele era contagiante, e Annabel se viu praticamente correndo para vestir suas roupas. Antes que ela conseguisse colocar a capa, Sebastian agarrou sua mão e eles saíram correndo pela casa, sufocando risinhos pelo caminho. Algumas criadas já estavam de pé, transportando jarros d'água para todos os quartos de hóspedes, mas Annabel e Sebastian apenas seguiram adiante, tropeçando lá e cá até chegarem à porta da frente e ao ar fresco da manhã.

Annabel respirou fundo. O ar estava maravilhoso, fresco e limpo, com uma umidade fria na medida certa para fazê-la se sentir nutrida e renovada.

– Vamos até o lago? – sugeriu Sebastian, inclinando-se para dar um beijo na orelha dela. – Tenho lembranças maravilhosas daquele lago.

As bochechas de Annabel ficaram quentes, apesar de ela ter achado que já havia superado isso.

– Vou ensinar você a fazer pedrinhas quicarem na água – garantiu ele.

– Ah, acho que você não vai conseguir. Eu tentei por *anos*. Meus irmãos desistiram de mim.

Ele lançou-lhe um olhar perspicaz.

– Tem certeza de que eles não estavam sabotando você um pouco? – provocou Sebastian.

Annabel ficou de queixo caído.

– Se eu fosse seu irmão – brincou ele –, e suponho que devo agradecer por não ser, *talvez* eu achasse divertido ensinar os truques errados.

– Eles não fariam isso.

Sebastian deu de ombros.

– Como não os conheço, não posso dizer com certeza, mas, conhecendo *você*, posso dizer que *eu* faria isso.

Ela deu um tapa no ombro dele.

– Claro – continuou ele. – A Winslow Mais Capaz de Ganhar nos Dardos, A Winslow Mais Capaz de Correr Mais Rápido do que um Peru...

– Eu fiquei em terceiro nessa.

– Você é irritantemente capaz de qualquer coisa – concluiu ele.

– Irritantemente?

– Um homem gosta de sentir que está no comando – murmurou ele.

– *Irritantemente?*

Ele deu um beijo no nariz dela.

– Irritantemente adorável.

Quando os dois chegaram à beira do lago, Annabel soltou a mão dele e começou a marchar pela pequena faixa de areia.

– Vou procurar uma pedra – anunciou ela – e, se você não me ensinar a fazê-las quicar até o fim do dia, eu vou... – Ela hesitou. – Bem, não sei o que vou fazer, mas não vai ser nada bom.

Ele riu e a alcançou.

– Primeiro você precisa encontrar o tipo certo de pedra.

– Eu sei – disse ela de pronto.

– Tem que ser achatada, não muito pesada...

– Eu sei disso também.

– Estou começando a entender por que seus irmãos não queriam ensinar.

Annabel revirou os olhos para ele.

Sebastian apenas riu.

– Aqui – mostrou ele, estendendo a mão para pegar uma pedra pequena. – Esta é boa. Você precisa segurá-la assim. – Ele fez uma demonstração, depois colocou a pedra na palma da mão dela, fechando os dedos ao redor. – Seu pulso tem que estar dobrado, e...

Ela ergueu os olhos.

– E... o quê?

Ele interrompera a frase e estava olhando para o lago.

– Nada – disse com um meneio da cabeça. – É só o jeito como o sol está batendo na água.

Annabel olhou para o lago e depois de volta para ele. O reflexo do sol na água era lindo, mas ela percebeu que preferia observá-lo. Ele estava olhando o lago com tanta atenção, tão pensativo, como se estivesse memorizando cada onda de luz. Ela sabia que ele era famoso por ter um charme não intencional. Todo mundo falava sobre como ele era divertido, encantador, mas ali, quando ele estava tão pensativo...

Annabel se perguntou se alguém, até mesmo a família dele, o conhecia de verdade.

– Os raios oblíquos da luz da alvorada – comentou ela.

Ele se virou bruscamente.

– O quê?

– Bem, suponho que o amanhecer já tenha acabado a essa altura, mas não há muito tempo.

– Por que você falou isso?

278

Annabel piscou. Ele estava se comportando de uma forma estranha.

– Não sei.

Ela olhou para trás, para o espelho-d'água. A luz do sol já estava muito mais plana, quase da cor de pêssego, e o lago parecia mágico, aninhado em meio às árvores e às colinas suaves.

– Acho que gostei dessa imagem. Fiquei pensando que é uma descrição muito boa. De *A Srta. Sainsbury*, sabe?

– Eu sei.

Ela deu de ombros.

– Ainda não terminei de ler.

– Você está gostando?

Annabel o encarou de volta. Ele parecia um tanto intenso. De um jeito meio comum.

– Acho que sim – respondeu ela, meio evasiva.

Ele a observou por mais um momento, arregalando os olhos numa expressão de impaciência.

– Ou você está gostando ou não está.

– Isso não é verdade. Há certas coisas de que gosto bastante e outras de que não gosto muito. Acho mesmo que preciso terminar antes de proferir um veredito.

– Em que parte você está?

– Por que você se importa tanto?

– Eu não me importo – protestou ele.

Mas ele estava agindo exatamente como o irmão dela, Frederick, quando ela o acusara de gostar de Jenny Pitt, que morava na aldeia. Frederick plantou as mãos na cintura e declarou "Eu não gosto dela", mas *obviamente* gostava.

– Eu gosto muito dos livros dela, só isso – murmurou ele.

– Eu gosto de torta, mas não me ofendo quando os outros dizem que não gostam.

Sebastian ficou quieto, então ela apenas deu de ombros e olhou para a pedra em sua mão, tentando reproduzir a forma de segurar que ele havia lhe mostrado.

– Do que você não gosta? – perguntou ele.

Ela olhou para cima. Achara que o assunto tinha sido encerrado.

– É o enredo?

– Não – disse ela, com um olhar curioso –, eu gosto da trama. É um pouco implausível, mas é isso que a torna tão divertida.

– Então o que é?

– Ah, eu não sei. – Ela franziu a testa e deu um suspiro, tentando descobrir a resposta certa para a pergunta dele. – A prosa fica um pouco pesada às vezes.

– Pesada – repetiu ele.

– Tem adjetivos demais. Mas – ela acrescentou, animada – ela leva jeito para descrições. Afinal, eu gosto de verdade dos raios oblíquos da luz da alvorada.

– Seria difícil descrever sem adjetivos.

– Verdade – concordou ela.

– Eu poderia tentar, mas…

Ele fechou a boca. Rápido demais.

– O que você falou? – indagou ela.

– Nada.

Mas ele definitivamente tinha falado algo.

– Você disse… – Então ela engasgou. – É *você*!

Sebastian não disse nada, apenas cruzou os braços e fez uma expressão de *não sei do que você está falando*.

A cabeça dela deu um nó. Como ela não percebera antes? Havia tantas pistas! Depois que lorde Newbury o deixou de olho roxo, Sebastian comentou que poderia precisar saber descrever alguma coisa. Os livros autografados. E a ópera! Ele contara algo sobre um herói não desmaiar na primeira página. Não na primeira cena, na primeira página!

– Sarah Gorely é você! – exclamou ela. – É *você*. Vocês têm até as mesmas iniciais.

– Annabel, de verdade, eu…

– Não minta para mim. Eu serei sua esposa. Você não pode mentir para mim. Eu sei que é você. Eu até pensei que o livro soava um pouco como você quando estava lendo. – Ela deu um sorriso tímido. – Na verdade, foi disso que eu mais gostei.

– Jura?

Os olhos dele se iluminaram, e ela se perguntou se ele havia percebido que tinha acabado de admitir a autoria dos livros.

Ela assentiu.

– Como você conseguiu manter isso em segredo por tanto tempo? Presumo que ninguém mais saiba. Certamente lady Olivia não teria dito que os livros eram terríveis se soubesse... – Ela estremeceu. – Ah, isso é horrível.

– É por isso que ela não sabe – explicou ele. – Ela se sentiria péssima.

– Você é um homem de bom coração. – Ela suspirou. – E sir Harry?

– Também não – confirmou ele.

– Mas ele está traduzindo você! – Ela fez uma pausa. – Seus livros, quero dizer.

Sebastian apenas deu de ombros.

– Ah, ele se sentiria *péssimo* – concordou Annabel, tentando imaginar.

Ela não conhecia sir Harry muito bem, mas mesmo assim... os dois eram primos!

– E eles nunca suspeitaram? – perguntou ela.

– Acho que não.

– Ah, meu Deus. – Ela se sentou numa grande pedra plana. – Meu Deus.

Ele se sentou ao lado dela.

– Algumas pessoas – esclareceu ele, com cautela – podem achar que é uma coisa boba e indigna.

– Eu não acho – discordou ela de imediato, balançando a cabeça.

Bom Deus, Sebastian era Sarah Gorely. Ela ia se casar com Sarah Gorely. Annabel hesitou. Talvez não devesse pensar nesses termos.

– Eu acho maravilhoso – declarou ela, aproximando o rosto do dele.

– Acha mesmo?

Os olhos dele procuraram os dela e, naquele momento, Annabel percebeu quão importante era para ele a opinião positiva dela. Ele era tão seguro de si, tão confortável e à vontade sendo quem era... Isso fora uma das primeiras coisas que ela notara em Sebastian, antes mesmo de saber o nome dele.

– Acho – respondeu ela, perguntando-se se era uma má pessoa por amar a expressão de vulnerabilidade nos olhos dele.

Mas não conseguia evitar. Annabel adorava o fato de aquilo significar tanto para ele.

– Vai ser o nosso segredo. – E então ela riu.

– O que foi?

– Quando nos conhecemos, antes mesmo de saber seu nome, eu me lembro de ter pensado que você sorria de uma piada interna, e que eu queria compartilhá-la com você.

– Sempre – disse ele, com seriedade.

– Talvez eu possa ajudar – sugeriu, dando um sorriso malicioso. – *A Srta. Winslow e a autora misteriosa.*

Sebastian levou um momento para entender, mas então seus olhos brilharam.

– Não posso usar esse adjetivo de novo! Eu já tive um coronel misterioso.

Ela soltou um suspiro, fingindo irritação.

– Esse negócio de escrever é muito difícil.

– *A Srta. Winslow e o amante esplêndido*? – sugeriu ele.

– Muito exibido – retrucou ela, batendo no ombro dele. – Você vai perder seu público, e então onde vamos parar? Teremos bebês de olhinhos acinzentados para alimentar.

Os olhos de Sebastian brilharam de emoção, mas mesmo assim ele não parou de brincar.

– *A Srta. Winslow e o herdeiro capenga.*

– Ah, eu não sei. É verdade que você não deve herdar nada, embora felizmente eu não tenha nada a ver com isso, mas, de qualquer forma, "capenga" soa tão...

– Capenga?

– Sim – concordou ela, ainda que ele não tivesse tentado disfarçar o sarcasmo em nenhum momento. – Que tal "Sra. Grey"? – perguntou ela com delicadeza.

– Sra. Grey – repetiu ele.

– Soa bem.

Ele assentiu.

– *Sra. Grey e o marido obediente.*

– *Sra. Grey e o marido amado.* Não, não, *Sra. Grey e seu amado marido* – sugeriu ela, com ênfase no "seu".

– Será uma história em andamento? – perguntou ele.

– Ah, creio que sim. – Ela se esticou para dar um beijo nele, e então parou, seus narizes se tocando. – Desde que você não se importe com um novo final feliz a cada dia.

– Parece um bocado trabalhoso... – murmurou ele.

Annabel se afastou o suficiente para lhe dirigir um olhar seco.

– Mas vale a pena.

Ele riu.

– Isso não pareceu uma pergunta.

– Seja direto, Sr. Grey. Seja direto.

– É o que eu amo em você, futura Sra. Grey.

– Você não acha que deveria ser Sra. Futura Grey?

– Agora você está me *editando*?

– *Aconselhando.*

– Na verdade – disse ele, olhando para ela com ar afetado –, eu estava certo. O "futura" deve ser colocado antes do Sra., caso contrário ficaria parecendo que você era a Sra. Fulana de Tal.

Ela considerou o argumento.

Sebastian lhe lançou um olhar debochado.

– Muito bem – cedeu Annabel –, mas sobre todo o resto eu estou certa.

– Todo o resto?

Annabel sorriu sedutoramente.

– Eu escolhi *você*.

– *Sr. Grey e sua amada noiva.* – Ele a beijou uma vez, e mais outra. – Acho que gostei.

– Eu *amei*.

E de fato amava.

Epílogo

Quatro anos depois

— O segredo para um casamento bem-sucedido – pontificou Sebastian Grey, de trás de sua escrivaninha – é casar-se com uma esposa esplêndida.

Como a frase foi proferida sem motivo aparente, depois de uma hora de silêncio amistoso, Annabel Grey normalmente não a teria levado ao pé da letra. Não era raro Sebastian iniciar as conversas com elogios extravagantes quando queria a aprovação dela, ou pelo menos sua anuência, sobre assuntos inteiramente não relacionados aos elogios anteriormente mencionados.

Havia, no entanto, dez coisas sobre a afirmação dele que aqueciam o coração dela.

Um: Seb estava particularmente bonito quando disse aquilo, com um olhar cândido e cabelos desgrenhados, e **dois**: a esposa em questão era *ela*, que **três**: havia desempenhado todos os adoráveis deveres de esposa naquela manhã, o que, considerando o histórico deles, provavelmente levaria a **quatro**: mais um bebê de olhinhos acinzentados dali a nove meses, para somar aos três que já estavam aprendendo a falar.

De menor importância, mas mesmo assim algo feliz, era que **cinco**: nenhum dos três bebês Grey se parecia com lorde Newbury. O conde deve ter ficado apavorado para valer depois do desmaio no quarto de Annabel quatro anos antes, porque fizera regime para emagrecer e se casara com uma viúva de talento comprovado para engravidar, mas **seis**: não tinha conseguido gerar outro filho, fosse menino ou menina.

O que significava que **sete**: Sebastian ainda era o herdeiro presuntivo do condado. Não que isso tivesse importância, porque **oito**: ele estava vendendo livros aos montes, principalmente desde o lançamento de *A Srta. Spencer* *e o escocês selvagem*, cuja leitura **nove**: o rei em pessoa havia declarado ser "deliciosa". Isso, somado ao fato de que Sarah Gorely tinha se tornado a autora mais popular na Rússia, significava que **dez**: todos os irmãos e irmãs de Annabel conseguiram ficar bem estabelecidos na vida, então **onze**: Annabel jamais teve que se preocupar com a hipótese de que sua decisão de correr atrás da própria felicidade pudesse lhes custar a deles.

Onze.

Annabel sorriu. Algumas coisas eram tão maravilhosas que iam além do dez.

– Por que você está sorrindo?

Ela olhou para Sebastian, que ainda estava sentado à escrivaninha, fingindo trabalhar.

– Ah, por muitas coisas – respondeu ela alegremente.

– Que intrigante. Eu também estou pensando em muitas coisas.

– Está?

– Dez, para ser preciso.

– Eu estava pensando em onze.

– Você é tão competitiva.

– A Grey Mais Capaz de Correr Mais Rápido do que um Peru – lembrou ela. – Para não falar de quicar pedrinhas na água.

Annabel tinha conseguido fazê-las quicar seis vezes. Foi uma ocasião *excelente*. Principalmente porque ninguém nunca tinha *visto* Sebastian fazer quicar sete vezes.

Ele arqueou uma sobrancelha ao ouvir aquilo, fez sua melhor representação de condescendência e disse:

– O que importa é a qualidade, não a quantidade, é o que eu sempre digo. *Eu* estava pensando em dez coisas que eu amo em você.

Ela quase ficou sem ar.

– **Um** – anunciou ele –, seu sorriso. Que só não é melhor do que **dois**: sua risada. O que, por sua vez, é alimentado por **três**: absolutas genuinidade e generosidade do seu coração.

Annabel engoliu em seco. Lágrimas começavam a brotar em seus olhos, e ela sabia que logo rolariam por suas bochechas.

– **Quatro** – continuou ele –, você é ótima em guardar segredos e **cinco**: finalmente aprendeu a não dar sugestões em relação à minha carreira de escritor.

– *Não* – protestou ela, entre lágrimas. – *A Srta. Forsby e o lacaio* teria sido *incrível*.

– Teria me lançado dentro de um borbulhante caldeirão de fracasso.

– Mas...

– Você vai notar que nesta lista não há o item de que você nunca me interrompe. – Ele limpou a garganta. – **Seis**: você me deu três filhos extraordinariamente brilhantes e **sete**: é uma mãe simplesmente maravilhosa. Eu, por outro lado, sou totalmente egoísta, e é por isso que **oito**: você me ama tanto. – Ele se inclinou em direção a ela e arqueou as sobrancelhas. – De todas as maneiras possíveis.

– Sebastian!

– Na verdade, acho que vou fazer disso o número **Nove**. – Ele deu um sorriso caloroso. – Acho que merece um número exclusivo.

Annabel corou. Não era possível que ele ainda a fizesse corar depois de quatro anos de casamento.

– **Dez** – concluiu ele com delicadeza, então se levantou, foi até ela, ajoelhou-se e pegou as mãos dela, beijando-as alternadamente. – Você é simplesmente você: a mulher mais incrível, inteligente, bondosa e ridiculamente competitiva que já conheci. E ainda é capaz de correr mais rápido do que um peru.

Annabel ficou olhando para ele, sem se importar com as lágrimas ou com os olhos terrivelmente vermelhos ou com o fato de que, Deus do céu, ela precisava muito de um lenço. Ela o amava. Isso era o mais importante.

– Acho que foram mais de dez – sussurrou ela.

– Foram? – Ele beijou seu rosto molhado de lágrimas. – Eu parei de contar.

CONHEÇA OUTRO TÍTULO DA AUTORA

Uma dama fora dos padrões

Às vezes você encontra o amor nos lugares mais inesperados…
Esta não é uma dessas vezes.

Todos esperam que Billie Bridgerton se case com um dos irmãos Rokesbys. As duas famílias são vizinhas há séculos e, quando criança, a levada Billie adorava brincar com Edward e Andrew. Qualquer um deles seria um marido perfeito… algum dia.

Às vezes você se apaixona exatamente pela pessoa que acha que deveria…
Ou não.

Há apenas um irmão Rokesby que Billie simplesmente não suporta: George. Ele até pode ser o mais velho e herdeiro do condado, mas é arrogante e irritante. Billie tem certeza de que ele também não gosta nem um pouco dela, o que é perfeitamente conveniente.

Mas às vezes o destino tem um senso de humor perverso…
Porque quando Billie e George são obrigados a ficar juntos num lugar inusitado, um novo tipo de faísca começa a surgir. E no momento em que esses adversários da vida inteira finalmente se beijam, descobrem que a pessoa que detestam talvez seja a mesma sem a qual não conseguem viver.

CONHEÇA OS LIVROS DE JULIA QUINN

OS BRIDGERTONS
O duque e eu
O visconde que me amava
Um perfeito cavalheiro
Os segredos de Colin Bridgerton
Para Sir Phillip, com amor
O conde enfeitiçado
Um beijo inesquecível
A caminho do altar
E viveram felizes para sempre

QUARTETO SMYTHE-SMITH
Simplesmente o paraíso
Uma noite como esta
A soma de todos os beijos
Os mistérios de sir Richard

AGENTES DA COROA
Como agarrar uma herdeira
Como se casar com um marquês

IRMÃS LYNDON
Mais lindo que a lua
Mais forte que o sol

OS ROKESBYS
Uma dama fora dos padrões
Um marido de faz de conta
Um cavalheiro a bordo
Uma noiva rebelde

TRILOGIA BEVELSTOKE
História de um grande amor
O que acontece em Londres
Dez coisas que eu amo em você

editoraarqueiro.com.br